Evangeline und die Geister des Bayou

Jan Eldredge wuchs in Louisiana auf und lebt heute zusammen mit ihrem Mann, ihren Kindern und einem Haus voller Katzen in Florida. Wenn sie nicht schreibt, liest sie gern, besucht Freizeitparks und erkundet alte Friedhöfe. Sie interessiert sich besonders für Monster, Magie und all solche gruseligen Dinge.
www.JanEldredge.com.

Inge Wehrmann studierte in Münster, Minneapolis und Bergen Anglistik, Skandinavistik und Germanistik und übersetzt seit vielen Jahren Kinder- und Jugendbücher aus dem Englischen, Norwegischen und Dänischen. Sie lebt mit ihrer Familie in Ostwestfalen und spielt in ihrer Freizeit Theater.
www.ingewehrmann.de

Mehr über unsere Bücher, Autoren und Illustratoren auf:
www.thienemann.de

Jan Eldredge

Aus dem Amerikanischen von Inge Wehrmann

THIENEMANN

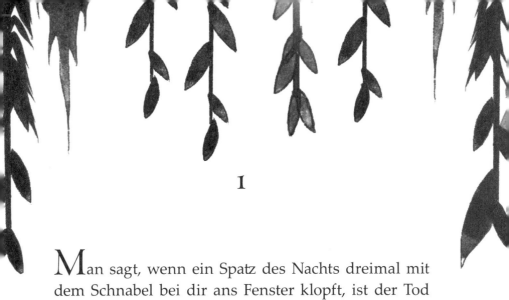

1

Man sagt, wenn ein Spatz des Nachts dreimal mit dem Schnabel bei dir ans Fenster klopft, ist der Tod nicht mehr fern.

Doch dieses Klopfzeichen war kein Hinweis auf Evangeline Clements baldiges Ableben. Es handelte sich lediglich um einen Boten mit der Anfrage einer Bayou-Nachbarin.

Draußen auf dem Fensterbrett hüpfte der Spatz von einem Fuß auf den anderen. In seinem Schnabel klemmte ein winziger, zusammengefalteter Zettel. Ängstlich blickte der kleine Geselle sich um, bevor er noch einmal gegen das Glasfenster der Hütte pochte.

Evangeline seufzte. »Bin schon unterwegs. Reg dich nicht auf.« Irgendjemand musste knietief in Schwierigkeiten stecken, wenn er so einen kleinen Vogel losschickte und keinen Rotkardinal, wie es sonst üblich war. Evangeline ließ ihr Heft offen liegen und unterbrach ihre Studien. Der Lichtschein der Petroleumlampe fiel auf Schachteln voller Nagetierknochen und

Schraubgläser mit kleinen, schwarzen Steinchen, die auf dem alten, verkratzten Tisch aufgereiht waren. »Wenn es nach Granny ginge«, murmelte sie, »würde ich jede Nacht Kadaver und Kacke von irgendwelchen Viechern untersuchen, statt böse Geister auszutreiben.«

Die alten Holzdielen knarrten, als Evangeline zur Tür schlich, aber das Geräusch weckte ihre Großmutter nicht. Sie saß bei Evangeline in der Stube und döste wie jeden Abend in ihrem Schaukelstuhl vor sich hin. Die vernarbten Hände ordentlich im Schoß gefaltet, ein Auge halb geöffnet, schnarchte sie so laut, dass das Blechdach rappelte.

Für einen kurzen Moment erwog Evangeline, ob sie ihre Lehrmeisterin auf den Besuch des Sperlings hinweisen sollte. Doch was brachte es, ihre Nachtruhe zu stören? Schließlich lag ihr das Jagen von Geistern und Monstern genauso im Blut wie ihrer Granny, denn beide hatten die Gabe von ihren Vorfahrinnen geerbt. Sie war durchaus in der Lage, jeden Auftrag zu erledigen, den der Bote überbringen mochte.

Evangeline spähte aus dem Fenster auf die vom nahen Bayou aufsteigenden Dunstschwaden und die dunklen Wolken, die sich vor den Mond geschoben hatten. Hinter dem Spatz erhob sich ein grünes Augenpaar aus dem immer dichter werdenden Nebel. Bevor sie einen warnenden Schrei ausstoßen konnte, schnappten scharfe Krallen nach dem Vogel, rissen ihn vom Sims und schleiften ihn weg.

»Nein, nein, nein!« Evangeline stieß die Tür auf, rannte die Verandatreppe hinunter und stürmte in die schwülwarme Nacht hinaus, die von Froschquaken und Insektengezirpe erfüllt war. »Lass ihn los, Fader, du räudige Teufelsbrut. Lass ihn fallen, sonst hole ich Granny. Verlass dich drauf, ich geh sie holen.«

Fader schoss aus dem Nebel hervor, streifte mit dem Schwanz ihr Hosenbein und sauste die Verandatreppe hinauf. Leise fluchend nahm Evangeline die Verfolgung auf, rannte ins Haus und knallte die Tür hinter sich zu. Der Tumult schien Granny nicht zu stören, obwohl sie, wenn Not am Mann war, von einer herabfallenden Nähnadel erwachte.

Den Spatz im grinsenden Maul, sprang Fader auf den Tisch, kauerte sich in den Lichtkegel der Petroleumlampe und schlug mit dem Schwanz auf die Tischplatte.

»Wag es nicht, den Boten zu töten!« Evangeline kniff die Augen zusammen und fixierte den vierohrigen, struppigen, grauen Kater.

Fader kniff ebenfalls seine grünen Augen zusammen und ließ ein kehliges Schnurren ertönen. Er legte zwei seiner vier Ohren zurück, während die anderen beiden wie behaarte kleine Teufelshörner aus seinem Kopf lugten.

»Fader ...«, warnte Evangeline.

Der Kater senkte den Unterkiefer. Der Vogel plumpste mit dem Rücken auf den Tisch und seine winzigen Füßchen ragten in die Luft.

»Dummes Katzenvieh.«

Fader leckte sich eine seiner großen Pfoten, ohne sich um Evangelines tödlichen Blick zu kümmern.

Sie hob den Spatz auf und suchte nach Bisswunden. Als sie keine fand, rieb sie das Vögelchen am Ärmel ihres Camouflage-T-Shirts, wischte die Katzenspucke ab und rubbelte das kleine Wesen so lange, bis es wieder zu sich kam. »Wenn's nach mir ging, du verwanztes Katzenvieh, hätten wir dich schon vor Jahren als Krokodilköder verfüttert.«

Der Kater gähnte ungerührt, als wüsste er, dass seine Stellung als Grannys Tiergefährte ihn vor Evangelines Rache schützen würde. Niemand konnte bestreiten, dass er seinen Lebensunterhalt durch tägliche Geschenke in Form von Mäusen, Eidechsen und verschiedenen anderen Kleintierleichen verdiente. *Spare in der Zeit, dann hast du in der Not*, sagte Granny immer. Dann kochte sie die Kadaver ein. Manchmal zerlegte sie sie auch, um sie in Behältern mit ähnlichen Körperteilen einzusortieren.

»Was grinst du so?«, murmelte Evangeline und warf dem Kater einen finsteren Blick zu. »Mein Tiergefährte kann jetzt jederzeit hier auftauchen. Und garantiert wird er oder sie viel vornehmer sein als du. Vielleicht ist es eine rote Füchsin oder ein Falke mit mächtigen Flügeln.« Doch bei ihrem Glück würde es wahrscheinlich eher ein Bachkrebs oder ein Regenwurm sein. Ihre grimmige Miene wurde sorgenvoll und sie spürte einen Kloß im Hals. Was für ein Geschöpf es auch immer sein würde, es sollte sich beeilen. Im nächsten Monat wurde sie dreizehn, das Alter, in dem alle Geisterjägerinnen ihre Tiergefährten erhielten. Und wenn an ihrem Geburtstag immer noch keiner in Erscheinung treten würde, dann …

Sie wollte gar nicht darüber nachdenken.

Der Spatz in ihrer Hand begann sich zu regen und öffnete die Augen. Im selben Moment schnappte sich Fader die zusammengefaltete Nachricht. Mit dem Zettel im Maul sprang er zu Boden und schlich auf die schlafende Granny zu, die noch Hauskleid und Arbeitsstiefel trug, um ausgeruht und startbereit zu sein für den Fall, dass sie eine dringende Anfrage erhielten.

»O nein, das tust du nicht!« Evangeline stürzte sich auf ihn, packte ihn am Schwanz und zog so fest daran wie am Seil einer Kirchenglocke.

Fader jaulte entrüstet auf, biss aber weiter die Zähne zusammen.

»Mach doch, was du willst.« Evangeline entriss ihm den winzigen Brief, wobei eine kleine durchweichte

Ecke in seinem Maul verblieb. »Spuck's aus!«, rief sie und hob drohend die Hand.

Fader starrte sie an. Dann schluckte er und beförderte den Schnipsel der Nachricht an einen Ort, von dem sie ihn nicht zurückholen konnte.

»Na schön«, sagte Evangeline etwas beleidigt. »Ich werde auch so dahinterkommen.« Der Spatz flatterte auf ihren Kopf und machte es sich in ihren dunklen, kurzen Strubbelhaaren bequem, während sie die zerknautschte Notiz im Schein der Lampe auseinanderfaltete.

Der Brief war an Granny adressiert, Evangeline wurde darin nicht erwähnt. Bodenlose Enttäuschung traf sie wie ein Schlag ins Gesicht.

Nur weil Mr Broussards Wäsche an der Leine mit Dreck und braunem Wasser bespritzt worden war, als sie diesen Mississippi-Schlammburschen in die Luft gejagt hatte, und nur weil sie *möglicherweise* schuld daran war, dass Mrs Merciers Veranda bei diesem unglückseligen Zwischenfall mit dem Veranda-Kobold zu Bruch gegangen war, hieß das noch lange nicht, dass sie nicht in der Lage war, allein mit diesem neuen Fall klarzukommen.

Sie zupfte am Halsausschnitt ihres T-Shirts, das sich plötzlich zu eng anfühlte. Und diese Geschichte mit der Hara-Hand auf der Kirmes war ganz bestimmt nicht ihr Fehler gewesen. Sie hatte nur sehr wenig damit zu tun gehabt, dass die verschrumpelte Leichenhand in die Zuckerwattemaschine geraten und darin herumgewirbelt worden war, bevor es ihr gelang, herauszukrabbeln und mit einer Schleppe aus rosa Zuckerfäden im Gefolge über den Platz zu kriechen. Und wenn die Kirmesbesucher nicht in helle Panik geraten wären, hätte sie die Hand längst in Sicherheit bringen können, bevor dieser nervige Waschbär aus dem Nichts hervorgeschossen kam und damit weggeflitzt war. Die verfluchte Hand hatte sich später wieder bei ihrem Besitzer eingefunden, im Grunde war also eigentlich gar nichts passiert.

Evangeline blickte auf die Botschaft und überprüfte die Anrede, nur für den Fall, dass sie ihren Namen beim ersten Mal übersehen hatte, doch er stand immer noch nicht da.

Nun ja, es spielte eh keine Rolle.

Der Spatz hüpfte ungeduldig auf ihrem Kopf herum, aber sie las weiter und überflog Mrs Arseneaus hastig hingekritzelte Botschaft bis zur üblichen Bitte um die Dienste einer Sumpfhexe. Die Bezeichnung *Sumpfhexe* störte Evangeline nicht. So hatten die Einheimischen Granny und alle ihre weiblichen Vorfahren schon immer genannt, statt sie mit ihrem offiziellen Titel *Geisterjägerin* anzureden.

Sie las weiter und kam schließlich zum Kern der Sache.

... was für ein Tohuwabohu! Zähneknirschen und Gekreische und es hört nicht auf!

Eine Bayou-Banshee sollte vertrieben werden. Nichts weiter als ein Standardauftrag. Evangeline nickte hoffnungsvoll. Dies konnte endlich die Aufgabe sein, um dem Rat zu beweisen, dass sie »Herzensmut besaß«. Dann müsste sie nur noch ihren Tiergefährten finden und sich dem Test ihrer Kräfte und Fähigkeiten unterziehen. All die Jahre harter Arbeit und Entschlossenheit würden sich vielleicht bald auszahlen.

Sie berührte den silbernen Geisterjägerinnen-Talisman ihrer Mama, den sie an einer Kette unter dem T-Shirt trug. Er vermittelte ihr ein Gefühl von Sicherheit und wärmte ihre Seele wie ein von der Sonne beschienener Stein. Sie hätte ihn lieber über dem T-Shirt getragen, aber er gehörte ihr nicht. Ihn offen zu zeigen wäre, als würde man einen Sheriff-Stern tragen, ohne ein Sheriff zu sein. Sie gestattete sich dennoch ein kleines zuversichtliches Grinsen. Bald würde sie all die vom Rat geforderten Qualifikationen erfüllen. Und man würde ihr einen eigenen, neuen Talisman überreichen. Dann würde sie nie wieder an sich selbst zweifeln, genauso wenig wie alle anderen.

Sie warf einen weiteren Blick auf Mrs Arseneaus Brief. Den silbernen Talisman ihrer Mutter fest in der Hand haltend, las sie weiter bis zur letzten Zeile.

Da ist auch noch ein …

Doch dort endete die Botschaft. Mrs Arseneaus restliche Worte befanden sich auf der langsamen Reise durch Faders Verdauungstrakt.

Der fehlende Papierschnipsel konnte alle möglichen Informationen enthalten haben. Hoffentlich handelte es sich schlichtweg um den Hinweis darauf, dass Mrs Arseneau einen ihrer berühmten Pies als Bezahlung für die erbetenen Dienste anbot. Wahrscheinlich würde es ein Süßkartoffel-Pie sein. Aber ein Pekannuss-Pie, ein vollmundiger Pekannuss-Pie mit knuspriger Kruste und einer köstlichen Füllung aus frischen, leckeren Pekannüssen … das wäre viel besser. Beim Gedanken daran lief Evangeline das Wasser im Mund zusammen.

Wieder tänzelte der Spatz ungeduldig auf ihrem Schopf herum. Sie ging zur Haustür, hielt den Kopf nach draußen und der winzige Bote flatterte davon, hinaus in die Nacht. Fader spähte durchs Fenster, schwang den Schwanz hin und her und leckte sich das Maul.

Evangeline schloss die Tür und ging zu einem der hohen Regale. Nachdenklich ließ sie den Finger über die Flaschen und Gläser gleiten, die dicht gedrängt auf den Brettern standen. *Zerriebene, getrocknete Fischaugen, Ziegenbart, rostige Sargnägel …* »Ah, jetzt hab ich euch gefunden.« Sie griff nach einem alten Mayonnaise-Glas, dessen Inhalt aussah wie schrumpelige schwarze Bindfäden. Auf dem Schild stand *Smaragdeidechsenschwänze*. »Davon haben wir jede Menge.« Sie musterte Fader, der sich vor dem Kamin zusammengerollt hatte. »Manchmal bist du ja doch zu was nütze.« Sie schob einen der getrockneten Eidechsenschwänze in ihren rechten Stiefel, als Garant für eine gute Jagd, und legte ein blaues Perlenarmband an, das ihr Glück bringen sollte.

Auf der Suche nach weiteren Dingen lief sie im Zimmer umher und packte ihr Handwerkszeug in eine Ledertasche: silberne Handglocken, Wacholderzweige, ein Fläschchen mit Weihwasser, ein Säckchen Salz, alte Eisenschlüssel, trockenes Brot. Sie schnallte sich ihr Jagdmesser um den linken Oberschenkel und borgte sich Grannys roten Kapuzenumhang. Ihr eigener roter Umhang und ihre rote Kapuzenjacke lagen in einem Berg schmutziger Wäsche begraben.

Auf dem Tisch hinterließ sie ihrer Großmutter eine schnelle Botschaft, so wie Granny es oft für sie tat. Sie schrieb Hinweiszettel wie: *Evangeline, leg das Ziegenhorn unter dein Kopfkissen, damit du gut schlafen kannst.* Oder: *Hier ist ein Fläschchen mit Ochsenfrosch-Urin, mit dem du deine Warze am Ellbogen betupfen kannst.* Und erst heute Morgen klebte eine Botschaft am Badezimmerspiegel, dass sich im Kühlschrank eine Packung aus Kuhmist befand, mit deren Hilfe sie die Kopfschmerzen loswerden würde, die sie seit einer Woche plagten.

Evangeline nahm eine brennende Laterne vom Haken, trat auf die Veranda und zeichnete mit Kreide ein Muster auf den Fußboden, als zusätzlichen Schutz für Granny. Die Vorsichtsmaßnahme war wahrscheinlich nicht nötig bei all den Stechpalmenzweigen und Hufeisen im Haus und der Schere unter der Fußmatte, aber besser zu gut gewappnet als zu schlecht. Granny hatte sich im Laufe der Jahre eine ganze Reihe übernatürlicher Feinde gemacht. Böse Geister zu verärgern, war ein Berufsrisiko, ein Risiko, dem auch ihre Vorfahrinnen ausgesetzt waren.

Sie ging den Trampelpfad hinunter, vorbei an bemoosten Eichen, scharfblättrigen Zwergpalmen und dicken grünen Kletterpflanzen. Es dauerte nicht lange, bis sie von Nebel und Dunkelheit verschluckt wurde. Um sie herum wurde der Sumpf von den Klängen des nächtlichen Lebens erfüllt: Zirpen und Rascheln, Flügelschlagen und knackende Zweige. Als sie sich der Kirche von St. Petite näherte, konnte sie im trüben Schein der Laterne nur einen knappen Meter des vor ihr liegenden Weges erkennen, aber sie hatte scharfe Augen. »Was ist das denn?«

Sie hob die Laterne an und beugte sich vor. Ein schwarzes, struppiges Haarbüschel hing an der Rinde einer alten Eiche. Stammte es von einem Wildschwein?

Sie riss das Büschel ab und rieb es zwischen den Fingern. Vielleicht ein Hund? Sie schnüffelte daran. Nein. Nah dran, sehr nah ... aber etwas anders als ein Hund.

Sie zog ein leeres Fläschchen aus der Tasche und schob die Haare hinein. Sie und Granny konnten sie später zuordnen. Im Moment spielte es keine Rolle, von welchem Tier das Haarbüschel stammte, aber es konnte gut sein, dass es sich eines Tages als nützlich erwies.

Sie trottete ein paar Meter weiter. Als sie den Friedhof erreichte, verlangsamte sie ihre Schritte und verneigte sich respektvoll. Der trauererfüllte Krater in ihrem Inneren öffnete sich, wie immer, wenn sie an ihre Mama dachte, die sie niemals kennengelernt hatte. Hastig versuchte sie, ihn zu schließen. Es brachte nichts, über ihren Verlust nachzugrübeln, oder über die Art und Weise, wie ihre arme Mama gewaltsam aus dem Leben gerissen worden war. Sie musste einen Auftrag erledigen.

Wieder blieb sie stehen.

Da war etwas, das sie von den bemoosten und stockfleckigen Grabsteinen aus beobachtete. Die Härchen an ihren Armen stellten sich auf und ein Adrenalinschub schoss durch ihre Adern. Ihre Hand tastete nach dem Jagdmesser an ihrem Bein, doch der Nebel und die Dunkelheit waren so undurchdringlich, dass sie selbst mit ihrem scharfen Blick nichts erkennen konnte.

Keine Zeit, sich vor Angst in die Hose zu machen. Es konnte irgendeine der zahllosen übernatürlichen Kreaturen sein, von denen es in Louisiana nur so wimmelte. Viele von ihnen waren als blinde Passagiere hier gelandet. Im Laufe der Jahre hatten sie sich ahnungslosen Einwanderern aus allen Teilen der Welt angeschlossen und sich genau wie die Menschen hier niedergelassen und nahtlos an die neue, südliche Umgebung angepasst. Und auch wenn längst nicht alle von ihnen bösartig waren, hatte Louisiana mehr als genug feindselige Geister, Ungeheuer und andere übernatürliche Unholde abbekommen.

Evangeline rieb sich die Arme. Solange das, was auch immer es sein mochte, blieb, wo es war, und ihr keinen Ärger machte, brauchte sie sich nicht darum zu kümmern. Sie ging weiter und hatte das Gefühl, als würde der Blick des Wesens wie sumpfiger Schlamm an ihrem Rücken kleben. Es war definitiv nicht menschlich. Das stand fest. Sie beschleunigte ihren Gang und ihre Füße jagten im selben Tempo wie ihr Herzschlag dahin.

2

Je weiter sich Evangeline von den langsam fließenden Wassern des Bayou entfernte, desto mehr lichtete sich der Nebel und der Pfad war deutlicher zu erkennen. Sie versuchte, sich auf die vor ihr liegende Aufgabe zu konzentrieren, doch ihre Gedanken wanderten immer wieder zurück zu dem Ding auf dem Friedhof. Sie rief sich eine ganze Litanei von Grannys Lektionen über übernatürliche Kreaturen ins Gedächtnis.

Das Wesen war möglicherweise nichts weiter als ein Creeper, einer dieser lästigen Geister, die die Form einer Zypressen-Kniewurzel annahmen und regungslos darauf warteten, dass ein abendlicher Spaziergänger des Wegs kam. Sobald ihr Opfer in Reichweite war, erhoben sie sich und schwebten lautlos hinter ihm her. Unheimlich, aber harmlos. Und leicht zu verscheuchen, wenn man eine Laterne schwenkte: Das Licht schnitt sie entzwei, worauf ihre Überreste wie trockenes Laub zu Boden rieselten.

Oder vielleicht war es ein Johnny Revenant, der

wiedererwachte, verweste Leichnam eines Bürgerkriegssoldaten. Sie konnte diese Kerle nicht ausstehen, wie sie durch die Sümpfe stapften und mit ihren schrillen Rebellenschreien ihr Kommen ankündigten. Natürlich waren sie alle einst von ihren Geister jagenden Vorfahrinnen entwaffnet worden, aber das hinderte die Burschen nicht daran, sich abgebrochene Äste zu schnappen, sie wie Säbel herumzuschwingen und jedem eins über den Schädel zu ziehen, der ihnen nicht schnell genug aus dem Weg ging. Sie traten allerdings nur nach heftigen Regenschauern in Erscheinung, wenn überall vom Sturm herabgerissene Äste herumlagen, und jetzt war es schon lange Zeit trocken gewesen.

Sie hatte mindestens sechs, sieben andere Möglichkeiten in Betracht gezogen, als sie das alte zweistöckige Holzhaus der Arseneaus erreichte, doch keine davon stimmte mit ihrem Bauchgefühl überein. Granny war der festen Überzeugung, dass man sich auf seine Instinkte verlassen sollte. »Hör auf deinen Bauch, Evangeline«, sagte sie immer. »Er sieht, was die Augen nicht erkennen können.«

Als Evangeline ihre Laterne abstellte, ertönte vom Dach der Ruf eines Streifenkauzes. Eines der schlechtesten Omen, die es gab, dachte sie leise fluchend.

Hu-huuuh. Der Kauz stieß einen weiteren einsam und traurig klingenden Schrei aus. Er starrte zu ihr herunter, seine Augen so rund und schwarz wie die leeren Augenhöhlen eines Geistes.

Mit nachdenklicher Miene versuchte sie, die Situation einzuschätzen, wie sie es von ihrer Granny gelernt hatte. Wäsche auf der Leine. Spielsachen auf dem Rasen. Die Familie hatte sich offenbar Hals über Kopf davongemacht und sich wahrscheinlich bei Mrs Arseneaus Schwester einquartiert, die in Thibodaux lebte.

An der Seitenwand des Hauses erhob sich ein leises Klagen und steigerte sich zu einem gequälten Geheule.

»Ich höre dich. Ich höre dich«, murmelte Evangeline. Sie streifte Grannys roten Umhang ab, faltete ihn zusammen und legte ihn beiseite. Dann durchwühlte sie ihre Schultertasche und zog den Brotkanten und das Salzsäckchen heraus. Schließlich spuckte sie zum weiteren Schutz auf den Boden, nahm die Schultern zurück und richtete den Blick auf die Seitenwand. Sie konzentrierte sich darauf, ihre Stimme fest und entschlossen klingen zu lassen und rief: »Was willst du von mir?«

Das Heulen endete abrupt und die Banshee schwebte in den Vorgarten. In formlose, triste, graue Kleider gehüllt, verharrte die geisterhafte Gestalt in der Luft und starrte gequält auf Evangeline herunter. Sie zog die aufgesprungenen Lippen zurück und stieß ein leises Knurren aus.

Evangeline holte tief Luft und rief sich hastig ins Gedächtnis, was sie über Banshees wusste. Sie kamen fast immer vom Friedhof des staatlichen Frauengefängnisses, das etwa dreißig Meilen von hier entfernt war. Es handelte sich nicht um die rastlosen Geister gewöhnlicher Straftäter; diese Geister waren die von den wirklich schlimmen Verbrecherinnen, die unschuldige Menschen ermordet hatten. Sie waren hinter Gittern gestorben, manchmal an Krankheiten, aber meistens an Verletzungen. Einige von ihnen waren mit der *grausamen Gertie*, Louisianas elektrischem Stuhl, ins Jenseits befördert worden. So oder so, klammerten sich ihre befleckten Seelen an diese Welt, weil sie sich nicht den Folgen ihrer Taten stellen wollten, den Folgen, die sie auf der anderen Seite zu erwarten hatten.

Manche Leute glaubten daran, dass jede Seele am Ende des Weges auf Vergebung hoffen konnte, doch Evangeline teilte diese Ansicht nicht. Ihre zahlreichen Begegnungen mit unwilligen Wesen aus der jenseitigen Welt ließen sie zu dem Schluss kommen, dass Grausamkeit und Bosheit auf dieser Seite des Lebens auf der anderen Seite nicht auf die leichte Schulter genommen wurden.

Die Banshee warf den Kopf zurück. Ihr schrilles Kreischen ließ ein Fenster im hinteren Teil des Hauses zerspringen, dessen Scherben klirrend zu Boden regneten. Die verzweifelte Geistergestalt knirschte mit den Zähnen und riss an ihren dünnen Haaren, die wie Spinnweben im Wind wehten. Oben auf dem Dach stieß der Streifenkauz einen erschrockenen Schrei aus und flog lautlos davon.

Evangeline schleuderte den Brotkanten und eine Handvoll Salz auf den Geist. »Kehr an deinen Ruheplatz zurück, und bleib für immer dort.«

Die Banshee wich nicht zurück. Evangeline hatte auch nicht damit gerechnet. Obwohl Salz und Brot böse Geister vertreiben sollten, indem sie ihnen die übersinnliche Energie raubten, hatte sie festgestellt, dass diese beiden Mittel so gut wie nie funktionierten. Aber Granny bestand immer darauf, es zunächst damit zu versuchen, da beides billig und reichlich vorhanden war.

Die Banshee drehte sich um und flog auf die Veranda. Sie schwang von einem Ende zum anderen, als wäre sie in eine starke übernatürliche Luftströmung geraten. Sie gab einen weiteren gellenden Schrei von sich, woraufhin erneut das Klirren von Glas zu hören war.

»O Mann!« Mrs Arseneau würde vor Wut kochen, wenn all ihre Fenster zu Bruch gingen. Evangeline ließ Brot und Salz fallen und sofort kam ein Waschbär aus dem Gebüsch geschossen, schnappte sich den Brotkanten und verschwand im Dunkeln.

Evangeline kramte einen Wacholderzweig und ein Silberglöckchen aus der Tasche. Sie zündete den Zweig an und schwenkte ihn hin und her, während sie mit der anderen Hand das Glöckchen klingeln ließ. Der stechende, harzige Geruch und das schrille Klingeln erfüllten die drückende Nachtluft. Sie sprach eine kurze Beschwörungsformel und forderte die rastlose Geistgestalt ein weiteres Mal auf, in ihr Grab zurückzukehren oder sich ins Jenseits zu verziehen.

Ihre Bemühungen wurden mit erneutem Gekreische und einer weiteren zerborstenen Fensterscheibe quittiert.

»Na schön.« Evangeline holte tief Luft. »Dann probieren wir's mit schwereren Geschützen.« Sie warf Glocke und Wacholderzweig beiseite und griff nach der Flasche mit dem Weihwasser.

Die Banshee erstarrte und verstummte mitten im Schrei. In ihrem ausgemergelten Gesicht spiegelte sich blankes Entsetzen. Sie schnellte von der Veranda, schoss auf Evangeline zu und schleuderte sie mit ihrer übernatürlichen Kraft so heftig zu Boden, dass es sie um ein Haar aus ihren priesterlich gesegneten Krokodillederstiefeln mit den silbernen Spitzen gerissen hätte.

Mit voller Wucht landete sie auf dem Steißbein und der Schmerz, der ihr in den Rücken fuhr, raubte ihr den Atem. »Verdammt!«, keuchte sie und rappelte sich hoch. Doch die Banshee war fort. Das Echo ihres Wehklagens hing in der Luft wie der Rauch einer erloschenen Kerze.

Evangeline steckte das wirkungsvolle Weihwasser wieder in die Tasche, klopfte sich, so gut es ging, den Dreck vom Hosenboden und nahm die Situation in Augenschein. Ein paar zerbrochene Fensterscheiben, aber insgesamt hatte sie gute Arbeit geleistet, das Werk einer tüchtigen Geisterjägerin. Auch wenn es nicht ihr Name war, der auf dem Auftragsschreiben gestanden hatte. Sie machte sich auf den Weg, um den Wacholderzweig und das Silberglöckchen einzusammeln, und zögerte dann.

Etwas hatte sich ihr von hinten genähert, seine gleichmäßigen Atemzüge rasselten tief in seinem Inneren.

Eine Gänsehaut zog sich über ihre Arme und ein kalter Schauer lief ihren Rücken hinab. Obwohl ihr davor graute, spähte sie in eine der heil gebliebenen Fensterscheiben des Hauses. Ein gelbes Augenpaar spiegelte sich in der dunklen Glasfläche, gelbe Augen, die ihr aus dem haarigen, schwarzen Gesicht eines vierbeinigen Ungeheuers entgegenstarrten, das knapp drei Meter hinter ihr lauerte.

Sie wusste nicht, was es war, und sie hatte nicht vor, länger herumzustehen, um es herauszufinden. Sie schnappte sich die Laterne und flitzte damit über die Treppe in das hundert Jahre alte Haus, das Mrs Arseneaus Ururgroßvater einst gebaut hatte. Mit aller Kraft schlug sie die Tür hinter sich zu, die fast aus ihren rostigen Angeln gefallen wäre. Mit rasendem Herzen durchwühlte sie den Inhalt ihrer Tasche, entdeckte ein Stück Kreide und kritzelte verschiedene Schutzsymbole auf die Holzverschalung der Tür.

Draußen knarrten die Stufen der Eingangstreppe. Die Dielenbretter der Veranda ächzten unter den Schritten schwerer Füße mit klickenden Krallen. Das Wesen blieb stehen und riss die Klauen über die altersschwache Tür, deren Oberfläche sicher tiefe Kratzer davontragen würde.

In diesem Augenblick wurden Evangeline zwei Dinge klar. Erstens, die Banshee war von diesem gelbäugigen, haarigen, schwarzen Ungeheuer vertrieben worden und nicht von ihrem Weihwasser. Und zweitens, es war dasselbe Vieh, das sie vom Friedhof aus beobachtet hatte. Daran hatte sie keinerlei Zweifel. Ihr Bauchgefühl sagte es ihr.

Sie überflog ihre hastig gezeichneten Kreidesymbole und nickte zufrieden.

Draußen auf der Veranda kratzte das Ungeheuer erneut mit seinen scharfen Krallen an der Tür, aber sie hatte keine Angst. »Nur zu, kratz, soviel du willst. Was auch immer du bist.« Evangeline konnte sich ein hämisches Grinsen nicht verkneifen. »Mein Kreideschutz wird ein böses Geschöpf wie dich fernhalten.« Plötzlich hatte sie einen angenehmen Geruch in der Nase und ihre Laune verbesserte sich noch mehr. War das Pie? Sie hob die Laterne und schaute zur Küche. Ja. Ja, es war Pie. Und da stand er, mitten auf der Anrichte. Kein Süßkartoffel-Pie, sondern einer mit *Pekannüssen*.

Das Untier bearbeitete die Tür ein weiteres Mal mit seinen scharfen Krallen. »Du verschwendest deine Zeit, Nachtwesen!« Ein breites, schadenfrohes Grinsen trat auf ihre Lippen. »Ich kann hier so lange bleiben, wie ich will. Bei Tagesanbruch wirst du vor den Sonnenstrahlen fliehen und dich im Schattenreich verkriechen, so wie deinesgleichen es immer tut.«

In der Küche schlüpfte der Waschbär durch das kleine zerbrochene Fenster. Evangelines trockenes Opferbrot im Maul, hüpfte er auf die Anrichte, watschelte zum Kuchen und schnüffelte mit seiner schwarzen Nase an den zuckersüßen Pekannüssen.

»Mach, dass du wegkommst! Ksch!« Evangeline stampfte mit dem Fuß auf.

Der Waschbär warf den trockenen Brotkanten über die Schulter, setzte sich auf die Hinterbeine und fuhr mit beiden Vorderpfoten durch den Pie.

»He! Das ist meiner, du diebischer Kerl!« Kaum hatte er sich zwei Pfoten voll von der köstlichen, klebrigen Nussfüllung ins Maul gestopft, kam sie schon in die Küche geeilt. Butterige Krümel rieselten zu Boden; eine einsame Pekannuss plumpste auf die Anrichte. Mit prall gefüllten Backen kletterte der kleine Räuber aus dem zerbrochenen Fenster, zog seinen buschigen, gestreiften Schwanz hinter sich her und verschwand in der Nacht.

»Verflixt!« Evangeline schlug mit der Faust auf die Anrichte.

Draußen auf der Veranda warf sich das Friedhofsungeheuer gegen die Haustür, dass es nur so krachte.

Evangeline schaute besorgt über die Schulter. »Sie wird schon halten«, redete sie sich ein.

Sie stellte die Laterne ab und zog ihr Messer aus dem Oberschenkelgurt, um sich ein Stück Kuchen abzuschneiden, das von dem Waschbären verschont worden war. Gerade als sie die Klinge ansetzte, warf sich das Ding auf der Veranda erneut gegen die Tür, und dieses Mal brach der Rahmen mit lautem Krachen.

Evangeline fuhr herum. Eine der rostigen Türangeln hatte sich gelöst und fiel klappernd auf den Holzboden.

Leise fluchend schnappte sie ihre Laterne und stürmte los, durch den kleinen dunklen Flur und in Mr und Mrs Arseneaus Schlafzimmer. Sie knallte die Tür hinter sich zu und schloss sie ab.

Vom Hauseingang war zu hören, wie die Tür nach innen fiel und gegen die Wand krachte.

Evangeline hob die Laterne an und versuchte, sich im trüben Licht ein Bild von der Lage zu machen.

In einer Ecke stand das Bett, mit Mrs Arseneaus

handgefertigter Patchwork-Decke. Selbst genähte geblümte Rüschengardinen umrahmten das einzige Fenster des Zimmers. Neben dem großen Kamin standen aufgestapelte Holzkisten, mit Mr Arseneaus selbst gebrautem medizinischem Kräuterbier. Evangeline verzog das Gesicht. Kurz zuvor hatte sie das zweifelhafte Vergnügen gehabt, das krachsüße, kohlensäurefreie Getränk zu probieren, und fand, dass es nicht die geringste Ähnlichkeit mit dem eisgekühlten *Barq's*-Kräuterbier hatte, das man in Pichons Kramladen kaufen konnte.

Draußen im Flur klickerten die Krallenfüße langsam in Richtung Schlafzimmer und blieben davor stehen. Zwischen Tür und Rahmen war ein schnüffelndes Geräusch zu hören.

Evangeline eilte zum Fenster und wollte es nach oben schieben, aber es ließ sich nicht bewegen. Sie versuchte es noch einmal mit aller Kraft – leider vergeblich, denn es war in den vergangenen hundert Jahren regelmäßig gestrichen worden und durch all die Farbe so fest versiegelt, dass man es nicht öffnen konnte.

Sie saß in der Falle.

Verzagt betete sie, dass diese Türangeln stabiler waren als die der anderen Tür. Als sie gegen das hinter ihr stehende Bett stieß, schoss eine bleiche, langfingrige Hand darunter hervor, packte ihren Knöchel und riss ihr das Bein weg.

Evangelines Laterne flog durch die Luft und zersprang in tausend Stücke. Evangeline selbst stürzte zu Boden und schlug mit dem Gesicht auf die harten Holzdielen.

3

Aus der heruntergefallenen Petroleumlaterne schlug eine Flamme in Mrs Arseneaus selbst genähte Gardinen, fraß sich genauso gierig in das hübsche Blümchenmuster wie der Waschbär in den Pekannuss-Pie.

Evangeline war noch nicht mal wieder halbwegs auf den Beinen, als eine zweite bleiche Hand hervorschnellte, ihr anderes Fußgelenk zu fassen bekam und es so fest umklammerte, dass die Nägel sich in Evangelines Krokodillederstiefel gruben.

»Du ruinierst meine Stiefel, zum Teufel mit dir!«

Die Bestie vor der Schlafzimmertür knurrte.

Das Ding unter dem Bett zerrte an ihr. Als es sie in die Dunkelheit zog, von der es umgeben war, kamen ihr die letzten Zeilen von Mrs Arseneaus Botschaft in den Sinn: *Da ist auch noch ein ...*

»So ein Mist!« Mrs Arseneau hatte nicht von einem Kuchen als Bezahlung für Evangelines Dienstleistung gesprochen. Sie meinte damit, dass sie einen Schattenbeißer unterm Bett hatten. Evangeline tastete nach ihrem Messer, doch ihre Hand streifte nur die leere Hülle. »Verfluchter Mist!« Ihr Messer war in der Küche und steckte im Pekannuss-Pie.

Ein Gefühl eiskalter Panik stieg in ihr auf, aber sie war entschlossen, sich nicht davon übermannen zu lassen. Sie rief sich Grannys Worte zu diesem Thema ins Gedächtnis: *Angst ist wie ein Fangeisen. Sie hält dich davon ab weiterzugehen. Sie fesselt deinen Mut und deinen Verstand.*

Evangeline holte tief Luft und schluckte ihre Furcht hinunter – eine Meisterleistung, die manchmal so schwierig war, als müsste man ein Kopfkissen in eine Streichholzschachtel stopfen.

Sie nahm alle Kräfte zusammen, riss einen Fuß aus der Umklammerung und trat dem Schattenbeißer ins Gesicht, wobei ihre silberne Stiefelspitze ihm die Wange aufschlitzte.

Das Monster schrie auf und ließ ihren anderen Fuß los.

Evangeline kroch unter dem Bett hervor und krabbelte über den Boden wie eine Spinne. Als sie kurz nach hinten statt nach vorn schaute, fasste sie in eine Scherbe der zerbrochenen Laterne. Glas bohrte sich in ihren Handballen. Petroleum drang in die Wunde und brannte wie Feuer. Jammernd und fluchend zog sie die Scherbe heraus, ballte die verletzte Hand zur Faust und bemühte sich, keine blutigen Abdrücke zu hinterlassen. Unterwegs kroch sie durch eine Pfütze aus Petroleum, das von ihrer Jeans aufgesaugt wurde.

Knisternd und prasselnd fraß sich das Feuer in Mrs Arseneaus Gardinen und trieb dunkle Rauchfahnen ins Zimmer. Evangeline musste husten und ihre Augen fingen an zu tränen. Die Hitze stieg ihr ins Gesicht.

Die Bestie im Flur stieß einen lang gezogenen Heulton aus und warf sich mit lautem Rums gegen die Tür.

Evangeline spähte unters Bett. Im Feuerschein der brennenden Vorhänge konnte sie die Umrisse des Schattenbeißers erahnen. Ein Wesen von der Größe eines zehnjährigen Kindes mit geisterhaft weißem Schnauzgesicht starrte sie aus schwarzen Knopfaugen an. Angespannt hockte es auf seinen haarigen Beinen. Ein langer, schuppiger Schwanz lag aufgerollt wie eine rosa Schlange neben seinem fellbedeckten Körper. Fauchend riss es sein bleiches Maul auf und zeigte seine nadelspitzen Zähne.

»Halt die Klappe!« Evangelines verletzte Hand tat höllisch weh und vom Rauch brannten ihr die Augen. Sie hatte keine Lust auf feindselige Faxen, schon gar nicht von einer Kreatur, die dumm genug gewesen war, um vom Baum der Furcht zu kosten. »Du hast dir diesen Mist selbst eingebrockt. Du weißt ganz genau, dass man sich vor den giftigen Früchten hüten soll. Und jetzt sieh dich nur an, du bist genauso unbeherrscht und außer Kontrolle wie die Angst selbst.«

Wieder kamen ihr Grannys Worte in den Sinn. *Angst ist ein machtvolles Gift. Sie verwandelt friedliche Lebewesen in Ungeheuer, Bestien, die ohne nachzudenken zuschlagen.*

»Du führst dich auf wie ein verfressener Waschbär«, fuhr Evangeline fort. »Ich hätte Opossums für klüger gehalten.«

Das Monster, das zuvor ein Opossum von durchschnittlicher Größe gewesen war, schlug mit seinem rosa Schwanz und fauchte erneut.

Evangeline seufzte erschöpft. All ihr Gemecker würde den Schattenbeißer nicht unter dem Bett hervorlocken. Und sie konnte das Biest nicht herauszerren, ohne von ihm zerfleischt zu werden. Genauso wenig konnte sie es dort lassen, wo es des Nachts Leute am Knöchel packen würde, um an ihren Zehen zu knabbern. Es sollte sogar Schattenbeißer geben, die jedem Fuß, den sie zu fassen kriegten, die Zehen abbissen.

Zu der stetig länger werdenden Liste ihrer Aufgaben kam die Frage, was sie mit dem Monster anfangen sollte, wenn sie es schaffte, es unter dem Bett hervorzulocken. Hätte sie doch nur ein Fläschchen von Grannys Zähmungs-Tinktur eingesteckt. Damit hätte sie das Viech dort, wo es hockte, beruhigen und den Prozess in Gang setzen können, der es langsam zu seiner normalen Größe und Wesensart zurückkehren lassen würde.

Die Bestie im Flur attackierte ein weiteres Mal die Schlafzimmertür.

Die Luft füllte sich mehr und mehr mit schwarzem Rauch. Hustend versuchte Evangeline ihn wegzuwedeln. Bald würden die Flammen von den Vorhängen weiterspringen, das verschüttete Petroleum erreichen und durchs ganze Zimmer rasen.

Sie versuchte, sich zu konzentrieren. Eine echte Geisterjägerin würde wissen, was sie tun musste. Und sie *war* eine Geisterjägerin. Nur noch nicht offiziell.

Sie dachte kurz nach.

Als Erstes galt es, das Feuer zu löschen. So viel stand fest. Ein weiterer Granny-Leitspruch kam ihr in den Sinn. *Improvisiere. Nutze, was du weißt, und nutze, was du hast.*

Evangeline durchwühlte ihre fast leere Tasche, zwischen dem Kreidestück, der Streichholzschachtel und dem Fläschchen mit dem Haarbüschel, das sie von der Rinde des Eichbaums gerissen hatte, bekam sie die Flasche mit Weihwasser zu fassen. Es reichte allerdings nicht einmal ansatzweise, um die Flammen zu löschen. Ein Plan musste her.

Als sie sich im Zimmer umschaute, fiel ihr Blick auf die Kisten mit Mr Arseneaus medizinischem Kräuterbier.

Da hatte sie ihren Plan gefunden.

Sobald sie das Feuer gelöscht hatte, würde sie sich um das Monster unterm Bett kümmern. Dann würde sie der Kreatur im Flur entgegentreten. Sie hatte ihre

Aufgaben klar vor Augen. Daran war nicht zu rütteln. Sie würde alle Hände voll zu tun haben.

Das wildgewordene Friedhofsbiest stieß ein verzweifeltes Geheul aus und kratzte erneut mit den Krallen über die Tür.

Evangeline blickte beklommen in seine Richtung. Irgendwann würde das Holz durch sein, aber darum konnte sie sich momentan keine Sorgen machen. Sie rappelte sich hoch, eilte zu den Kräuterbier-Vorräten und nahm eine Kiste vom Stapel. Hastig riss sie die Bügelverschlüsse auf und schleppte die Kiste zum Fenster.

Indem sie eine Flasche nach der anderen in die Flammen goss, löschte sie die brennenden Vorhänge, von denen bald nur noch nasse, dampfende Lumpen übrig blieben.

Der Gestank nach Rauch, Petroleum und zuckersüßem Kräuterbier raubte ihr fast den Atem. Zumindest hatte sie es geschafft, das Feuer zu löschen, damit jedoch gleichzeitig die einzige Lichtquelle beseitigt, die es im Raum gab.

Japsend, keuchend und völlig verängstigt kroch der Schattenbeißer unter dem Bett hervor. Mittlerweile war er klug genug, sich vor ihren silbernen Stiefelspitzen in Acht zu nehmen. Beim nächsten Angriff würde er eine Stelle oberhalb ihrer Stiefel attackieren.

Das Herz schlug ihr bis zum Hals. Sie bündelte ihre

Gedanken und richtete sie auf das Problem, das auf sie zugeschlichen kam.

Wenn sie es schaffte, den Schattenbeißer einzufangen, in eine Decke zu wickeln und nach Hause zu bringen, könnten sie und Granny ihn beruhigen und im Sumpf freilassen. Es war kein toller Plan, aber sie musste es versuchen. Jedenfalls konnte er nicht in seiner jetzigen Form bleiben und aus Zehen Hackfleisch machen.

Der Schattenbeißer fauchte. Seine Krallen klickten über die Holzdielen, als er sich ihr näherte.

Evangeline wich zurück und wühlte verzweifelt in ihrer Tasche herum.

Das Untier jenseits der Tür stieß ein tiefes, drohendes Knurren aus.

Sie zog die Streichholzschachtel hervor und riss ein Hölzchen an. Die winzige Flamme war hell genug, um den Weg zum Kamin, auf dessen Sims eine Petroleumlampe stand, zu beleuchten.

Das Monster im Flur warf sich so heftig gegen die Tür, dass ihr Rahmen wackelte. Sie würde nicht mehr lange halten.

Evangeline entzündete den Docht der Lampe, der zu einer kleinen goldenen Lichtquelle aufflammte.

Der Schattenbeißer zuckte zurück. Zischend und fauchend hielt er sich die langfingrigen Hände vors Gesicht.

»Du bleibst jetzt da sitzen und rührst dich nicht vom Fleck, verstanden?«, befahl Evangeline, indem sie nach Mrs Arseneaus handgenähter Quiltbettdecke tastete.

Das Viech schoss an ihr vorbei, sprang in die Feuerstelle und versuchte, den gemauerten Kamin hinaufzuklettern.

»Nein!« Sie riss die Decke vom Bett und schlug sie dem Biest um sein Hinterteil.

Es wehrte sich fauchend, bekam ein Hinterbein frei und riss ihr mit seinen Krallen die Wange auf. Sie nahm den Schmerz kaum wahr. Der Schattenbeißer befreite sich und kletterte durch den Kamin bis aufs Dach. Von dort sprang er in den nächtlichen Garten.

Fluchend eilte Evangeline zum Fenster, schob die mit Kräuterbier getränkten Gardinenfetzen beiseite und schaute nach draußen.

Im Mondlicht trippelte der Schattenbeißer auf allen vieren dahin, knirschte mit den Zähnen und zog seinen schlangenartigen rosa Schwanz hinter sich her. Bald war er zwischen Bäumen und Blattwerk verschwunden.

Wütend schlug Evangeline gegen die Fensterscheibe. »Du kannst nicht vor Evangeline Clement davonlaufen! Ich bin noch nicht mit dir fertig! Ich bin eine Geisterjägerin! Schreib dir das hinter die Ohren!«

Vom Flur aus war zu hören, wie das haarige, gelbäugige Friedhofsungeheuer den Rückzug antrat, das

Klacken seiner Krallen entfernte sich und wurde leiser, als es sich durch die Haustür zurückzog und die Eingangstreppe hinunterstieg.

Evangeline blieb einen Augenblick stehen. Dann hielt sie ihr Ohr an die Schlafzimmertür und lauschte gespannt. Kein Laut deutete auf die Rückkehr des großen Ungeheuers hin. Offenbar hatte es beschlossen, dass der Schattenbeißer eine leichtere Beute sein würde. Und das bedeutete, dass sie nicht mehr darüber nachdenken musste, wie sie ihn einfangen und beruhigen konnte. »Armes kleines Ding.« Sie seufzte. So war es nun mal im Sumpf. Eine Kreatur fraß die andere.

Sie nahm die Petroleumlampe vom Sims, öffnete die Schlafzimmertür und spähte in den dunklen Flur. Noch immer war nichts zu sehen. In der Küche entdeckte sie ein Stück Papier und einen Bleistiftstummel und schrieb eine kurze Nachricht an Mrs Arseneau:

Die Banshee wurde vertrieben, und der Schattenbeißer ist fort. Leider hat ein Waschbär den Pekannuss-Pie gefressen, aber das ist schon in Ordnung. Für meine Dienste berechne ich nichts.
Evangeline Clement

Sie überlegte, ob sie anbieten sollte, neue Schlafzimmervorhänge zu nähen, doch beim Gedanken an ihre früheren fehlgeschlagenen Versuche mit Nadel und

Faden, entschied sie, dass eine gekaufte Fensterdekoration willkommener sein würde.

Da sie nicht mehr hungrig war, zog sie ihr Messer aus dem Kuchen und wischte die Klinge an ihrem mit Petroleum verschmierten Hosenbein ab. Draußen sammelte sie Glocke, Wacholderzweig und den von Granny ausgeliehenen roten Umhang ein und machte sich auf den Heimweg.

Als sie den Pfad entlangtrottete, raschelte etwas zwischen den Zwergpalmen und wilden Azaleen am Wegesrand. Vielleicht war es nur die sechsbeinige Hydrangea-Eidechse, die sie in dieser Gegend beobachtet hatte, doch sie blieb nicht stehen, um sich zu vergewissern, sondern beschleunigte ihre Schritte und eilte weiter.

4

Als Evangeline endlich wieder zu Hause war, graute schon fast der Morgen. Zerschunden und nach Rauch, Petroleum und süßem Kräuterbier stinkend, schleppte sie sich die Eingangstreppe hoch, schloss die Tür auf und hängte Grannys roten Umhang wieder an den Haken. Granny hatte ihren Schaukelstuhl verlassen und aus dem Schlafzimmer am Ende des Flurs war ihr lautes Schnarchen zu hören.

In dem winzigen Bad versorgte Evangeline ihre Wunden. Als sie den Tiegel mit der Calendulasalbe aus dem Medizinschränkchen nahm, sah sie ihr Gesicht in dem altersfleckigen Spiegel. Ihr Auge hatte sich in ein lila Veilchen verwandelt, und die tiefe Schürfwunde auf ihrer Wange kündete von den scharfen Krallen des Schattenbeißers. Von den Scherben der Laterne zog sich eine blutige Schnittwunde über ihre Hand. Sie sah aus, als hätte sie mit einem wild gewordenen Puma gekämpft und verloren. So fühlte sie sich auch. Sorgfältig strich sie die fetthaltige Salbe auf ihre

Wunden und verband ihre Hand. Ihr Blick fiel auf die altmodische Badewanne mit den Löwenfüßen, aber sie war viel zu müde, um ein Bad zu nehmen, obwohl sie dringend eins gebraucht hätte.

In ihrem Zimmer legte sie die Schultertasche beiseite und zog die Krokodillederstiefel aus. Sie zerrte ein altes T-Shirt aus der am Boden liegenden Schmutzwäsche, wischte ihre Stiefel damit ab und inspizierte die hässlichen Kratzer, die der Schattenbeißer hinterlassen hatte. Diese Stiefel waren ihr erster Lohn gewesen, und sie hatte hart gearbeitet, um sie sich zu verdienen, als sie Granny dabei geholfen hatte, Old Man LeBlanc's Gerbereischuppen von einer schlimmen Blutfeenplage zu befreien. Leider bestand die andere Hälfte der Vergütung aus einem Grillabend mit halbgarem Rehfleisch – außen knusprig und innen blutig. Eigentlich war Evangeline beim Essen nicht wählerisch, aber es gab ein paar Sachen, die sie einfach nicht ausstehen konnte und dazu gehörte halbgares Fleisch.

Ohne ihre rußverschmierten Jeans und das Camouflage-T-Shirt auszuziehen, fiel sie ins Bett und auf die ausgeblichene Patchwork-Decke – Grannys erster Lohn als frischgebackene Geisterjägerin, damals noch mit glatter, narbenfreier Haut.

Granny war etwa in Evangelines Alter gewesen, als sie sich die Patchwork-Decke ganz allein verdiente, nur dass sie da schon längst ihren tierischen Gefährten an ihrer Seite hatte. Doch das spielte keine Rolle. Es war kein Wettrennen. Sie würde ihren Tiergefährten bald finden und beweisen, dass sie Herzensmut hatte.

Die Kombination dieser beiden Dinge würde in ihr eine starke Magie entfachen. Ihre neuen Kräfte und die Fähigkeiten, die sie sich in ihrem bisherigen Leben erworben hatte, würden aus ihr eine ebenso talentierte Geisterjägerin machen wie Mama und Granny.

Aber was ist, wenn das alles nicht passiert?, meldete sich eine penetrante Stimme aus ihrem Hinterkopf zu Wort. *Was ist, wenn dein dreizehnter Geburtstag kommt und geht, ohne eine Spur von deinem Tiergefährten und ohne, dass auch nur ein Funke deiner Kraft zum Vorschein kommt? Was ist, wenn du nichts weiter bist als ...*

»Nein!« Ihr geflüsterter Widerspruch platzte derart heftig aus ihr heraus, dass sie fast fürchtete, ihre schnarchende Granny auf der anderen Seite des Flurs aufzuwecken. Ein steinharter Klumpen schien ihr im Hals zu stecken.

Nein. Sie war kein gewöhnliches Mädchen. Sie war eine Geisterjägerin, Nachfahrin einer langen, stolzen Linie von Geisterjägerinnen. Ihre Mama hatte ihr die grundlegenden Kräfte vererbt, genauso wie alle ihre weiblichen Vorfahren es seit über zweihundert Jahren getan hatten. Jene Gaben wurden von jeder Mutter genetisch weitergegeben an ihr einziges Kind, bei dem es sich stets um eine Tochter handelte. Sie war nicht der Endpunkt von Grannys Erblinie. Sie war keine dieser seltenen, zufallsbedingten Nachfahrinnen, die ohne magische Fähigkeiten geboren wurden. Dessen war sie sich ganz sicher. Sie kniff die Augen zusammen, um den Schlaf herbeizuzwingen, obwohl sie genau wusste, dass die dunklen Zweifel morgen wieder zur Stelle sein und an ihrer Tür scharren würden.

Nach einer Weile rauschte ihr Bewusstsein davon wie das schlammige Wasser des Bayou und der Schlaf senkte sich auf sie herab.

Es war, als hätte sie nur ein paar Minuten gedöst, bevor sie von Grannys Geklapper in der Küche geweckt wurde. Der Duft nach starkem Kaffee drang in ihr Zimmer. Ihr Magen fing an zu knurren, doch ihre Erschöpfung war stärker.

Sie fiel zurück in einen wunderbaren, tiefen, dunklen Schlaf.

Etwas kratzte an ihrer Fensterscheibe und verursachte ein nervtötendes Gequietsche, das bald von jämmerlichem Jaulen begleitet wurde.

»Fader …«, stöhnte Evangeline. Sie zog sich das Kissen über die Ohren, aber es half nicht. Das Maunzen durchdrang die Federn und bohrte sich in ihr Trommelfell.

Ungehalten warf sie das Kissen beiseite und setzte sich auf, die Augenlider so schwer wie Grannys gusseiserner Gumbo-Topf. »Blöder Kater.« Sie krabbelte aus dem Bett und schob das Fenster hoch, worauf Fader ins Zimmer sprang und in Richtung Küche lief.

Sie schlüpfte zurück ins Bett und war schon wieder am Einschlafen, als Granny ihren silbernen Gehstockgriff gegen den Türrahmen schlug. »Evangeline!«, rief sie und steckte ihren grauhaarigen Kopf durch die Tür. »Wir werden gebraucht.«

»Will noch schlafen«, murmelte Evangeline.

»Der Kaffee wird kalt.« Granny stützte sich auf ihren Stock und hinkte zurück in die Küche.

Evangeline murrte missmutig.

»Um Liliths willen«, rief Granny, »wasch dich. Du stinkst wie ein Iltis, der aus der Kloake gezogen wurde.«

Gähnend richtete Evangeline sich auf. Ihr Knie fing an zu jucken und sie kratzte sich, ein sicheres Zeichen, dass sie bald in einer fremden Kirche knien würde. Kein freundliches Omen. Sie liebte zwar Kirchen, aber auf unbekannte Orte konnte sie verzichten.

»Evangeline Clement!«, rief Granny.

Ihre Worte hätten mehr Gewicht gehabt, wenn Evangelines zweiter Vorname ebenfalls genannt worden wäre. Doch sie besaß keinen zweiten Namen. Sie hieß nur Evangeline Clement.

»Beweg deinen Hintern. Wir werden gebraucht.«

»Jawohl, Madam«, erwiderte Evangeline respektvoll. Widerwillig schwang sie die Beine aus dem Bett.

»Wir werden gebraucht«, rief sie sich ins Gedächtnis. Die drei Worte waren für eine Geisterjägerin ein ebenso strenges Kommando wie eine Brandmeldung für einen Feuerwehrmann. Gähnend kratzte sie sich erneut am Knie und trottete ins Bad.

Frisch gebadet roch sie nicht länger wie ein Stinktier, das in die Jauchegrube gefallen war, und setzte sich an den Tisch. Der traumhafte Duft nach in der Pfanne bratenden armen Rittern stieg ihr in die Nase. Daneben brutzelten Würstchen vor sich hin. Sie atmete tief ein und ihr Magen rumpelte in freudiger Erwartung.

Granny stellte ihr einen Teller mit Essen und einen dampfenden Becher Kaffee hin. Sie bemerkte Evangelines Veilchen, die Wunde an der Wange und die verbundene Hand. Sie zog die Brauen hoch, stellte jedoch keine Fragen.

Evangeline gab keine Auskunft. Sie nahm den Becher in beide Hände und trank. Der mit Zichorien versetzte, starke Kaffee strömte wie ein Zaubermittel durch ihre Adern. Ihr Blick schärfte sich und brachte sie wieder zur Besinnung. Ihr Wille wurde gestärkt, in Angriff zu nehmen, wofür sie gebraucht wurden. Sie stopfte sich einen großen Happen von den armen Rittern in den Mund und schlang ihn fast ohne Kauen herunter. Nach nächtlichen Geisterjagden war sie immer ausgehungert.

»Langsam, langsam«, mahnte Granny. Die verblasste Narbe in ihrem Gesicht schien ihren vorwurfsvollen Ton zu unterstreichen. »Würde. Selbstbeherrschung. Das sind die wichtigsten Charaktereigenschaften einer Geisterjägerin. Statt sich vollzustopfen wie ein wilder Eber.«

»Jawohl, Madam«, murmelte Evangeline mit vollem Mund. Sie schluckte und räusperte sich. »Die Arseneaus hatten letzte Nacht ein Banshee-Problem, aber ich habe mich drum gekümmert und auch um den Schattenbeißer unter ihrem Bett.«

Granny sah Evangeline prüfend an. »Hast du alles so zurückgelassen, wie du es vorgefunden hast?«

Evangeline genehmigte sich eine weitere Gabel voll armer Ritter und dann noch eine, wie eine Biberratte, die sich Unmengen von Sumpfwurzeln ins Maul stopft. Mit vollem Mund durfte man schließlich nicht sprechen.

Grannys Blick wurde strenger. »Evangeline ...«

Evangeline kaute widerwillig und schluckte die armen Ritter herunter. »Na ja, das ganze Haus habe ich nicht abgebrannt, aber ...«

Granny schloss die Augen und ahnte wohl, dass sie nicht umhinkommen würde, bei Mrs Arseneau die Wogen zu glätten.

Bevor ihre Großmutter nach weiteren Details fragen konnte, sprang Evangeline auf, um das schwarze

Haarbüschel zu holen, das sie an der Eichenrinde entdeckt hatte.

»Das habe ich letzte Nacht gefunden.« Sie reichte Granny das Fläschchen und setzte sich wieder vor ihren Frühstücksteller.

Granny nahm den Deckel ab und schnüffelte am Inhalt der Flasche. »Wo hast du das gefunden?«

»Beim St.-Petite-Friedhof.«

»O.« Granny nickte, als hätte Evangelines Antwort das Ganze irgendwie erklärt. Sie stellte das Fläschchen ins Regal und wandte sich wieder ihren Aufgaben zu. »Iss auf. Wir müssen uns auf einen Fall vorbereiten.« Damit tauchte sie die Bratpfanne in die Spüle und ihre kräftigen Arme versanken bis zu den Ellbogen im schaumigen Wasser.

»Und für wen sollen wir die Aufgabe erledigen?«, wollte Evangeline wissen und aß noch einen Bissen.

Granny schrubbte die Pfanne gründlich sauber und spülte sie mit klarem Wasser ab. »Für eine Familie in New Orleans.«

Evangeline hörte auf zu kauen und ihr Appetit schrumpfte dahin wie ein toter Frosch auf dem heißen Asphalt. »New Orleans? Wieso wollen sie ausgerechnet uns?«

»Sie haben dort keine Geisterjägerin mehr.« Granny hielt kurz inne und ließ die Schultern hängen. Sie holte tief Luft, bevor sie weiterredete. »Und bis ihre Tochter alt genug ist, helfen wir ihnen abwechselnd, wenn es nötig ist.«

Evangeline hatte durchaus Verständnis für die Notlage der jungen und mutterlosen Geisterjägerin aus New Orleans. Die Abwesenheit ihrer eigenen Mama löste in ihr noch immer ein Gefühl der Leere aus, obwohl sie zu jung gewesen war, um sie kennenzulernen, bevor sie bei ihrer Arbeit als Geisterjägerin ums Leben gekommen war. Evangeline seufzte. »Kann das nicht jemand anders machen?«

»Iss auf«, wiederholte Granny. »Wir haben viel vorzubereiten, bevor Percy uns heute Nachmittag abholen kommt.«

Granny hatte gesprochen. Und das war's.

Evangeline zog ein trübes Gesicht und schob den Teller von sich. Die Stadt war laut und voll, es gab zu viele Leute und zu viele hohe Gebäude. Und es roch komisch. Sie fühlte sich in Städten nicht wohl, und in Gesellschaft von Stadtbewohnern mit ihren schicken Autos und schicken Klamotten fühlte sie sich schon gar nicht wohl. Sie blieb viel lieber hier im Sumpf, wo es vernünftiger zuging und wo das Leben in friedlichen, geordneten Bahnen verlief.

»Hör auf zu schmollen«, sagte Granny, während sie die Pfanne trocken rieb. Sie musste Evangeline gar nicht anschauen, um ihren Gesichtsausdruck zu deuten.

»Jawohl, Madam.«

Als Evangeline ihr Geschirr zur Spüle brachte, warf Granny Fader ein Stück Wurst hin, doch er kauerte weiter mit eingezogenem Schwanz unterm Tisch und schmollte genauso verbissen wie Evangeline. Normalerweise strich er Granny um die Beine und bettelte um ein Stückchen Fleisch. Es war ein Wunder, dass Granny noch nie über den dummen Kater gestolpert war.

Wie ein grauer Blitz, schoss ein knöchelhoher Yimmby unter dem Küchenschrank hervor. Er sauste auf seinen zwei dünnen Beinchen mit wackelndem Kugelbäuchlein über den Küchenboden. Die weißen Haare umwehten seinen Kopf wie Grasbüschel im Wind. Er schnappte Fader das Stück Wurst vor der Nase weg und schaute sich mit runden, großen Augen im Zimmer um, auf der Suche nach dem schnellsten Fluchtweg.

Blitzschnell bückte sich Evangeline, packte den Yimmby an seinen mageren Beinen und brachte ihn zu Fall. Die Wurst entglitt ihm und rollte zurück vor Faders Nase.

Seinen Fußknöchel zwischen Daumen und Zeigefinger haltend, trug sie das widerspenstige Wesen zur Haustür und beförderte es nach draußen. Sie und Granny teilten ihr Essen ansonsten gern mit Not leidenden Kreaturen, aber ein Yimmby fraß einem die Haare vom Kopf, wenn man nicht aufpasste.

Der Yimmby sprang auf seine langen Füße und stürmte auf Evangeline zu, wobei er sein schrilles *Kik-kik-kik*-Gekreische ausstieß und ihr mit seiner winzigen Faust drohte. Evangeline ließ ihn weiterschimpfen, warf die Wurst nach draußen und knallte die Tür zu.

Granny richtete einen missbilligenden Blick auf Fader, der immer noch reglos unterm Küchentisch hockte. Dann drehte sie sich um und schrubbte Evangelines Teller und Becher im schaumigen Spülwasser sauber.

»Was ist unser Auftrag in New Orleans?«, fragte Evangeline.

Granny spülte das Geschirr mit klarem Wasser nach, stellte es aufs Abtropfbrett und trocknete sich die Hände ab. Auf den Stock gestützt, humpelte sie durch den Raum zu einer alten Truhe, aus der sie einen ramponierten braunen Lederkoffer hervorholte, der sie schon auf zahllosen Geisterjagden begleitet hatte.

»Granny?«, bohrte Evangeline.

»Geh und pack deine Sachen, Evangeline.« Granny ging zu einem der Regale und strich mit dem Finger über die Flaschen und Gläser, die auf den Brettern standen.

»Jawohl, Madam.« Wenn Granny fertig war, würde sie ihr sicher mehr erzählen. Trotzdem breitete sich in ihrem Magen ein unbehagliches Gefühl aus. Granny war selten schweigsam, wenn man sie nach einem

Auftrag fragte, und wenn sie nichts preisgeben wollte, verhieß das nichts Gutes.

Mit sich selbst redend, füllte Granny den großen Koffer mit verschiedenen Pasten, Pudern und Salben. Gedankenverloren rieb sie den silbernen Geisterjägerinnen-Talisman, den sie um den Hals trug, immer ein sicheres Anzeichen, dass sie etwas Schwerwiegendes auf dem Herzen hatte, und ging in ihr Zimmer, um weitere Sachen zu holen.

Auch Evangeline zog sich in ihr Zimmer zurück und versuchte, ihre Befürchtungen zu verdrängen. Fader schlich ihr mit gesträubtem Fell hinterher. Er sprang aufs Fensterbrett und starrte nach draußen. Zwei seiner vier Ohren legten sich zurück und sein Schwanz glitt hin und her. Unter leisem Fauchen entblößte er seine scharfen Zähne, sprang vom Fensterbrett und verzog sich unter Evangelines Bett.

»Was ist in dich gefahren, du vierohriger Angsthase?« Evangeline starrte aus dem Fenster und das Herz blieb ihr stehen.

5

Da, zwischen den Spinnenlilien und den Muskatellertrauben, direkt unter dem Gagelstrauch stand ein riesiger schwarzer Hund. Er wartete nur knapp zwei Meter von ihr entfernt, seine breite Schnauze mit den herabhängenden Lefzen war auf das Haus gerichtet. Mit seinem wuchtigen Kopf, dem dicken Hals und den muskelbepackten Beinen musste er an die hundert Kilo auf die Waage bringen. Das Tier sah Evangeline mit traurigen, gelben Augen an. Es waren dieselben gelben Augen, deren Spiegelbild sie in der letzten Nacht im Fenster der Arseneaus gesehen hatte.

Am liebsten wäre sie zu Fader unters Bett gekrochen, doch ihre Stiefel schienen im Boden verankert zu sein.

»Ein Grim.« Sie brachte die gefürchteten Worte kaum über die Lippen. Dieser Höllenhund mit seinem struppigen, schlammverkrusteten Fell war es, der sie gestern Abend vom St.-Petite-Friedhof aus beobachtet hatte, ihr zum Haus der Arseneaus gefolgt und durch die Haustür gekracht war, wild entschlossen, sie zu holen. Und wenn sie sich nicht irrte, war es auch dasselbe Viech, das zwischen den wilden Azaleen und Zwergpalmen herumgeschlichen war, als sie sich auf den Heimweg gemacht hatte. Das schwarze Haarbüschel, das sie beim St.-Petite-Friedhof gefunden hatte, stammte zweifellos von diesem Hund.

Ihre Beine waren weich wie Pudding und sie musste sich am Fensterbrett abstützen. Die Anwesenheit des Grims konnte nur eines bedeuten.

Sie würde bald sterben und er war gekommen, um sie auf die andere Seite zu führen.

Was hatte Granny ihr sonst noch über Grims erzählt, außer dass sie sich häufig bei den Ruhestätten der Toten aufhielten? Sie durchforstete ihre Erinnerungen.

Manchmal traten sie bei Unfällen in Erscheinung. Darüber hinaus tauchten sie auf, wenn jemand unter einer schlimmen Krankheit litt und bald sterben würde. Aber sie fühlte sich vollkommen gesund. Sie schaute besorgt in die Richtung, in der sich Grannys Schlafzimmer befand. Und mit einem Mal wusste sie Bescheid. Der Grim war nicht wegen ihr gekommen, sondern wegen Granny.

Sie hätte es wissen müssen. Erst gestern war ihr aufgefallen, dass ihre silbernen Stiefelspitzen poliert werden mussten, ein sicheres Anzeichen für den baldigen

Tod eines nahestehenden Menschen. Sie schnappte nach Luft bei einem weiteren Gedanken, der sie wie ein Schlag in die Magengrube traf. Gestern Abend hatte sie Grannys roten Umhang getragen. Der Grim musste sie mit Granny verwechselt haben. Erst als sie dem fliehenden Schattenbeißer ihren eigenen Namen hinterhergeschrien hatte, war er aus dem Haus verschwunden. Ihr Herz krampfte sich zusammen. Granny musste krank sein, todkrank. Und wenn Granny wusste, dass ihre Zeit bald vorbei war, würde sie der Bestie ohne Gegenwehr folgen.

Nie im Leben würde sie Granny auf die Anwesenheit des Grims aufmerksam machen. Es würde ihr Geheimnis bleiben. Sie würde nicht zulassen, dass Granny von ihr ging, zumindest nicht in naher Zukunft. Sie würde eine Heilerin zur Hilfe rufen, und dann würde alles wieder in Ordnung kommen. Und da das Erwachen ihrer Geisterjägerinnen-Kräfte kurz bevorstand, würde sie vielleicht selbst imstande sein, ihre Granny zu heilen.

Doch zuerst musste sie das Untier loswerden.

Eilig verließ sie ihr Zimmer, warf einen weiteren Blick zum anderen Ende des Flurs, wo Granny vor sich hin murmelnd ihren Handkoffer packte.

Als Erstes holte sich Evangeline eine Spritzflasche mit Chupacabra-Abwehrmittel. Grims und Chupacabras waren natürlich nicht dasselbe, aber einen Versuch war es wert. Auf dem Rückweg in ihr Zimmer hielt sie inne. Ein weißer Briefumschlag lag auf der Anrichte, eine weißer Briefumschlag mit dem aufgebrochenen wächsernen Siegel des Rates. Sie drehte ihn herum. Er war an Granny adressiert, die ihr geraten hätte, sich um ihren eigenen Kram zu kümmern, aber Evangeline weigerte sich. Sie zog den Brief heraus und überflog seinen Inhalt, bevor sie stirnrunzelnd die erste Zeile des Dokuments studierte.

Ihrem Antrag, den New-Orleans-Fall übernehmen zu dürfen, wurde vom Rat einstimmig stattgegeben.

Granny hatte sich freiwillig um den New-Orleans-Fall beworben? Und alle elf Ratsmitglieder waren damit einverstanden? Aber Granny hasste Städte genauso sehr wie sie. Es sei denn … es sei denn, Granny wusste, dass ihr nicht mehr viel Zeit blieb, und sie wollte dem Rat ein letztes Mal ihre Unterstützung anbieten und ihrem Lehrmädchen eine letzte Lektion erteilen.

Evangeline schob den Brief zurück in den Umschlag. Mit dem Chupacabra-Abwehrmittel in der Hand eilte sie in ihr Zimmer und schloss die Tür hinter sich.

Fader hockte noch immer unter dem Bett. Der schwarze Hund stand reglos im Garten und starrte das Haus an. Sie schob das Fenster hoch und sprühte eine ordentliche Ladung von dem streng riechenden Abwehrmittel auf das schwarze, verfilzte Fell des Untiers.

Der Hund inspizierte kurz sein feuchtes Fell, bevor er den Blick seiner gelben Augen wieder auf das Haus richtete. Einen passenden Spruch murmelnd belegte Evangeline das Tier mit dem bösen Blick. »Ich befehle dir, diesen Grund und Boden zu verlassen.« Hoffnungsvoll hielt sie den Atem an.

Diesmal wandte sich das Ungeheuer ab. Mit zurückgelegten Ohren und hängenden Schultern trottete es lautlos vom Hof.

Mit einem Seufzer der Erleichterung schloss Evangeline das Fenster. Sie wusste allerdings, dass ihre Mühe nicht lange vorhalten würde. Der Grim würde zurückkehren. Aber vielleicht hatte sie mit ihrer Aktion genug Zeit herausgeschunden, damit Granny wieder gesund werden konnte.

Von der anderen Seite des Flurs war das Klirren von Glas zu hören. »Granny?« Eilig hastete Evangeline in Grannys Zimmer.

Ein Tiegel mit Akadischem Zahnwurmgift lag in tausend Scherben auf dem Holzboden, in den das ätzende Gift bereits Löcher gefressen hatte. Winzige Rauchfähnchen stiegen aus den gelben Flecken auf. Granny hatte Arbeitshandschuhe angezogen und kniete bereits auf dem Boden, um das verschüttete Gift wegzuputzen, während sie sich wegen ihrer Ungeschicklichkeit schalt.

Evangeline wollte ihr beim Saubermachen helfen, aber Granny winkte ab und zeigte auf die an der Wand aufgereihten Tiegel und Gläser von unterschiedlicher Größe. »Geh mehr Gift holen.«

»Aber …« Evangeline suchte nach einer Entschuldigung, nach irgendeinem Grund, der ihr die Aufgabe ersparen würde. Es gab nichts, was sie mehr hasste, als das Melken eines ausgewachsenen Akadischen Zahnwurms. »Soll ich dir wirklich nicht beim Aufwischen helfen?«

Granny hatte die Schweinerei bereits beseitigt und stand auf. »Trödele nicht herum«, mahnte sie. Darauf humpelte sie mit dem rauchenden, knisternden Handtuch nach draußen, um es in der Feuertonne im Hinterhof zu verbrennen.

Besorgt schaute Evangeline ihr nach. Es sah Granny nicht ähnlich, Dinge mit zittrigen Fingern fallen zu lassen, schon gar nicht, wenn es um etwas ging, das schwer zu kriegen war. Granny war kein nervöser Mensch.

Mit bangem Herzen steckte Evangeline ein schmales Olivenglas zu den Fläschchen und Tiegeln, die sich bereits in ihrer Schultertasche befanden, und schlüpfte in ihre schmutzige rote Kapuzenjacke.

Evangeline tauchte das Paddel in das teebraune Wasser des Bayou. Ihr kleines Holzboot glitt an schwimmenden Blättern vorbei und durch Wasserlinsen hindurch, die aussahen wie ein dicker Teppich aus grünem Konfetti.

Zwischen den Kniewurzeln der Sumpfzypressen, die wie kleine Grabsteine aus dem trüben Wasser ragten, bahnte sie sich ihren Weg bis zum anderen Ufer. Als sie das Boot an Land zog, kroch sie unter einem mit tropfnassem Louisiana-Moos bewachsenen Ast hindurch, an dem eine Wassermokassinotter baumelte.

Die Schlange riss den Kiefer auf und zeigte das schneeweiße Innere ihres Mauls und die glänzenden Giftzähne, aber Evangeline blieb ganz ruhig. Sie hatte viel mehr Angst davor, auf ein Stück gieriges Gras zu treten, als sich mit einer übellaunigen Mokassinschlange herumzuplagen. Dieses verfluchte Grünzeug war das Letzte, was sie jetzt brauchen konnte, denn wenn man darauf landete, bekam man so grauenvollen Hunger, dass man seine eigenen Finger abnagte. Sie musste sich vor dem Duft von Ponchatoula-Erdbeeren hüten, den sie in der Nase hatte, wenn gieriges Gras in der Nähe war. Andere rochen vielleicht Okra-Eintopf oder Reis oder sogar Brotpudding. Das Aroma richtete sich nach dem Lieblingsessen der Leute, die mit dem Zeug in Berührung kamen.

Evangeline drang tiefer in den Sumpf vor und ließ die Umgebung auf sich wirken. Es war, als würde sich eine alte gemütliche Kuscheldecke um ihre Schultern legen. Trotz der zahllosen lauernden und umherkriechenden Bewohner war dies ihr Zuhause. Bei der Vorstellung, diesen Ort zu verlassen und nach New Orleans zu fahren, verfinsterte sich ihre Stimmung.

Nachdem sie ein zugewuchertes Gebüsch umkreist hatte, gelangte sie zu einer umgestürzten Eiche, die vor Jahren einem Hurrikan zum Opfer gefallen war, jetzt langsam verfaulte und zur Heimstätte unzähliger Insekten geworden war. Sie blieb stehen, starrte den am Boden liegenden Baum an und lauschte. Und richtig, das leise Geräusch einer umhergleitenden Schlange war zu hören.

Sie zog ihre dicken ledernen Arbeitshandschuhe an, kniete sich hin und schob die dornigen Ranken eines Brombeerbusches beiseite.

Dort in dem schattigen Versteck lag ein Knäuel frisch geschlüpfter Akadischer Zahnwürmer. Ein paar Sonnenstrahlen drangen durch das Blätterdach des Sumpfes bis in das Nest, worauf die Kleinen sich quiekend hin und her wanden, da ihre roséfarbenen Leiber noch nicht an Licht und Wärme gewöhnt waren. Evangeline verzog das Gesicht beim Anblick des ekligen Gewürms, das nicht nach Erdbeeren, sondern eher nach saurer Milch roch.

»Wo bist du?«, flüsterte Evangeline. Sie schaute in das schattige Refugium und suchte nach dem elterlichen Reptil, das sowohl Mama als auch Papa war, sowohl weiblich als auch männlich. Es konnte nicht weit von seiner Brut entfernt sein. Sie bohrte einen Stock in das fruchtbare Erdreich, in dem es von Termiten wimmelte, die den Kleinen als eiweißreiches Futter dienten, und tastete nach dem schlafenden Elterntier. Plötzlich war hinter ihr ein wütendes Zischen zu hören. Sie ließ den Stock fallen und wirbelte herum.

Keine fünf Meter von ihr entfernt kam ein Akadischer Zahnwurm aus dem Unterholz geschossen. Beim Anblick des Biests drehte sich ihr der Magen um; durch die blutunterlaufene Farbe seiner Haut sah es aus wie glitschiges Gedärm.

Das knapp einen Meter lange Kriechtier richtete seinen wurstförmigen Körper auf. Dicker und runder als eine Schlange und weitaus dümmer, öffnete es sein winziges, bezahntes Maul, zielte auf ihre Augen und spuckte.

Evangeline duckte sich weg und hielt sich den Arm vors Gesicht. Der Speichel des Wurms klatschte auf den umgestürzten Baum und brannte Löcher in seine krümelige Borke; ein paar Tropfen der ätzenden Flüssigkeit flogen auf den Ärmel ihrer roten Kapuzenjacke und fraßen einige Löcher in den Stoff, worauf sie einen leisen Fluch murmelte.

Ein wachsames Auge auf den riesigen Wurm gerichtet, der sich auf den Bauch fallen ließ und auf sie zugekrochen kam, zog sie das hohe, schmale Glas heraus, dessen Öffnung statt mit einem Blechdeckel mit einer Gummikappe verschlossen war. Das Behältnis in einer behandschuhten Hand haltend, wedelte sie dem herannahenden Getier vor den Knopfaugen herum, in der Hoffnung es zu verwirren. »Komm schon«, lockte sie. »Ein kleines bisschen näher.«

Als er nur noch einen halben Meter von ihr entfernt war, richtete der Zahnwurm sich wieder auf und schwang den Kopf im Takt mit Evangelines winkenden Fingern.

Schnell wie eine Krötenzunge streckte sie die winkende Hand nach vorn und packte das Krabbeltier beim Genick.

»Hab dich!«, flüsterte sie. Bevor es überhaupt ans Spucken denken konnte, rammte sie ihm das Glas in sein aufgerissenes Maul und presste seine Zähne durch die Gummikappe.

Das Monster warf sich hin und her, aber Evangeline hatte es fest im Griff und seine Wut machte ihr keine Angst. Wegen des unangenehmen Geruchs zog sie die Nase kraus und drückte seine Halsdrüsen zusammen, worauf das leuchtend gelbe Gift langsam aus seinem Maul ins Glas tropfte.

Bald fingen Evangelines Armmuskeln an zu schmerzen, doch sie molk tapfer weiter, bis das Röhrchen zur Hälfte gefüllt war und sie sicher sein konnte, dass sie den letzten Tropfen aus dem Tier herausgeholt hatte.

»So melkt man einen Akadischen Zahnwurm!« Grinsend zwinkerte sie ihm zu.

Mit mürrischem Zischen gab er sich geschlagen, ließ sich auf den Bauch fallen und kroch unter den Baumstamm, zurück in die Sicherheit seines Verstecks, um seine Jungen zu schützen und einen neuen ätzenden Giftvorrat aufzubauen.

6

Als Evangeline etwa eine Stunde später wieder nach Hause kam, reichte sie Granny, die am Wohnzimmertisch saß, das Glas mit dem Zahnwurmgift.

»Danke, Evangeline.« Granny stellte es ab und wandte sich wieder dem Mischen, Kochen und Abfüllen all der Zaubermittel zu, die sie für den New-Orleans-Fall brauchen könnte.

Evangeline setzte sich ihr gegenüber.

Auf der Tischplatte befanden sich getrocknete Kräuter und alte Teedosen. Links neben Granny lagen Mörser und Stößel, verschiedene Zangen, Pinzetten und verbeulte Messlöffel. Rechts stand eine Holzkiste mit verkorkten Flaschen, einige enthielten kristallisiertes Pulver, in anderen schimmerten dunkle Flüssigkeiten. Sie gab einen Messlöffel gemahlene Hakenfuß-Kralle in das Gebräu, das vor ihr auf dem Gasbrenner köchelte. Nachdem die Rauchwolke verpufft war, spähte sie stirnrunzelnd in den winzigen gusseisernen Kessel.

»Evangeline, hol mir bitte mein schwarzes Buch.«

Evangeline ging zu dem großen Regal, das mit Büchern vollgestopft war. Die meisten waren von Generation zu Generation weitergegeben worden und ihre Einbände waren abgestoßen und verblichen. Dem zufälligen Betrachter mochte die Sammlung chaotisch erscheinen, aber Granny und Evangeline wussten, wohin jeder einzelne Band gehörte. Mit sicherem Griff langte sie nach dem schwarzen Buch mit Grannys sämtlichen Rezepten für all ihre verschiedenen Elixiere.

Das fleckige Buch steckte zwischen dem *Lehrbuch für Wahrsagerei* und einem dicken roten Wälzer mit dem Titel *Die Geschichte der Geisterjägerinnen*. Sie zog mit beiden Händen am Buchrücken des Rezeptbuches und riss den schweren Lederband des *GGJ* gleich mit heraus. Er fiel herunter und landete aufgeschlagen mit dem Rücken nach oben auf dem Boden.

Sie legte Grannys Rezeptbuch beiseite und kniete sich neben das *GGJ*. Im Laufe der Jahre hatte sie viele Seiten davon gelesen. Es war die Geschichte ihrer Familie und ihrer Vorfahren. Der Name ihrer Mama war mehrmals im Glossar verzeichnet, in Zusammenhang mit all den schwierigen Fällen, die sie gelöst hatte, Fälle wie der Nalusa Falaya und der Terrebonne Troll. Es erfüllte Evangeline mit Stolz, als Josette Holyfield Clements Tochter und Erbin bekannt zu sein.

Sie hob das Buch auf und drehte es herum. Das Gesicht von Celestine Bellefontaine schaute sie von einer der offenen Seiten an. Celestine Bellefontaine, die erste und machtvollste Geisterjägerin, die es je gegeben hatte. Auf der nächsten Seite wurde die Geschichte ihrer sechzehn Töchter dargestellt, von denen alle vierundsechzig Geisterjägerinnen-Familien abstammten, eine für jeden Landkreis Louisianas.

Evangeline blätterte ein paar Seiten weiter, wie sie es immer tat, wenn sie das Buch aufschlug, immer auf der Suche nach irgendeinem faszinierenden Detail, das ihr zuvor entgangen war. Sie hielt inne bei dem Kapitel über die Weise Frau, das Oberhaupt aller Geisterjägerinnen. Und auch wenn sie der derzeitigen Weisen Frau noch nie begegnet war, hatte sie dieses Kapitel am häufigsten gelesen. Die Weise Frau war die Leiterin der Geisterjägerinnen-Bibliothek, die eine Sammlung gefährlicher magischer Artefakte und viele kluge Bücher enthielt, die im Laufe der Jahre von den Geisterjägerinnen verfasst worden waren. Darüber hinaus diente die Weise Frau auch als Beraterin. Sie war bekannt für ihre Klugheit, Geschicklichkeit und ihr ausgezeichnetes Wahrnehmungsvermögen. Sie wurde von ihnen allen am meisten geachtet und verehrt.

Ihre Mama wäre eine großartige Weise Frau geworden.

»Evangeline?«, rief Granny. »Mein Buch!«

»Jawohl, Madam.« Sie klappte das *GGJ* zu und brachte Granny das Buch mit den Rezepten.

»Danke, Evangeline. Und jetzt geh und erledige deine Haushaltspflichten.«

Eines konnte Granny auf den Tod nicht ausstehen: auf Reisen zu gehen, ohne die häuslichen Pflichten erfüllt zu haben.

Trübsinnig trottete Evangeline zur Hintertür.

Wenn es eines gab, was sie hasste, dann waren es ihre häuslichen Pflichten.

Murrend und knurrend wässerte Evangeline den Kräutergarten. Sie rupfte Unkraut aus den Beeten und besprühte die Pflanzen zum Schutz gegen Wildverbiss mit Cayennepfefferspray. Dann fütterte sie die Ziege und die Hühner und sammelte die Eier ein. Im Haus fegte sie die Böden und räumte das Wohnzimmer auf. Sie hatte gerade das Beuteschlangen-Gegengift umgerührt, das in einem Messingkessel neben dem Herd stand, als ihr Halbbruder Percy durch die Haustür trat.

Percy, der zehn Jahre älter als Evangeline war, hatte denselben Papa wie sie, aber eine andere Mama. Und obwohl er kein direkter Nachkomme von Granny war, hatte sie ihn immer als ihren Enkelsohn betrachtet. Familie war Familie, auch wenn zwischen ihnen keine Blutsverwandtschaft bestand.

»Hallo, wie geht's euch, Mädels?« Wie immer nahm er vor Betreten des Hauses seine Baseballkappe ab. Er umarmte Evangeline zur Begrüßung und als Granny ihn an sich drückte, gab er ihr einen Kuss auf den Scheitel.

»Seht mal!«, sagte er stolz und präsentierte ihnen ein Fischernetz mit langem Griff. »Ich hab dieses Netz für euch verbessert. Wenn ihr das nächste Mal 'nen Haufen Albino-Kanalnixen umsiedeln wollt. Sieht aus wie ein gewöhnliches Fischernetz, stimmt's?« Er schwang es durch die Luft. »Hab nur die Netzfäden durch Aludraht ersetzt. So können die verflixten Nixen sich nicht durchfressen und euch in die Finger beißen. Haltet's einfach in einen verseuchten Teich, holt die Dinger raus und bringt sie zurück in den Sumpf, wo sie hingehören.«

Percy dachte sich ständig Gerätschaften aus, die Granny und Evangeline bei der Geisterjagd helfen sollten. Manchmal funktionierten seine Konstruktionen, manchmal nicht.

»Danke, Percy.« Granny nahm das Netz entgegen und reichte es Evangeline, die es zu seinen anderen Geschenken in den Schrank legte.

»Hallo, Fader, alter Junge.« Unablässig strich Fader um seine Stiefel. Percy ging in die Hocke und kraulte ihm den Hals. Dann zog er ein Stück Krokodil-Dörrfleisch aus der Tasche seines ärmellosen Flanellhemds und gab es dem dankbaren Kater.

Granny verschloss ein Röhrchen mit leuchtend blauer Flüssigkeit mit einem Korken. »In ein paar Minuten können wir losfahren.«

Als sie in Percys rostigem Pick-up aus dem Sumpf rollten, schaute Evangeline durchs Heckfenster und wünschte sich sehnlichst, daheimbleiben zu können.

Doch sie und Granny mussten einen Auftrag erledigen. Und Geisterjägerinnen halfen immer, wenn sie gebraucht wurden. Sie lehnte sich im Sitz zurück und faltete die Hände im Schoß.

Wäre ihr Papa zu Hause gewesen, hätte er sie nach New Orleans gefahren. Aber er arbeitete draußen im Golf von Mexiko auf einer Ölplattform. Sie war ihm aber nicht böse, dass er so häufig fort war. So war eben sein Beruf: zwei Wochen arbeiten, zwei Wochen frei.

Trotzdem hätte sie gern mehr Zeit mit ihm verbracht. Auch wenn er einen anderen Job gehabt hätte, wäre sie bei Granny aufgewachsen. Die Mentorin zog immer ihre Nachfolgerin auf, brachte ihr die Fertigkeiten der Geisterjagd bei, unterrichtete sie in den üblichen Schulfächern und zeigte ihr, wie man sämtliche übernatürliche Heimsuchungen der Gegend bekämpfte.

Die Mentorin erwartete von ihrer Schülerin, endlose Zauberformeln hersagen zu können. Darüber hinaus unterwies sie sie in praktischen Dingen wie, sich im Bayou zurechtzufinden, auf Bäume zu klettern und zu kämpfen.

Percys langsamer alter Laster bewegte sich ächzend und scheppernd vorwärts. Percy plapperte munter drauflos und beendete seine Geschichten immer mit: »Und was sagt ihr dazu?« Doch Evangeline und Granny hatten nie die Möglichkeit zu antworten, bevor er seinen Zahnstocher von einem Mundwinkel zum anderen schob und eine neue Geschichte begann.

Evangeline rutschte unbehaglich in dem Sonntagskleid herum, das Granny ihr aufgezwungen hatte. Granny betonte, wie wichtig es sei, durch eine gepflegte, angenehme Erscheinung einen guten Eindruck zu hinterlassen, aber für Evangeline war das Kleid alles andere als angenehm. Es kratzte. Wenigstens durfte sie ihre Stiefel anziehen und ihr Jagdmesser am Oberschenkel tragen, wo es vom Rock verdeckt wurde. Und zumindest entfernten sie sich durch die Reise nach New Orleans von dem verhassten schwarzen Hund, wodurch Granny die Möglichkeit bekam, sich von welcher Krankheit auch immer zu erholen.

Evangeline lauschte Percys Erzählungen eine Weile, bevor sie nicht mehr hinhörte und sich ausmalte, wie ihr Geisterjägerinnen-Talisman aussehen würde. Es würde ein maßgefertigtes, kreisrundes, silbernes Schmuckstück sein, eingefasst von einer Bordüre aus Eichenblättern, dem Symbol für Kraft und Stärke. Zypressenblätter, die für Durchhaltevermögen und Beharrlichkeit standen, zierten den Hintergrund. Und in der Mitte würde eine Abbildung ihres Tiergefährten sein. Manche Leute glaubten, die Talismane seien magisch, doch in Wahrheit enthielten sie keine besonderen Kräfte, abgesehen von dem Silber, das vor Bösem schützte. Sie dienten eher als Symbol für Wahrhaftigkeit und Verdienste, als Siegel für die Anerkennung des Rates.

Durch den Stoff ihres Kleides tastete sie nach dem Talisman ihrer Mama. In seiner Mitte befand sich das Abbild eines Hasen. Der Tiergefährte ihrer Mama war ein pechschwarzer Hase mit perlweißen Augen gewesen. Ein edles Tier, kein Zweifel, aber wenn sie wählen dürfte, würde ihr Tiergefährte ein mutiger, kluger Falke sein.

Sie schaute aus dem Autofenster hinauf in den blaugrauen Himmel. Ihr Tiergefährte konnte nun jeden Moment auftauchen und sich seiner Herrin auf dieselbe Weise vorstellen, wie alle Tiergefährten es taten: indem er den Kopf auf ihren Fuß legte. Danach würde er sie nur selten allein lassen und immer zur Stelle sein, um sie zu schützen und zu unterstützen.

Nach ihrer Rückkehr in die Sümpfe würde sie auf eine Eiche klettern und zwischen den Ästen Ausschau halten. Vielleicht würde ihr Falkengefährte dort sitzen und nur darauf warten, sich ihr vorzustellen. Sie würde sich auf einen der stärkeren Äste stellen und ihr Gefährte würde sich an ihre Seite schwingen und seinen majestätischen gefiederten Kopf an ihre Stiefelspitzen schmiegen.

Evangeline lächelte verträumt. Sobald sie ihren Tiergefährten sicher an ihrer Seite hatte, musste sie nichts weiter tun, als dem Rat zu beweisen, dass sie »Herzensmut besaß«, obwohl sie immer noch nicht wusste, wie sie das anstellen sollte oder was der Ausdruck eigentlich bedeutete.

Durch den Erhalt ihres Tiergefährten und den Nachweis ihres Herzensmutes würden die Geisterjägerinnen-Kräfte in ihrem Inneren endlich entflammen, ihre Sinne geschärft, ihr Gespür perfektioniert. Und über diese neuen Fähigkeiten hinaus, würde sie eine einzigartige Begabung erlangen. Es konnte die Fähigkeit sein, mit Tieren zu kommunizieren, oder eine Steigerung ihrer körperlichen Kräfte, oder vielleicht sogar die Gabe, durch Handauflegen zu heilen. Ihre Mama hatte sich sehr gut auf Wahrsagerei verstanden. Sie konnte göttliche Weisheit und zukünftige Ereignisse erkennen, indem sie auf spiegelnde Oberflächen schaute. Granny war eine anerkannte Elixier- und Zaubertrankmeisterin. Evangeline wurde ganz aufgeregt beim Gedanken an all die Talente, die in ihr schlummern mochten.

Zwei Stunden und dreiundzwanzig Minuten nachdem sie in den Sümpfen losgefahren waren, quietschten die Bremsen und der alte Pick-up-Laster kam hinter einem glänzend schwarzen Cabriolet zum Halten. Der kleine, teuer aussehende Flitzer brauste davon und der kurze braune Zopf des Fahrers wehte hinter ihm im Wind.

»Stadtleute«, brummte Evangeline. »Mit ihren neumodischen Autos, Klamotten und Frisuren.«

Percy kniff die Augen zusammen und inspizierte die stattliche Villa und vor allem die Hausnummer. Die Augen zusammenzukneifen war eine weitere Angewohnheit von ihm, da er ständig seine Brille verlegte. »Hier ist es.« Er fuhr den Wagen auf den Parkplatz, schaltete den Motor ab und stieg aus, wobei die Autotür genauso laut quietschte wie die Bremsen.

Während Granny und Evangeline aus dem Wagen kletterten, zog Percy sich die Hose hoch, die ihm immer von den mageren Hüften rutschte. Er schob Entenlockpfeifen, Reusen und Gummistiefel beiseite und zog ihre Koffer von der Ladefläche. Dann schleppte er das Gepäck durch ein schmiedeeisernes Tor und auf die Veranda.

Das riesige weiße Haus hatte so viele Säulen, Brüstungen und Verzierungen, dass es aussah wie eine Hochzeitstorte. Es stand an einer Straßenecke. Eckhäuser brachten Unglück. Vom Dach des zweigeschossigen Gebäudes rief eine Krähe, und Evangelines Herz zog sich zusammen. Ein schwarzer Vogel auf dem Dachfirst war ein sicheres Vorzeichen des Todes. Sie flüsterte einen Fluch.

»Keine Schimpfwörter, Evangeline«, zischte Granny.

Mit Fader auf dem Arm humpelte sie auf ihren Stock gestützt die Eingangstreppe hinauf. Evangeline musterte sie mit besorgtem Blick, aber mit Granny schien alles in Ordnung zu sein.

Percy drückte seinen schwieligen Finger auf die Türklingel. Das Geläute im Haus klang wie eine majestätische Kirchenglocke.

Immer noch auf Grannys Arm streckte Fader eine Pfote aus und miaute flehentlich.

»Okay, alter Junge.« Percy grinste und tätschelte Faders Kopf. »Hier ist eins zum Abschied!« Er zog ein weiteres Stück Krokodil-Dörrfleisch aus der Tasche und gab es dem Kater. Fader schlang es gierig hinunter. Lachend kraulte Percy ihn zwischen seinen vier Ohren, was Fader mit einem lauten Schnurren quittierte. »Das schmeckt gut, nicht wahr, alter Junge?«

Evangeline zupfte am gestärkten Stoff ihres Kleides herum. Ein strenger Blick ihrer Granny hielt sie davon ab, sich am Rücken zu kratzen, worauf sie verlegen ihren Rock glatt strich.

»Macht's gut, Granny und Evangeline! Habt 'nen schönen Aufenthalt, Mädels!« Percy gab beiden einen Kuss auf die Wange, kraulte Fader ein letztes Mal und ging die Treppe hinunter. Beim schmiedeeisernen Tor drehte er sich um und rief: »Sagt mir Bescheid, wann ich euch wieder abholen soll.«

»Danke, Percy«, erwiderte Granny. »Wir schicken dir einen Rotkardinal, wenn es so weit ist.«

Evangeline winkte und sah wehmütig zu, wie der alte rote Laster die holperige Straße entlangrumpelte, immer kleiner wurde und schließlich verschwunden war. Sie wünschte, sie könnte auch zurück in die Sümpfe fahren. Selbst wenn sie dafür noch einmal zwei Stunden und dreiundzwanzig Minuten lang mit juckendem Rücken im Laster sitzen und Percys Räubergeschichten anhören musste.

Fader gähnte auf seinem gemütlichen Platz in Grannys Armen. In dem Garten auf der anderen Seite des Hauses rauschte ein Springbrunnen und ein Blauhäher zwitscherte und pfiff. Evangeline streckte die Hand aus, um an die breite Mahagoniholztür zu klopfen, aber Granny hielt sie davon ab. »Hab Geduld, Evangeline.«

»Jawohl, Madam.« Sie ließ die Arme hängen und bemühte sich, still zu stehen und zu warten, zwei Dinge, die sie nie sonderlich gut gekonnt hatte. »Vielleicht sind sie nicht zu Hause. Vielleicht sind sie verreist«, mutmaßte sie hoffnungsvoll.

Der Riegel klickte. Evangelines Hoffnung schwand dahin. Die Tür öffnete sich.

7

»So schnell wieder da, Laurent?« Ein Mann mit Halbglatze zog die Tür auf. »Haben Sie was vergessen – o!« Sein Lächeln schwand dahin. Er riss erschrocken die Augen auf und wurde feuerrot im Gesicht. »Ich dachte, Sie wären ein Freund von uns ... Er ist gerade gegangen ...« Der Mann schaute von Granny zu Evangeline und betrachtete ihr lila verfärbtes Auge und den roten Kratzer auf der Wange. Als er Granny wieder ins Visier nahm, fiel ihm beim Anblick der vierohrigen Katze, die sie auf dem Arm trug, die Kinnlade runter. »Ah ... Mrs Holyfield. Und Sie haben ein ... äh ... Haustier mitgebracht.«

»Sind Sie allergisch gegen Katzen, Mr Midsomer?«, fragte Granny.

»Äh ... nein. Nein. Keineswegs.« Er starrte die Besucher noch einen Moment lang an, bevor er den Kopf zur Tür herausstreckte und sich nervös umschaute. Mit ebenso nervösem Lächeln winkte er sie ins Haus.

Evangeline kannte Leute wie ihn nur allzu gut – fast

immer waren es Großstädter. Sie fanden es lächerlich, an die Fähigkeiten von Menschen wie Granny zu glauben, jedoch nur so lange, bis sie deren Dienste selbst dringend benötigten. Mr Midsomer sah definitiv aus wie ein Spötter in Not.

Sich auf seine guten Manieren besinnend, sagte Mr Midsomer: »Darf ich Ihnen das Gepäck abnehmen?«

»Das wird nicht nötig sein«, erwiderte Granny. »Meine Schülerin wird sich darum kümmern.«

Evangeline verzog das Gesicht und war wenig begeistert von der Aussicht, Grannys schweren Koffer sowie ihren eigenen und die Schultertasche zu schleppen.

Mit Fader, der wie ein Prinz auf ihrer Armbeuge thronte, trat Granny in die Empfangshalle der eleganten Villa. Der Kater schaute sich nach Evangeline um und sah grinsend dabei zu, wie sie das Gepäck ins Haus schleifte. Sie kniff die Augen zusammen und streckte ihm die Zunge heraus.

»Anstand, Evangeline«, schalt Granny, ohne sich umzudrehen. »Eine Geisterjägerin bewahrt immer Anstand und Würde. In jeder Situation.«

»Ja, Madam«, murmelte Evangeline und folgte Granny in die riesige, stille Empfangshalle.

Hastig schloss Mr Midsomer die Haustür und trat auf sie zu. »Es ist mir, äh, eine große Freude, Sie kennenzulernen, Mrs Holyfield. Vielen Dank, dass Sie gekommen sind.«

»Es freut mich sehr, Ihre Bekanntschaft zu machen, Mr Midsomer.« Granny lehnte ihren Gehstock an die Wand und reichte dem Mann die Hand. Sie deutete auf Evangeline. »Das ist meine Enkeltochter Evangeline.«

Er schluckte hörbar. »Sehr erfreut, Sie kennenzulernen, Miss Evangeline.«

»Evangeline, mein Gepäck, bitte«, befahl Granny.

Evangeline reichte ihr den schweren Lederkoffer und Granny drückte ihr Fader in die Arme.

Während Granny in ihrem Gepäck kramte, ließ Evangeline Fader auf den glänzenden Parkettfußboden fallen, worauf er unter leisem Fauchen davonschritt und an dem handgeknüpften Dielenteppich schnüffelte.

»Ich habe nicht erwartet, dass Sie so früh eintreffen würden.« Mr Midsomer lächelte matt. »Ich ... äh ... ich habe erst am späteren Abend mit Ihnen gerechnet.«

Granny schaute von ihrem Koffer auf. »Haben Sie die Nachricht meines Rotkardinals nicht erhalten?«

»Ach ja ... ja. Da war ein Vogel, der ... äh ...«

»Nun denn, die Botschaft hätte Sie darüber informiert, dass wir unsere Pläne geändert haben und heute Abend zwischen sechs und sieben eintreffen würden.« Sie schaute auf die große Standuhr an der Wand. »Es ist jetzt 18 Uhr 29.«

»Vielleicht wäre es praktischer für Sie gewesen, mich

anzurufen.« Mr Midsomer schenkte ihr ein weiteres mattes Lächeln.

Granny winkte ab und verwarf den Vorschlag, um sich wieder der Inspektion ihres Koffers zuzuwenden. »Ich versuche Telefone, Fernseher, Computer und andere elektronische Geräte zu meiden. Sie beeinträchtigen die mystischen Fähigkeiten und außerdem können sie die Benutzer leicht abhängig machen. Ich meide auch nach Möglichkeit motorisierte Fortbewegungsmittel, abgesehen von Außenbordmotoren. Ah! Jetzt habe ich es gefunden!« Sie zog eine Flasche aus der Tasche, in der sich eine dunkle, schokoladenartige, dickflüssige Substanz befand. Doch wer Granny kannte, wusste, dass es nichts war, das man sich über Eiscreme gießen würde.

Sie reichte Mr Midsomer die Flasche.

Nach kurzem, misstrauischem Zögern nahm er sie entgegen. »Was ist das?«

»Ein Heilmittel gegen Haarausfall.«

Mr Midsomer machte große Augen. »O ... äh ... nun ja ...«

»Es ist nur eine Mischung aus Knoblauch und püriertem Gänsekot. Nichts, wovor man Angst haben muss. Geben Sie ein paar Tropfen davon auf die kahle Stelle und reiben Sie es gut ein. Nach einer Woche wird Ihr Haar wieder sprießen.«

»O, nein, danke.« Er gab ihr die Flasche zurück.

»Hätten Sie lieber ein Gebräu aus Mäusekot und Honig? Damit dauert es ein bisschen länger, aber es hilft genauso gut, obwohl es ein bisschen klebrig ist.« Sie warf einen Blick in ihre Tasche. »Ich bin sicher, dass ich ein Fläschchen dabeihabe.«

Mr Midsomer schluckte. »Nein. Nein. Das hier wird schon gehen.«

»Entschuldigen Sie vielmals, Mr Midsomer!« Eine Frau mittleren Alters kam durch den Flur geeilt. Ihr Gesicht war von Sorgenfalten durchzogen und der Ansatz ihrer braunen Haare schimmerte silbrig. Während sie an goldgerahmten Bildern und antiken, mit orientalischen Vasen vollgestellten Tischen vorbeihastete, strich sie die weiße Schürze glatt, die sie über ihrer schwarzen Uniform trug. »Ich habe mich gerade um die Hausherrin gekümmert und die Klingel nicht gehört.«

»Sie müssen sich nicht entschuldigen, Camille.« Mr Midsomer räusperte sich, um Granny vorzustellen. »Das ist Mrs Midsomers … äh … neue Krankenschwester, Mrs Clotilde Holyfield.«

Krankenschwester? Evangeline holte Luft, um ihn zu korrigieren, doch Grannys warnender Blick ließ sie verstummen.

»Und ihre Assistentin, Evangeline.« Mr Midsomer deutete auf die erschöpfte Frau in dem schwarzen Uniformkleid. »Das ist unsere Haushälterin, Camille Lyall.

Jetzt, wo Sie hier sind, kann sie sich wieder ihren gewohnten häuslichen Pflichten widmen. Ich fürchte, wir haben sie in den letzten Wochen mit der Pflege meiner Frau überfordert.«

Die Haushälterin schüttelte den Kopf. »Es war keine Mühe, Mr Midsomer.« Ihr Blick fiel auf Grannys silbernen Talisman und sie zog die Brauen hoch, aber nur für den Bruchteil einer Sekunde. Hastig schenkte sie Granny ein Lächeln, das so warm war wie ein frischgebackener Keks. »Wie geht es Ihnen, Mrs Holyfield?«

»Camille, seien Sie doch so nett und zeigen Sie Mrs Holyfield und ihrer … äh … Assistentin die Gästezimmer.«

»Jawohl, Mr Midsomer. Wenn die Damen bitte mit nach oben kommen wollen!« Sie schob die Hände in die Schürzentaschen und führte sie zu der breiten Holztreppe.

Granny kam ihrer Aufforderung nach, umfasste mit einer Hand das Treppengeländer und stützte sich mit der anderen auf ihren Gehstock. Evangeline folgte ihnen und schleppte Koffer und Taschen die Treppe hoch.

Camille schenkte Granny ein mitfühlendes Lächeln. »Arthritis, meine Liebe?« Sie seufzte. »Ich sage Ihnen, an manchen Tagen machen diese Treppen mich fix und fertig.«

Arthritis? Evangeline zog ein finsteres Gesicht, als

Granny die Vermutung der Frau nicht korrigierte. Granny hatte sich die Verletzung bei ihren Pflichten als Geisterjägerin zugezogen. Es war ein bösartiger …

Evangelines Miene verfinsterte sich noch mehr. Jetzt, wo sie darüber nachdachte, wurde ihr klar, dass sie gar nicht genau wusste, welches Untier vor vielen Jahren ihrer Granny fast das Bein abgerissen hätte. Sie hatte nie danach gefragt, dachte sie beschämt. Das schlimme Bein war einfach immer ein Teil von ihr gewesen, wie die Farbe ihrer Augen oder der Klang ihrer Stimme. Evangeline nahm sich fest vor, Granny bei der nächsten passenden Gelegenheit danach zu fragen.

Camille führte die beiden in einen hellblau gestrichenen Raum, in dem zwei antike breite Betten standen. Auf dem dunklen Parkettboden lag ein Perserteppich. »Ich hoffe, die Damen werden sich hier wohlfühlen.«

Granny bejahte ihre Frage und Evangeline war sich dessen auch ganz sicher. »Das Zimmer ist wunderschön. Das ganze Haus ist wunderschön.« Sie stellte das Gepäck ab.

Camille nickte. »Mr und Mrs Midsomer haben viel renoviert, als sie vor zwei Jahren hierher gezogen sind. Mrs Midsomer hat das ganze Haus persönlich ausgestattet. Sie kennt sich gut aus mit Antiquitäten. Das hat sie nach New Orleans geführt. Sie wurde von der Ardeas-Antiquitäten-Galerie als Geschäftsführerin eingestellt, drüben in der Royal Street. Aber ich rede und rede. Ich lasse Sie jetzt in Ruhe auspacken. Sagen Sie mir Bescheid, wenn Sie irgendetwas brauchen.«

»Vielen Dank, Miss Camille«, sagte Evangeline. »Das werden wir tun.«

Beim Verlassen des Zimmers hielt Camille kurz inne. »Ich muss zugeben, ich bin ein bisschen überrascht, dass Mr Midsomer mir gar nichts von Ihrem Kommen gesagt hat. Es hat mir wirklich nichts ausgemacht, mich um seine Frau zu kümmern. Ich bin erst seit sechs Monaten hier, aber ich mag die beiden sehr gern.« Sie lächelte ermutigend. »Ruhen Sie sich aus. Sie haben eine lange Nacht vor sich.« Damit zog sie die Tür hinter sich zu. Ihre Schritte verhallten auf dem langen Flur und der Treppe nach unten.

Granny zog die zarten weißen Vorhänge zur Seite und spähte durch das wellige alte Fensterglas. Besorgt schaute sie auf die untergehende Sonne.

Es passierte nicht oft, dass Granny beunruhigt dreinschaute. Eine der ersten Lektionen, die eine Geisterjägerin erlernte, bestand darin, jedes Anzeichen von Furcht zu verbergen. Evangeline presste die Finger in ihre Handflächen, die sich plötzlich ganz schwitzig anfühlten. »Granny? Was ist los?«

Granny verließ ihren Platz am Fenster und legte sich auf eines der Betten. Sie faltete die Hände auf der Brust, schloss ein Auge und richtete den Blick des anderen Auges auf Evangeline. »Ich denke, du solltest dich ein bisschen ausruhen. Das wird kein Spaziergang heute Nacht. Wir brauchen all unsere Kräfte.«

Doch Evangeline fühlte sich nicht schläfrig. Stattdessen spürte sie ein bisschen Ärger und große Neugierde. Zu Hause war Granny zu beschäftigt gewesen, um die Details des Auftrags zu erklären. Und auf der Fahrt mit dem Laster hatten sie natürlich auch nicht über das Thema reden können. Geisterjägerinnen diskutierten nie über die Einzelheiten eines Falls, wenn andere Leute dabei waren, nicht einmal wenn es sich um Familienmitglieder handelte. »Granny? Was ist unsere Aufgabe hier?«

»Das besprechen wir nach meinem Schläfchen.«

Evangeline wollte widersprechen, hielt dann jedoch lieber den Mund. Granny würde sie informieren, wenn sie so weit war und keine Sekunde früher.

Seufzend ging Evangeline zu dem zweiten Bett, nahm ihr Jagdmesser ab und legte sich hin. Als sie die Augen schloss, ratterten ihre dunklen Gedanken wie die Waggons eines vollbeladenen Güterzugs durch ihren Kopf: Was wäre, wenn ihr Tiergefährte bis zu ihrem dreizehnten Geburtstag immer noch nicht aufgetaucht war? Was wäre, wenn nicht mal das winzigste Fitzelchen ihrer Geisterjägerinnen-Kräfte in Erscheinung treten würde? Was wäre, wenn sie tatsächlich nur ein gewöhnliches Mädchen war? Was wäre, wenn

Granny nicht geheilt werden konnte? Sie riss die Augen auf und schüttelte den Kopf. Nein. Sie würde jetzt nicht über diese Dinge nachdenken. Entschlossen kletterte sie aus dem Bett, schnallte sich das Messer wieder ums Bein und öffnete die Zimmertür. Sie ließ ihre leise vor sich hin schnarchende Granny zurück, trat in den Flur und schob die Tür hinter sich zu.

Sie würde sich nur ein bisschen umschauen. Schließlich ergriff eine gute Geisterjägerin die Initiative und machte sich ein Bild von ihrer Umgebung. Vielleicht erhaschte sie ja sogar einen Blick auf Mrs Midsomer und fand heraus, woran sie litt.

Evangeline ging durch den Flur, kratzte sich am Rücken, bemerkte die teuer aussehenden Vitrinen, Vasen und Gemälde und fühlte sich vollkommen fehl am Platz zwischen all den feinen Dingen in diesem großen, vornehmen Haus. Beim Gehen fragte sie sich, in welcher Verfassung sich Mrs Midsomer wohl befinden mochte. Vielleicht war sie mondsüchtig. Oder sie wurde von einem Cauchemar-Geist heimgesucht, der eine quälende Schlaflähmung verursachte. Vielleicht war es ein schlimmer Fall von Grunch-Ausschlag. Möglicherweise eine Fifolet-Verbrennung oder gar ein Chasse-Galerie-Tinnitus.

In der Mitte des Flurs erreichte sie eine schmale Treppe nach oben, an deren Ende sich eine geschlossene Tür befand. Wahrscheinlich sollte sie besser nicht hinaufgehen, dachte sie. Vorsichtig setzte sie einen Fuß auf die erste Stufe. Sie knarrte und Evangeline blieb mit klopfendem Herzen stehen. Niemand kam gelaufen, um ihr zu sagen, dass sie nicht weitergehen sollte. Also setzte sie den Fuß auf die zweite knarrende Stufe und warf einen hastigen Blick über die Schulter, bevor sie bis ganz nach oben eilte und die Tür öffnete.

Sie wollte sich nur schnell umschauen und wieder nach unten gehen. Manche Leute mochten sie vielleicht für neugierig halten. Sie selbst zog es vor, ihr Verhalten als umsichtig zu bezeichnen.

Sie betätigte den Lichtschalter, worauf eine Lampe neben einem hohen Regal anging, in dem sich Bücher und kleine Modelle von Steinschleudern und anderen mittelalterlichen Waffen befanden. In der Mitte des fensterlosen Raumes stand ein runder Tisch mit Schraubenziehern, Lupen, Farbpinseln und einer selbst gebastelten hölzernen Armbrust. In dem schlicht ausgestatteten Zimmer fühlte sie sich zwar etwas weniger fehl am Platz als im übrigen Haus, aber richtig wohl war ihr hier auch nicht.

Zwischen einer Reihe von Superhelden-Postern entdeckte sie ein gerahmtes Familienfoto. Sofort erkannte sie Mr Midsomer, doch angesichts seines vollen, schwarzen Haares musste das Foto schon einige Jahre alt sein. Neben ihm saß eine dunkelhaarige Frau mit olivfarbenem Teint und durchdringenden, leuchtend blauen Augen. Auf dem Schoß hielt sie einen etwa drei oder vier Jahre alten blassen, blonden Jungen.

Die Frau war wunderschön und Evangeline musste sie immer wieder anschauen. Ihr Herz krampfte sich schmerzhaft zusammen. Ihre Mama war auch schön gewesen, vielleicht nicht so elegant wie diese Frau, aber das spielte keine Rolle. Ihre Mama war eine hervorragende Geisterjägerin. Nur wenige hätten es geschafft, eine ganze Horde von Friedhofs-Ghulen in die Flucht zu schlagen, wie es ihrer Mama gelungen war.

Sie ließ den silbernen Talisman los, den ihre Finger unwillkürlich umklammert hatten.

Eine Geisterjägerin musste sich konzentrieren, wenn sie einen Auftrag hatte, auch wenn sie nicht genau wusste, worin ihre Aufgabe genau bestand. Auf dem überladenen Tisch entdeckte sie eine Lupe und betrachtete damit das Familienfoto. Vielleicht ließ sich hier ja irgendetwas über Mrs Midsomer in Erfahrung bringen.

»Wer bist du?«, fragte eine Stimme aus einer dunklen Ecke des Zimmers.

Evangeline fuhr herum, ließ die Lupe fallen und griff nach ihrem Messer.

8

Ein Junge, der ungefähr so alt war wie sie, trat aus dem Schatten neben dem hohen Bücherregal. Er lugte hinter irgendetwas hervor, das aussah wie eine ein wenig zu groß geratene Nase.

»Wo kommst du denn her?«, platzte sie heraus. Wie konnte es sein, dass sie ihn einen Moment zuvor noch nicht gesehen hatte? Eine Geisterjägerin überprüfte ihre Umgebung vor Betreten eines Raumes immer auf die Anwesenheit lebender und nicht lebender Geschöpfe.

Der Junge trat ins Licht der Lampe. »Das hier ist mein Arbeitszimmer.«

Er sah ungesund bleich aus, doch das war eigentlich normal für jemanden aus der Stadt. Aus seinen ordentlich geschnittenen blonden Haaren und den teuer aussehenden Schuhen schloss Evangeline, dass er Mr und Mrs Midsomers Sohn sein musste.

»Wer bist du?«, fragte er ein weiteres Mal.

Das beschämende Gefühl, erwischt worden zu sein,

brachte ihre Gedanken und Worte durcheinander. »Ich ... ich bin Evangeline Clement.«

»Ich mag es nicht, wenn Leute meine Sachen anrühren. Leg die Lupe zurück an ihren Platz.«

»Hä?« Sie schaute verwirrt auf den chaotischen Tisch und hatte keine Ahnung, an welche Stelle sie gehörte.

»Zwischen den gelben Schraubenzieher und die Sekundenkleber-Tube.«

Sie hob die Lupe auf und ging in Richtung Tisch, um seiner Aufforderung nachzukommen, aber dann überlegte sie es sich anders. Nein. Sie würde sie nicht an den Platz legen, wo sie sie gefunden hatte. Der Junge war unhöflich, und auf Unhöflichkeit ließ sie sich nicht ein. Nicht, wenn sie nicht musste. Entschlossen platzierte sie die Lupe zwischen einem Pinsel und einer Packung Wattestäbchen.

»Warum riechst du nach Rosmarin?«

Erneut flammte Beschämung in ihr auf, doch sie unterdrückte sie. »Rosmarinduft bringt demjenigen, der danach riecht, Glück.«

»Du hast wohl nicht viele Freunde, oder?«

Evangeline runzelte die Stirn. »Weil ich nach Rosmarin rieche?«

»Weil deine Hand nach etwas greifen wollte, von dem ich annehme, dass es sich um ein Messer handelt, ein Verhalten, das potenzielle Freunde, ziemlich nervös machen würde.« Er zuckte beiläufig die Achseln. »Ich habe auch nicht viele Freunde. Ich bin ziemlich wählerisch, wenn es darum geht, mit wem ich meine Zeit verbringen möchte.«

Bevor sie etwas erwidern konnte, bombardierte der Junge sie mit weiteren Fragen. »Was willst du hier? Warum bist du in meinem Zimmer? Bist du eine Verwandte von Camille?«

»Nein. Ich bin mit meiner Granny hergekommen. Ich will ihr bei der Pflege der Hausherrin helfen. Meine Granny ist … Krankenschwester. Und ich helfe ihr mit … Thermometern und Kühlkissen und so weiter.« Sie lächelte, aber sie wusste, dass es gequält wirkte. Granny sagte immer, mit ihrem natürlichen Lächeln könne sie die Sterne zum Strahlen bringen, doch die gekünstelte Version solle sie sich besser sparen, weil sie damit so grässlich wie ein Ghul aussehen würde.

»Vater hat mir gar nicht gesagt, dass die Schamanenfrau ein kleines Mädchen mitbringt.«

Evangeline starrte ihn fassungslos an, aber nur ganz kurz. Dann nahm sie die Schultern zurück und hob das Kinn. »Nun, Granny hat mir auch nicht erzählt, dass die Midsomers einen kleinen Jungen haben.«

Ihr Kommentar zeigte nicht die vernichtende Wirkung, die sie beabsichtigt hatte. Mit gleichgültiger Miene studierte er ihr Gesicht. »Du siehst nicht aus wie eine Rauchdetektivin.«

»Wie was, bitte?«

»›Rauchdetektiv‹ ist ein Begriff, den ich mir ausgedacht habe. Er bezeichnet jemanden, der Dinge jagt, die nicht existieren. Eine Person, die mit Geistern kommuniziert. Oder eine Frau, die Geistheilung praktiziert. Eine Mystikerin, eine Spiritistin, ein Medium, ein Hexendoktor, eine Weise, eine Heilerin. Vater ist mit seinem Latein am Ende und ist darauf verfallen, solche Scharlatane anzuheuern.« Der Tonfall des Jungen klang nicht vorwurfsvoll. Wäre es so gewesen, hätte Evangeline ihm vielleicht eine Ohrfeige verpasst.

»Granny und ich sind keine Scharlatane. Wir sind Geisterjägerinnen. Manche Leute nennen uns Sumpfhexen, aber Scharlatane sind wir nicht.« Sie streckte ihm den Zeigefinger entgegen. »Wir sind die Frauen, die von Leuten wie dir zu Hilfe gerufen werden, wenn Geister, Ungeheuer und andere Gespenster Böses aushecken.« Sie trat einen Schritt vorwärts und hielt ihren Finger auf ihn gerichtet. »Wir sind diejenigen, die diese Kreaturen dahin zurückschicken, wo sie hingehören – seien es neblige Friedhöfe, die unergründlichen Tiefen des Bayou oder die feurig-eisigen Abgründe der Hölle.« Sie schnaubte verächtlich und warf ihm obendrein noch einen grimmigen Blick zu.

»Was bedeutet, dass ihr keine richtigen Krankenschwestern seid.«

So ein Mist! Sie hatte zu viel gesagt. Sie mochte diesen Jungen nicht. Überhaupt nicht.

»Was ist mit deinem Gesicht passiert?«

Evangeline bekam feuerrote Ohren. »Wieso?«

»Du hast eine Kontusion am Auge und eine Lazeration an der Wange.«

»Ich … es geht dich nichts an, was mit meinem Gesicht passiert ist.«

Für so eine unhöfliche Antwort hätte Granny sie mit einem missbilligenden Blick gestraft. Ihr Gewissen regte sich ein wenig. Doch wenn der Junge sich verletzt fühlte, zeigte er es nicht.

»Ich bin froh, dass deine Lazeration verschorft ist. Auf den Anblick von Blut kann ich nämlich verzichten.« Er ging zum Tisch und legte die Lupe an ihren korrekten Platz.

Endlich hatte Evangeline die Oberhand. »Du hast Angst vor Blut?« Sie gab sich keine Mühe, ihr hämisches Grinsen zu verbergen.

»Der Anblick von Blut bereitet mir extremes Unwohlsein, genau wie Bauchrednerpuppen, Haarbüschel im Abfluss, die mögliche Umkehr der Erdanziehungskraft sowie die Gefahr eines Gehirntumors durch elektromagnetische Wellen. Ich fürchte mich auch davor, aus einem narkosebedingten Koma zu erwachen, nur um festzustellen, dass mein Gesicht durch ein permanentes Clown-Make-up verunstaltet wurde.«

Evangeline ging in Gedanken den Inhalt von Grannys Koffer durch, aber gegen das, was diesem Jungen fehlte, konnte vermutlich nicht einmal Grannys stärkstes Elixier etwas ausrichten.

Ein durchdringender Piepton unterbrach die Stille. Der Junge drückte einen Knopf an seiner Uhr. »Ah, Zeit fürs Abendessen.«

»Du musst dich dran erinnern lassen, wann du essen sollst?«

»Ich stelle mir den Timer für alle meine wichtigen Abendtermine. Neunzehn Uhr: Abendessen. Zwanzig Uhr: Modelle bemalen. Um einundzwanzig Uhr schaue ich *Dr Who*. Um dreiundzwanzig Uhr ist Lesezeit, und um Mitternacht Schlafenszeit. Ich halte ein geordnetes Leben für ein produktiveres Leben, du nicht auch?«

»Was ist um zweiundzwanzig Uhr?«, fragte Evangeline spitzfindig und war sich sicher, im Tagesplan des neunmalklugen Jungen einen Fehler entdeckt zu haben.

Er bedachte sie mit einem herablassenden Blick, als sei die Antwort vollkommen offensichtlich. »Wenn ich um einundzwanzig Uhr *Dr. Who* schaue, ist die Folge um zweiundzwanzig Uhr zu Ende, ein klarer Hinweis für mich, dass es Zeit ist, mir die Zähne zu putzen, zu duschen und meinen Schlafanzug anzuziehen.«

Evangeline schüttelte den Kopf. Sie hatte keine Ahnung, was sie auf so einen Unsinn antworten sollte.

»Warum sind deine Stiefelspitzen aus Silber?«, fragte er und starrte auf ihre Füße. »Hängt das mit irgendeinem bizarren Aberglauben deiner Leute zusammen?«

O, jetzt ging dieser Stadtjunge aber zu weit. Sie schaute zum Familienfoto an der Wand, bevor sie den Blick wieder auf ihn richtete. »Du siehst deinen Eltern kein bisschen ähnlich.«

»Ich sehe anders aus als sie, weil ich adoptiert wurde; deshalb habe ich nichts von ihren Erbanlagen mitbekommen. Mein Vater ist italienischer und rumänischer Abstammung. Die Vorfahren meiner Mutter können bis nach Asien, Spanien, Frankreich und Marokko zurückverfolgt werden. Aufgrund meiner hellen Haut und hellen Augen bin ich wahrscheinlich skandinavischer Abstammung. Deine Bemerkung bezüglich unseres unterschiedlichen Aussehens entsprach zwar der Wahrheit, klang jedoch unhöflich.«

Evangelines Gesicht lief knallrot an. Am liebsten wäre sie vor Scham im Erdboden versunken. »Entschuldige bitte. Ich wollte dich nicht beleidigen.« Sie wusste nicht, was sie sonst hätte sagen können, um ihre verletzende Bemerkung abzumildern.

»Du hast mich nicht beleidigt.« Er zog die Schultern hoch. »Es handelt sich lediglich um genetische Fakten. Fakten sind Wahrheiten und es ist unlogisch, sich durch Wahrheiten beleidigt zu fühlen. Ich wollte dir nur einen hilfreichen sozialen Hinweis geben, damit du es in Zukunft vermeiden kannst, andere Menschen zu beleidigen.«

Ihre Gefühle schwankten hin und her wie eine Pappel im Sturm. Sie wusste nicht, was sie erwidern sollte. Wie so oft wünschte sie sich, ihr Tiergefährte wäre an ihrer Seite. Dann würde er vielleicht auf den Jungen losgehen, und sie bräuchte sich deswegen nicht schuldig zu fühlen.

»Ich habe einen ausgeprägten Sinn für Offenheit«, meldete der Junge sich erneut zu Wort. »Ich musste mir selbst beibringen, was als unhöflich betrachtet wird und was nicht, damit ich die Gefühle anderer nicht unbeabsichtigt verletze. Meine ausgesprochenen Wahrheiten werden oft als Beleidigungen missverstanden.«

Evangeline ging zur Tür. »Ich muss jetzt.«

»Am Ende der Treppe ist eine Toilette. Erste Tür rechts.«

»Nein! Ich meinte nicht, dass ich ...« Evangeline schüttelte den Kopf. »Ich meinte, dass ich wieder nach unten muss. Ich muss ...«

Auf der Treppe waren Schritte zu hören, die Stufen knarrten. Ein köstlicher Duft wehte herauf und Evangelines Magen begann peinlich laut zu knurren.

Camille erschien mit einem Tablett, auf dem sich Chicken Nuggets, ein weißes Steingutschälchen mit Ketchup, ein weiteres Schälchen mit drei Karottenstiften, eine Dose Cola, eine Gabel und eine weiße Stoffserviette befanden. »O, hallo, Miss Evangeline. Wie ich sehe, haben Sie sich mit Julian bekannt gemacht.« Sie stellte das Tablett auf den Beistelltisch neben dem großen Sessel.

Der Junge, Julian, setzte sich hin und riss erschrocken die Augen auf. »Sind Sie verletzt?« Er deutete auf Camilles linke Hand. »Sie bluten doch nicht etwa?« Er wich zurück und starrte misstrauisch auf das Pflaster an ihrem Handgelenk.

Camille winkte beruhigend ab. »Ich habe mich nur mit dem Küchenmesser geschnitten – kein Grund zur Aufregung. Es ist nur ein kleiner Kratzer.«

Julian starrte entsetzt auf die Schale mit den Möhrenstiften und sein Gesicht wurde schneeweiß.

»Aber nein, um Himmels willen. Es ist passiert, nachdem ich diese Mahlzeit zubereitet habe, beim Geschirrspülen.«

Julian entspannte sich ein wenig, aber die Möhren schienen ihm noch immer nicht ganz geheuer.

Camille verdrehte die Augen und wandte sich lächelnd an Evangeline. »Ihre Großmutter erbittet Ihre Anwesenheit.«

»Jawohl, Madam«, erwiderte Evangeline und freute sich, dass sie endlich einen Grund hatte, zu verschwinden.

Scheinbar zufrieden, dass die Möhren seinen hygienischen Ansprüchen gerecht wurden, nahm Julian die Gabel und spießte ein Chicken Nugget damit auf.

»Aber schlingen Sie das Essen nicht herunter«, mahnte Camille. »Sie wissen, dass Sie davon Magenbeschwerden und Blähungen bekommen.«

Evangeline lief die Treppe hinunter. Sie besann sich auf ihre guten Manieren, die Granny ihr beigebracht hatte, und rief: »Es hat mich gefreut, dich kennenzulernen, Julian.«

Obwohl es sie nicht gefreut hatte.

Sie sprang die letzten beiden Stufen herunter und eilte durch den Flur. Dann wurde sie langsamer, denn sie war sich nicht mehr sicher, welche der vielen Türen zu ihrem Zimmer gehörte. Vorsichtig klopfte sie an die nächste. »Hallo?«

Als niemand antwortete, schob sie die Tür auf und erblickte ein Chaos. »Heilige Sch...«, murmelte sie. Das Bett war ungemacht, die Laken zerknautscht, das Kopfkissen zu Boden gefallen. Eine leere Chipstüte lag neben einer Fantadose auf dem Nachtschränkchen. Eine Hausmädchenuniform hing über der Stuhllehne. Das hier musste Camilles Zimmer sein. Auf dem Frisiertisch türmten sich Bürsten, Kämme, eine Packung Pflaster und ein sehr knalliger, hässlicher Schal mit Paisley-Muster.

Evangeline schloss die Tür und blieb vor der nächsten stehen, um anzuklopfen.

»Haben Sie sich verlaufen, Miss Evangeline?«, rief Camille vom anderen Ende des Flurs.

Evangeline lächelte verlegen. »Jawohl, Madam, so ist es.«

»Hier lang, meine Liebe«, wies Camille ihr den Weg. »Mr Midsomer hat mir für heute Abend freigegeben, jetzt, wo Sie und Ihre Großmutter hier sind, aber morgen früh bin ich zurück.« Sie räusperte sich. »Miss Evangeline, ich muss Ihnen etwas gestehen.«

»Ja, Madam?« Evangeline wusste nicht recht, ob sie hören wollte, was Camille zu sagen hatte. Geständnisse beinhalteten oft die Enthüllung unangenehmer Informationen.

»Ich weiß, dass Sie und Ihre Granny keine richtigen Krankenschwestern sind, zumindest nicht im üblichen Sinn.« Camille schaute sich um, um sicherzugehen, dass sie allein waren. »Mr Midsomer fällt es schwer, an übernatürliche Phänomene zu glauben, aber ich weiß, dass es auf dieser Welt Dinge gibt, die sich einer logischen Erklärung entziehen. Ich wollte Sie nur wissen lassen, dass euer Geheimnis von mir gewahrt bleibt. Ich wünsche mir nichts weiter als Gesundheit, neue Kraft und ein langes Leben für meine wunderbare Chefin.«

Evangeline entschied, dass sie Camille sympathisch fand, auf alle Fälle sympathischer als Julian Midsomer.

Camille deutete auf eine der Türen. »Bitte schön.«

»Vielen Dank. Granny und ich tun unser Bestes, um Mrs Midsomer wieder auf die Beine zu bringen.«

»Und machen Sie sich keine Sorgen über das, was heute Nacht mit der Hausherrin geschehen mag«, fügte Camille hinzu. »Ich vermute, dass ihr Verhalten auf Leute, die keine Erfahrungen mit solchen Patienten haben, beängstigend wirken könnte, aber in Anbetracht Ihrer beruflichen Sparte brauche ich Sie wahrscheinlich nicht vorzuwarnen.« Damit zwinkerte sie Evangeline zum Abschied noch einmal zu und eilte davon.

9

Als Evangeline die Zimmertür öffnete, schlug ihr der muffige Geruch getrockneter Chrysanthemen entgegen.

Granny saß an dem antiken Schreibtisch und machte sich mit Mörser und Stößel daran, getrocknete Blüten zu zerreiben. Einige Gegenstände aus ihrem Koffer waren auf dem Bett ausgebreitet – Beutel mit Weidenrinde, Lorbeerblättern und Spinnenbeinen neben Flaschen mit Ackerwinde, gemahlenen Hornspitzen, Misteln, Roggen und Eisenhut.

Bevor Evangeline die Tür hinter sich zugezogen hatte, trottete Fader ins Zimmer, mit einer großen geflügelten Küchenschabe im Maul. Er sprang auf Grannys Bett und ließ das tote Insekt neben ihrer Sammlung von Beuteln und Flaschen fallen.

»Danke, Fader«, sagte Granny.

Fader streckte das Hinterbein aus und begann sich zu putzen.

»Würdest du dich bitte um die Schabe kümmern, Evangeline?«

»Jawohl, Madam.«

»Und kämm dir die Haare. Sobald ich hier fertig bin, gehen wir runter zum Essen.«

Evangeline schaute in den Spiegel über der Frisierkommode. Abgesehen von ihrem blauen Auge und der zerkratzten Wange fand sie sich hinreichend präsentabel. Sie nahm ein leeres Röhrchen aus Grannys Tasche und beförderte das tote Insekt mithilfe einer Pinzette hinein. Kiefersperren ließen sich mit Schabentee kurieren.

Als sie ihre Aufgabe erledigt hatte, nahm Evangeline all ihren Mut zusammen und trat Granny gegenüber. Sie hatte sich lange genug in Geduld geübt. Wenn Granny sie wieder abblitzen ließ, würde sie sie drängen, ihr zu vertrauen und zu antworten. »Granny? Willst du mir nicht endlich sagen, warum wir hier sind?«

»Es tut mir leid, Evangeline. Ich war sehr beschäftigt, weil ich so viel vorbereiten und planen musste.« Granny gab den Inhalt des Mörsers in eine Papiertüte und faltete sie zusammen. Seufzend stand sie vom Schreibtisch auf. Sie gab ein Häufchen Trockenfutter in Faders Fressnapf und begann, die Tüten und Fläschchen wieder in ihre Tasche zu packen. »Ich weiß nicht genau, was Mrs Midsomer fehlt, nur dass sie in den vergangenen drei Wochen sehr krank gewesen ist und mit jedem Tag schwächer wird. Die Ärzte scheinen ratlos zu sein.«

»O. Ist das alles?« Evangeline klang enttäuscht.

Granny zog erstaunt die Brauen hoch.

»Ich meine, vielleicht ist sie von einem Geist besessen. Oder von einem Dämon.«

»Möglicherweise.« Granny klappte ihren Koffer zu. »Aber ich will keine Spekulationen anstellen, bevor ich sie mit eigenen Augen gesehen habe.« Damit öffnete sie die Tür und winkte Evangeline aus dem Zimmer.

Sie machten sich auf den Weg nach unten. Granny hielt sich mit einer Hand am Treppengeländer fest und stützte sich mit der anderen auf ihren Stock. Evangeline folgte ihr beklommen. Wann war Granny so alt und gebrechlich geworden? *Halte durch, Granny. Bald wird mich der Rat ganz offiziell zur Geisterjägerin ernennen. Dann werde ich mich um dich kümmern. Und du kannst in Rente gehen und es dir gut gehen lassen.*

Als sie ins Esszimmer traten, stockte Evangeline der Atem. Noch nie zuvor hatte sie in einem so noblen Zimmer gegessen. Ein glitzernder Kronleuchter hing an der Decke. Auf der blank polierten Mahagoni-Anrichte stand ein silbernes Teeservice. Die hohen Fenster waren mit überlangen Samtvorhängen bestückt.

Sie und Granny nahmen ihre Plätze an dem langen Tisch ein. Die mit edlem Satin bezogenen Polsterstühle waren vollkommen ungeeignet für die staubigen, lehmverschmierten Hosenböden von Leuten aus der Arbeiterschicht.

Mr Midsomer kam herein und stellte eine Servierplatte mit Haube auf den Tisch, bei deren Anblick sich Evangelines Magen knurrend zu Wort meldete. Sie hätte eine ganze Schüssel mit roten Bohnen und dazu ein ganzes Weißbrot verdrücken können und obendrauf eine Riesenportion Bananenpudding, so hungrig war sie.

»Camille hat heute einen wohlverdienten freien Abend, also habe ich das Abendessen für uns zubereitet«, verkündete Mr Midsomer stolz. »Filet Mignon. Frisch vom Grill.«

Evangeline nahm den Tisch in Augenschein, der mit weißen Leinenplatzdeckchen, Porzellantellern und Kristallgläsern gedeckt war. Offensichtlich hatte Camille alles vorbereitet. Evangeline konnte sich nicht vorstellen, dass ein Mann, der im Freien grillte, sich die Mühe machte, den Tisch derart vornehm herzurichten, was bedauerlicherweise zur Folge hatte, dass die arme Camille am nächsten Morgen einen Riesenberg schmutziger Teller vorfinden würde. Vielleicht könnte sie die nette Haushälterin überraschen und den Abwasch für sie erledigen.

Jetzt entfernte Mr Midsomer die Haube und präsentierte das gegrillte Fleisch – klein, rund und braun und mindestens sieben Zentimeter dick, mit eingebranntem Zickzackmuster und verdächtig pink unter der glänzenden Kruste. Genüsslich sog er den Fleischduft durch die Nase. »Ahhh.«

Evangelines Magen zappelte wie ein Fisch auf dem Trockenen. Wenn sie eines nicht ausstehen konnte, dann war es halbrohes Fleisch.

Mit einer Servierzange platzierte er ein Filet auf Grannys Teller und dann eines auf den von Evangeline. »Ich hoffe, Sie mögen sie schön blutig.«

Evangeline starrte auf den fragwürdigen Rindfleischbrocken und wünschte sich, einen Teller mit goldbraun gebratenem Catfish, frittierten Maismehlklößchen und süßem Krautsalat vor sich zu haben. Suchend schaute sie sich auf dem Tisch um. »Gibt es denn keine Beilagen dazu?«

»Evangeline!«, schalt Granny sie.

Mr Midsomer betrachtete sein halbgares Steak. »Äh, ich wollte ja ein paar Backofenkartoffeln machen, aber mein Sohn Julian hat sie alle aufgebraucht, um seine neue Schleuder zu testen. Er … äh …« Mr Midsomer verstummte und räusperte sich unbehaglich. »Er … äh … er hat sie über den Gartenzaun katapultiert.« Er seufzte niedergeschlagen. »Ich wollte eigentlich einen Salat vorbereiten, aber er hat auch die Tomaten als Wurfgeschosse benutzt … und den Kopfsalat.«

Evangeline schüttelte traurig den Kopf. Dieser Junge war eine einzige Katastrophe.

»Julian ist ein Querdenker, eine überaus nützliche Gabe.« Mr Midsomer lächelte gequält, als würde er versuchen, sich selbst zu überzeugen.

Während Granny ihr Filet mit Messer und Gabel bearbeitete und das erdbeerfarbene Innere des Fleisches zutage brachte, hielt Mr Midsomer eine Flasche Rotwein in die Höhe. »Merlot?«

»Ja, bitte«, erwiderte Granny.

Er füllte ihr Kristallglas mit dem blutroten Getränk. »Evangeline, was darf ich Ihnen zu trinken anbieten?«

»Nur Wasser.« Missmutig schaute Evangeline auf das blutige Fleisch.

Granny bedachte sie mit einem vielsagenden Blick.

»Nur Wasser, *bitte*«, korrigierte Evangeline sich selbst.

Mr Midsomer entschuldigte sich und kehrte einen Augenblick später mit einer grünen, tränenförmigen Flasche zurück. Er füllte ihr Glas. Das Wasser sprudelte und zischte wie klare Cola.

Es war das seltsamste Wasser, das Evangeline je gesehen hatte. Sie probierte einen Schluck, verzog das Gesicht und ließ die Flüssigkeit zurück ins Glas laufen, bevor sie sich den Mund am Ärmel abwischte.

Mr Midsomer sah sie verwirrt an. »Evangeline, ich höre, Sie haben Julian kennengelernt?«

»Ja, Sir.« Sie hielt inne und überlegte krampfhaft, was sie Nettes über den eingebildeten Jungen sagen könnte. »Er ... äh ... ist wohl ganz begeistert davon, diese Holzmodelle zu bauen.«

»O, ja!«, stimmte Mr Midsomer zu. »Er interessiert

sich sehr für den Bau dieser Modelle ... in diesem Monat.« Er lächelte angespannt. »Julian hatte viele Hobbys im Laufe des vergangenen Jahres: Seife herstellen, Strick-Graffiti, Rüben schnitzen, Bananen-Aufkleber sammeln, Schuhe aus Panzerklebeband basteln ...«

Evangeline konnte verstehen, warum der Junge sich für Panzerklebeband begeisterte. Percy benutzte es oft, um kaputte Stellen an seinem Pick-up-Laster zu reparieren.

Mr Midsomer schnitt ein Stück von seinem Steak ab. »Ich bitte um Entschuldigung, dass Julian uns nicht Gesellschaft leistet. Er zieht es vor, in seinem Arbeitszimmer zu essen.«

»Sie brauchen sich nicht zu entschuldigen, Mr Midsomer«, sagte Granny. »Wir sind aus beruflichen Gründen hergekommen, nicht um Leute kennenzulernen.«

Während Granny und Mr Midsomer weiteraßen und höfliche Konversation machten, die in Evangelines Augen nichts anderes als Kennenlernen war, starrte sie, ohne ihr Fleisch anzurühren, auf ihren Teller.

Als Mr Midsomer sein Steak verspeist hatte, wischte er sich die Mundwinkel mit der weißen Leinenserviette. »Mrs Holyfield, vielleicht würde Ihre Enkeltochter sich gern in ihr Zimmer zurückziehen, damit wir über die ... Behandlung meiner Frau sprechen können.«

Wäre Evangeline eine Katze gewesen, hätten sich ihr die Haare gesträubt. Sie öffnete den Mund, um zu protestieren, doch Granny fing an zu sprechen, bevor sie ihren Unmut kundtun konnte.

»Evangeline ist meine Assistentin. Sie bleibt an meiner Seite. Ich versichere Ihnen, dass Sie sich auf ihre Diskretion verlassen können.«

Mr Midsomer nickte. Er holte tief Luft und trank einen Schluck Wein. Unruhig rutschte er auf seinem Stuhl hin und her und zupfte an seinem Ohrläppchen. »Ich … Sie sollten wissen, dass ich … äh … Ich glaube nicht an religiöse oder übernatürliche Phänomene. Ein Freund von mir, ein Volkskunde-Professor an der University of Louisiana, hat mir empfohlen, Ihre Hilfe zu suchen. Ich habe meine Frau von den verschiedensten Fachärzten untersuchen lassen, aber keine Tablette, Therapie oder Behandlung hat gewirkt. Ich habe sogar einen befreundeten Mediziner, der sich mit Kräutern auskennt, um Hilfe gebeten, aber er konnte sie auch nicht heilen. Sie wird von Tag zu Tag schwächer, und in der Nacht leidet sie ganz furchtbar unter … nun, Sie werden es ja gleich sehen.« Er rieb sich die Schläfen und machte ein betrübtes Gesicht. »Ich glaube nicht an Ihr Arbeitsgebiet.« Er schaute Granny direkt in die Augen. »Aber ich weiß nicht, an wen ich mich sonst wenden soll«, gestand er mit gebrochener Stimme.

»Das ist schon in Ordnung.« Granny tätschelte beruhigend seinen Arm. »Unsere Methoden wirken auch, wenn man nicht daran glaubt.«

Mr Midsomer lächelte dankbar. Seine Hand zitterte, als er sich Wein nachschenkte, und ein bisschen Rotwein tropfte auf den Tisch.

Evangeline zuckte zusammen. Wein zu verschütten, bedeutete Unglück. Ein schauerlicher Schrei gellte durch den Flur und ließ Evangeline das Blut in den Adern gefrieren.

Mr Midsomer schaute aus dem Fenster auf die untergehende Sonne. Nie zuvor hatte Evangeline einen derart erschöpften und verzweifelten Menschen gesehen. Er sah aus, als hätte man ihm das Herz in Stücke gerissen.

Der grauenvolle Schrei ertönte ein zweites Mal, völlig fehl am Platz in der wunderschönen, stattlichen Villa.

»Nun, dann fangen wir mal an.« Granny legte ihre Serviette auf den Tisch und ließ ihren Talisman in den Ausschnitt ihres Kleides gleiten. Dann stand sie auf und griff nach ihrem Gehstock.

Evangeline hatte das Gefühl, als würde sich ein Knäuel aus Regenwürmern durch ihre Innereien winden. Obwohl sie nichts gegessen hatte, spürte sie einen Anflug von Übelkeit.

Mit hängendem Kopf führte Mr Midsomer die beiden aus dem Esszimmer. Evangeline folgte ihm und steckte unterwegs den Weinkorken in die Tasche. Sie würde ihn später in Grannys Koffer legen. Ein Korken war nicht nur ein Glücksbringer. Wenn man ihn unters Kopfkissen legte, war er auch ein gutes Mittel gegen Bauchkrämpfe.

Die drei gingen durch den breiten Flur, der zum hinteren Teil des Hauses führte. Grannys Gehstock klickte über den Parkettboden wie eine Uhr, die auf die dreizehnte Stunde zutickte.

10

Mrs Midsomers Schlafzimmer wäre einer Königin würdig gewesen, mit dicken Teppichen, antiken Ölgemälden und samtenen Vorhängen. Das Himmelbett aus Mahagoniholz war so groß, dass die gesamte Familie Arseneau hineingepasst hätte und für die vier Jagdhunde wäre auch noch Platz gewesen. Mrs Midsomer lag unter einer weißen Seidendecke. Ihre Augen waren geschlossen und trotz ihrer leicht eingefallenen Wangen fand Evangeline sie wunderschön.

Camille saß auf der Bettkante und bürstete das lange, schwarze Haar der Hausherrin.

»Camille?«, sagte Mr Midsomer überrascht. »Ich dachte, Sie seien ausgegangen.«

»Ich habe ein paar Dinge erledigt, Mr Midsomer.« Sie legte die Haarbürste beiseite. »Ich wollte mich nur vergewissern, dass hier alles in Ordnung ist für die neuen Krankenschwestern.«

»Danke sehr«, sagte Granny. »Meine Assistentin und ich können ab jetzt übernehmen.«

»Ich kann gern ein bisschen länger bleiben, wenn Sie wünschen.« Camille tupfte Mrs Midsomers schweißnasse Stirn mit einem weißen Baumwolltuch ab. »Nur so lange, bis Sie sich mit der Hausherrin bekannt gemacht haben.«

»Das wird nicht nötig sein«, erklärte Granny. »Gehen Sie nur. Wir werden uns gut um sie kümmern.«

Camille legte das Tuch weg und erhob sich. »Sind Sie sicher?«

»Ja.« Granny nickte ihr entschlossen zu.

»Wenn Sie mich brauchen ...«

»Das werden wir nicht.« Granny deutete in Richtung Tür.

»Nun denn. Dann also gute Nacht.« Camille warf einen letzten Blick auf ihre Patientin und verließ das Zimmer.

»Amala.« Mr Midsomer zog die schmale Hand seiner Ehefrau unter der Bettdecke hervor und verflocht seine Finger mit ihren. »Amala«, hauchte er ihr ins Ohr. »Das sind Clotilde Holyfield und ihre Enkeltochter Evangeline. Die beiden sind hier, um dir zu helfen.«

Als sie nicht reagierte, wiederholte er ihren Namen.

Blinzelnd öffnete sie die Augen, worauf er zurückwich und ihre Hand fallen ließ.

Mrs Midsomer sah ihn einen Moment lang an, bevor sich in ihren strahlend blauen Augen Wiedererkennen spiegelte. »Hast du etwas gesagt, John? Oder habe ich geträumt?«

Erleichtert griff er wieder nach ihrer Hand. »Ich habe dir Mrs Holyfield und ihre Enkeltochter Evangeline mitgebracht. Sie wollen dir helfen, wieder gesund zu werden.«

»Mrs Holyfield. Elizabeth.« Sie sprach die Namen aus, wie um sie sich einzuprägen.

»Evangeline, Madam«, korrigierte Evangeline sie. »Mein Name ist Evangeline.«

»Evangeline. Sie sind sehr freundlich. Danke fürs Herkommen.« Mrs Midsomer schaute an ihnen vorbei und blickte sich im Zimmer um, als würde sie nach jemand anderem Ausschau halten.

Mr Midsomer räusperte sich. »Julian lässt dich ganz lieb grüßen.«

Das bezweifle ich. Evangeline verkniff sich ein skeptisches Stirnrunzeln. Wenn dieser Junge seine Mama auch nur ein bisschen lieb hatte, sollte er hier sein und es ihr selbst sagen.

Mrs Midsomers Miene hellte sich auf und sie drückte die Hand ihres Ehemanns. »Wie geht es Julian heute?« Ihr Lächeln verriet ein Herz voller zärtlicher Zuneigung. »Hat er die neue Armbrust fertiggestellt?«

»Wenn Sie wollen, kann ich ihn herholen, um Sie zu besuchen, Madam«, erbot sich Evangeline.

»Nein.« Ein Schatten trat auf Mrs Midsomers Gesichtszüge. »Es ist das Beste für ihn, wenn er in den Abendstunden nicht herkommt. Es schmerzt ihn, mich so zu sehen. Besonders wenn ...« Sie machte ein betrübtes Gesicht. »Besonders wenn ich einen Anfall habe. Aber er kommt mich besuchen«, sagte sie dankbar. »Jeden Tag nach der Schule liest er mir vor, während ich schlafe.« Sie deutete auf die Ausgabe von Jane Austens *Stolz und Vorurteil* auf ihrem Nachtschränkchen.

Das Lesezeichen lugte zwischen den letzten Seiten hervor, was bedeutete, dass sie die Lektüre bald beendet haben würden. Evangeline war sich nicht sicher, aber es wirkte auf sie wie ein trauriges Omen.

»Julian kann *Stolz und Vorurteil* nicht ausstehen.« Mrs Midsomer lächelte wehmütig.

»Und warum liest er es dann?«, fragte Evangeline.

»Weil ich *Stolz und Vorurteil* liebe.«

Evangeline konnte ihr Erstaunen nicht verbergen. Möglicherweise war Julian doch nicht so starrsinnig, wie sie gedacht hatte.

»Und auch wenn ich schlafe ...« Mrs Midsomers Worte wurden langsamer und ihre Stimme klang schwächer, »... höre ich trotzdem jedes Wort, das er über Elizabeth und Mr Darcy liest.« Ihre Augenlider senkten sich und Evangeline konnte sie kaum noch verstehen. »Er ist wirklich nicht so unsympathisch, wie viele Leute glauben. Er hat ein gutes, mitfühlendes Herz, auch wenn er das nicht auf die übliche Weise zeigt.«

Evangeline fragte sich, ob sie über die Romanfigur des Mr Darcy oder über Julian sprach. Sie dachte kurz darüber nach und entschied, dass Mrs Midsomer wahrscheinlich über den Mann im Roman gesprochen hatte.

Mrs Midsomers Augen waren geschlossen und ihr Atem ging ruhig und regelmäßig, Evangeline fürchtete allerdings, dass sich das bald ändern würde.

Mr Midsomer blieb auf der Bettkante sitzen. Er hielt die Hand seiner Frau und betrachtete ihr Gesicht mit sorgenvoller Miene. Mit der anderen Hand strich er sein spärliches Haar zurück. »Vor einem Monat war ich geschäftlich unterwegs, nur ein paar Tage. Und als ich wiederkam, war sie so krank. Fiebrig und zitterig, immer in eine Decke oder in einen Pullover gehüllt.«

Behutsam nahm Granny seinen Arm und zog ihn zur Schlafzimmertür. »Lassen Sie uns unsere Arbeit machen. Wir melden uns bei Ihnen, wenn wir etwas brauchen.«

Er blieb stehen, und wirkte plötzlich wie ein verlorenes Kind. »Sie werden sich gut um sie kümmern, nicht wahr?«

»Das werden wir.« Granny schob ihn vorwärts, bis er mit hängenden Schultern davonschlich und sie ihrer Arbeit überließ.

Mrs Midsomer schnappte nach Luft. Sie riss die Augen auf und starrte Evangeline und Granny mit panischem Blick entgegen. Ihre Lippen bewegten sich, als würde sie verzweifelt versuchen, ihnen etwas zu erzählen, jedoch schien sie das Sprechen verlernt zu haben.

Der Anblick löste in Evangeline eine Mischung aus Mitgefühl und Entsetzen aus.

»Evangeline, was siehst du?«, fragte Granny mit ihrer Lehrerinnenstimme.

Evangeline riss sich zusammen. Sie musste eine Aufgabe erledigen. Sie schaute sich um, bemerkte die Kristallvasen mit duftenden weißen Rosen, die im Raum verteilt waren. Auf der eleganten Frisierkommode stand das gleiche Familienfoto, das sie in Julians Arbeitszimmer gesehen hatte. Sie richtete ihre Aufmerksamkeit wieder auf Mrs Midsomer. Trotz dreiwöchiger Bettlägerigkeit waren ihre Haare so sorgfältig gepflegt und gebürstet, dass sie glänzten. Anders als auf dem Familienfoto wirkte ihre Haut nun blass und abgespannt. Unter den Augen waren dunkle Ringe, aber Nachthemd und Bettwäsche waren so sauber wie frisch gefallener Schnee. Was auch immer hier vor sich ging, eines war gewiss: Mrs Midsomer wurde sehr gut gepflegt und sehr geliebt.

Plötzlich schossen Mrs Midsomers Arme und Beine unter der Bettdecke hervor, die Glieder wurden starr und steif, als wären sie aus Holz. Sie stieß einen weiteren grauenerregenden Schrei aus.

Evangeline hätte sich am liebsten die Ohren zugehalten und die Augen geschlossen, aber so etwas kam für eine Geisterjägerin nicht infrage. Geisterjägerinnen waren stark und all den unangenehmen Umständen gewachsen, die sich bei einem Auftrag ergeben konnten.

Unter kurzen, hechelnden Atemzügen schloss Mrs Midsomer die Augen und murmelte Worte, die Evangeline nicht verstehen konnte. Rat suchend schaute sie ihre Großmutter an, doch Granny presste die Lippen zusammen und konzentrierte sich auf die Frau.

Als Mrs Midsomer erneut etwas sagte, waren ihre Worte klar wie Glas. »Es tut mir leid.« Ihre Augen öffneten sich und eine tiefe Traurigkeit spiegelte sich darin. »Es tut mir leid.«

Granny tätschelte ihre Hand. »Ist schon gut, meine Liebe.«

Mit einem dankbaren Lächeln schloss die Frau wieder die Augen und diesmal schlief sie ein.

»Ist es ein Fall von Mondsucht, Granny?« Evangelines Herz schlug so heftig, dass das Blut in ihren Ohren rauschte.

»Nein. Das ist es nicht. Holst du mir bitte meinen Koffer, Evangeline?«

»Jawohl, Madam.« Evangeline stürmte los, die Treppe hinauf und durch den Flur, wo sie um ein Haar mit Camille zusammengestoßen wäre, die gerade aus ihrem Zimmer trat.

»O, Miss Evangeline, Sie haben mich erschreckt!« Camille zog die Tür hinter sich zu. Sie strich ihr schwarzes Uniformkleid glatt, richtete ihr Haar und zupfte an dem hässlichen Paisley-Schal herum, den sie sich um den Hals gebunden hatte. Darunter kam eine dicke, grobe, halsbandartige Kette zum Vorschein. Unwillkürlich verzog Evangeline das Gesicht. Sie selbst war alles andere als elegant, aber die arme Camille hatte keinerlei modischen Geschmack.

»Entschuldigen Sie bitte.« Evangeline deutete auf das Zimmer, in dem sie und Granny schliefen. »Granny braucht ihren Koffer.«

Camille lächelte. »Bis morgen, meine Liebe.«

Evangeline sauste in ihr Zimmer, schnappte sich ihre Schultertasche und Grannys alten Handkoffer, eilte durch den Flur, wo sie noch einmal an Camille vorbeikam, bevor sie wieder nach unten rannte.

Evangeline reichte Granny den Koffer. Mrs Midsomers Augen waren noch geschlossen, aber sie warf den Kopf hin und her. Granny zog eine stark riechende Knoblauch-Packung hervor und betupfte damit Hals und Stirn der Frau, um ihren hysterischen Anfall zu dämpfen und ihr einen zusätzlichen Schutz vor dem Bösen zu verleihen.

»Roggen bitte.« Granny hielt die Hand auf.

Evangeline reichte ihr eine Ähre. Granny legte den Getreidehalm auf das weiße Kissen. Mrs Midsomer warf den Kopf zur anderen Seite. Granny entfernte den Halm und gab ihn Evangeline. »Mistel.«

Evangeline zog einen dunkelgrünen Mistelzweig aus dem Koffer und Granny hielt ihn einen halben Meter über Mrs Midsomers Kopf. Mrs Midsomer stöhnte und versuchte ihn wegzuschlagen. Granny nahm ihn fort. »Silber, bitte.«

Evangeline zögerte. Wenn Mrs Midsomer eine ähnliche Abneigung gegen Silber zeigte, bedeutete das nichts Gutes für sie. Silber war eine der machtvollsten Kräfte der Natur. Eine Berührung damit konnte jemandem, der vom Bösen besessen war, unerträgliche Schmerzen bereiten. Aus diesem Grund verbargen Geisterjägerinnen ihre silbernen Talismane auch unter der Kleidung, wenn sie mit betroffenen Personen in Kontakt kamen.

»Evangeline?« Granny schaute sie an. »Das Silber, bitte.«

»Jawohl, Madam.« Evangeline kramte im Koffer herum, bis sie die Dublone gefunden hatte.

Granny hielt die Münze zwischen Daumen und Zeigefinger und senkte sie auf Mrs Midsomers Stirn herab. Lange bevor sie die Haut berührte, kreischte die Frau auf und schlug Grannys Arm beiseite.

Evangeline rutschte ein Fluch heraus.

»Keine schlimmen Wörter!« Granny zog die Stirn kraus, redete leise mit sich selbst und gab Evangeline die Dublone zurück.

»Soll ich Weihwasser in die Zimmerecken spritzen, um weitere Dämonen fernzuhalten?«

Granny ließ Mrs Midsomer, die wieder hastig und keuchend atmete, nicht aus den Augen. Sie nahm die Hand der Frau, schob den Nachthemdärmel hoch und drehte ihren dünnen Arm hin und her, um ihn zu untersuchen. Sie wiederholte die Prozedur beim anderen Arm, bevor sie die Schulter frei machte und sich die entblößte Haut anschaute.

»Granny? Das Abwehrmittel gegen Dämonen?« Evangeline deutete auf die Zimmerecken. »Soll ich das Weihwasser verspritzen?«

»Das hier ist nicht das Werk eines Dämons.«

Evangeline rückte näher und schaute auf das, was Granny Kopfzerbrechen bereitete.

Auf Mrs Midsomers Schulter befanden sich zwei gezackte Wundmale, mittlerweile weißlich und fast verheilt, mit bloßem Auge kaum auszumachen und für ungeübte Augen nicht zu sehen. Etwas hatte vor Wochen Mrs Midsomers Haut durchbohrt, zweifellos kurz bevor ihre Krankheit ausgebrochen war.

Jetzt bog sich Mrs Midsomers Kopf nach hinten und ihre Muskeln zuckten. Ihr Körper wurde von einem heftigen Krampfanfall geschüttelt. Aus ihren Mundwinkeln trat Schaum hervor.

Während Granny einige Tropfen Euleneier-Tonikum applizierte, zog Evangeline ein blaues Samtband aus ihrer Schultertasche. Sie band es um das bebende Handgelenk der Frau, ging in die Knie und platzierte einen Eisennagel unter dem Bett, tat also, was sie konnte, um andere böse Geister in Schach zu halten.

»Das kannst du dir sparen. Es gibt keine bösen Geister hier im Raum.« Granny stellte das Tonikum beiseite und wischte Mrs Midsomers Mund sauber. Ihre Krämpfe hatten nachgelassen, doch ihre Augen rollten hinter den geschlossenen Lidern hin und her. Granny holte einen frischen Lappen und eine Flasche mit Salzwasser. »Wir haben eine lange Nacht vor uns.« Sie seufzte und tupfte Gesicht und Hände der Patientin damit ab.

Von all den unheimlichen Fällen, bei denen Evangeline ihrer Granny assistiert hatte, war keiner so erschütternd für sie gewesen wie dieser. Vielleicht lag es daran, dass es um die Mutter eines Kindes ging, bei der ein sehr hohes Risiko bestand, dass sie ihre Krankheit nicht überlebte. Evangeline blickte zu dem Familienfoto auf der Kommode und das Herz tat ihr weh. Sie wusste, was es bedeutete, keine Mama zu haben. Und obwohl Julian so nervtötend gewesen war, nahm sie sich vor, ihn bei ihrer nächsten Begegnung ein wenig freundlicher zu behandeln. Einer von Grannys Leitsätzen kam ihr in den Sinn: *Jeder hat Sorgen und Lasten. Manche Leute halten sie verborgen. Andere tragen sie in Form von Wut oder anderen unangenehmen Verhaltensweisen nach außen.*

Irgendwo in der Ferne erhob sich in der nächtlichen Schwüle von New Orleans das Heulen eines Hundes, so eindringlich und schrill, als würde es die Mauern des Hauses durchbohren.

Granny schaute zum Fenster und ein Anflug von Furcht trat auf ihre Züge.

Evangeline stockte der Atem. In ihrem ganzen Leben hatte sie nie auch nur das winzigste Fitzelchen Angst im Gesicht ihrer Großmutter gesehen. Besorgnis schon, aber niemals Angst. Noch nie hatte sie erlebt, dass Granny sich vor irgendetwas fürchtete.

»Was ist los, Granny? Was ist über sie gekommen?« Blankes Entsetzen schnürte ihr die Kehle zu und einen Moment lang konnte sie nicht atmen.

Grannys verängstigte braune Augen schauten sie an.

»Granny?« Evangelines Stimme bebte.

»Rougarou«, flüsterte Granny. »Wir haben es mit einem Rougarou zu tun.«

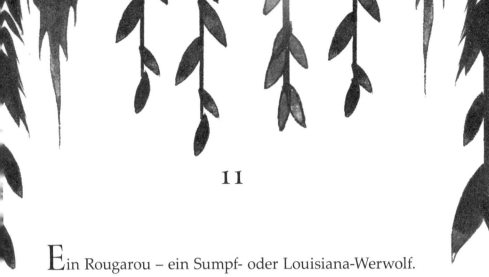

11

Ein Rougarou – ein Sumpf- oder Louisiana-Werwolf.

Evangelines Knie drohten einzuknicken und sie musste sich am Bettpfosten festhalten, um nicht zu stürzen. »Aber Vollmond ist doch erst morgen. Der einzige Rougarou, der sich in der Nacht vor oder nach dem Vollmond verwandeln kann, ist …«

»Ein Alpha«, sprach Granny ihren Satz zu Ende. Sie warf einen zweiten besorgten Blick zum Fenster, als könnte sie in die dahinterliegende Ferne schauen. »Und wenn er ein Alpha ist, wird sein Rudel in der Nähe sein.«

Evangeline spürte Übelkeit in sich aufsteigen. »Drei oder vier weitere Rougarous zusätzlich zu dem Alpha«, flüsterte sie.

Grannys Miene wurde noch ein wenig ernster. »Manche Alphas sollen sechsköpfige Rudel haben. Mehr wären nicht unter Kontrolle zu halten. Denk dran, ein Rougarou hat kein Interesse daran, auf sich und seine Familie aufmerksam zu machen. Er will ungestört jagen. Er will der Jäger sein, nicht der Gejagte.« Sie zog zwei Handvoll getrocknete rote Bohnen aus der Tasche. »Aber eins nach dem anderen.« Sie murmelte einen Segensspruch über den Bohnen und drückte sie Evangeline in die Hand. »Leg dreizehn davon in die Tür und dreizehn auf jedes Fensterbrett.« Sie zog einen altmodischen Sprühflakon mit einer gelben Flüssigkeit aus ihrem Handkoffer.

Evangeline kannte den Inhalt, bei dem es sich um das blind machende Gift des Akadischen Zahnwurms handelte. »Glaubst du, die Geisterjägerin von New Orleans wurde von einem Rougarou getötet?«

Granny nickte. »Ja, das glaube ich.« Sie stellte den Flakon auf den Nachttisch, damit er in Reichweite war, falls ein Rougarou trotz aller Vorsichtsmaßnahmen in den Raum gelangen sollte. Dann setzte sie sich an Mrs Midsomers Seite, deren Atemzüge wieder unruhig und keuchend klangen. Sie versuchte erneut, die fieberheiße Haut der Frau mit dem salzwassergetränkten Tuch zu kühlen.

Mit zitternden Fingern zählte Evangeline dreizehn Bohnen ab und reihte sie auf der Fensterbank auf. Sie zögerte und fragte sich beklommen, wie die Antwort ihrer Großmutter lauten würde. »Können wir ihr helfen?«

Granny lehnte sich zurück und seufzte. »Ich bin mir nicht sicher. Sag mir, was du weißt.«

Als Evangeline das Auslegen der Werwolf abwehrenden, gesegneten Bohnen beendet hatte, setzte sie sich neben Granny ans Bett und rief sich ihre Lehrstunden über Rougarous ins Gedächtnis, Lehrstunden, die sich ihr ins Herz und ins Gehirn eingebrannt hatten. Sie glaubte nicht an Hass, doch der Rougarou war ein Ungeheuer, das sie zutiefst verachtete, aus den tiefsten Tiefen ihrer Seele. Bösartig. Herzlos. Irrsinnig in seiner blinden Zerstörungswut.

Ein Rougarou hatte ihrer Mama das Leben geraubt, und diese Art von Hass war schwer auszulöschen.

Aber eine Aufgabe war zu bewältigen. Sie schob ihre dunklen Gedanken beiseite. Konzentrier dich, Evangeline. Hass macht blind. Sie holte tief Luft. »Nur ein Alpha kann ein Opfer infizieren. Mrs Midsomer muss von einem Alpha gebissen worden sein in der Nacht des letzten Vollmonds. Seitdem leidet sie unter den Qualen der Wandlung, während ihr Körper sich auf die bevorstehende Metamorphose vorbereitet.« Sie musste schlucken, ihr Hals war mit einem Mal staubtrocken. »Die Metamorphose, die sich in der morgigen Vollmondnacht vollziehen wird.«

»Fahre fort«, wies Granny sie an und nickte.

»Morgen Nacht, beim ersten Glockenschlag der zwölften Stunde, wird ihre physische Transformation beginnen und sie in eine hirnlose, blutrünstige zweibeinige Wölfin verwandeln, unfähig ihre Rougarou-Killerinstinkte zu unterdrücken.«

»Und wenn sie einen Menschen tötet?«, wollte Granny wissen.

»Aber das wird sie vielleicht nicht, Granny. Wenn wir es verhindern können, wird sie sich mit Sicherheit elend fühlen. Vielleicht verletzt sie sich sogar selbst aus lauter Blutgier, aber ...«

»Natürlich werden wir versuchen, es zu verhindern«, fiel Granny ihr ins Wort, »aber wenn es ihr trotz all unserer Bemühungen gelingen sollte, einen Menschen zu töten ...«

Panik schoss Evangeline in die Glieder, und ein niederschmetterndes Gefühl der Hilflosigkeit drohte sie zu lähmen. Sie schüttelte den Kopf und flehte stumm, dass Granny sie nicht dazu zwingen möge, ihren Satz zu beenden.

»Evangeline?«, fragte Granny streng.

Evangeline schluckte und holte tief Luft. »Wenn sie morgen Nacht einen Menschen tötet, wird die Metamorphose gefestigt. Und bei jedem darauffolgenden Vollmond wird sie sich in eine tobende Bestie mit Reißzähnen und Klauen und einer unermesslichen Gier nach Blut verwandeln.« Sie rang die Hände. »Ach Granny, was sollen wir nur tun?«

»Wenn sie jemanden tötet, weißt du, was wir zu tun haben.« Großmutter fixierte Evangeline mit unerschütterlichem Blick.

»Nein, Granny«, flüsterte Evangeline.

»Wir können einen Rougarou nicht wissentlich frei umherlaufen lassen. Wenn wir den Alpha nicht so bald wie möglich aufspüren und beseitigen können, bleibt uns keine andere Wahl, Evangeline. Dann werden wir sie eliminieren müssen.«

Evangeline schaute zur Seite, damit Granny die Schwäche nicht bemerkte, die sich in ihrem Blick spiegelte.

»Wir werden tun, was wir können, um es ihr heute Nacht erträglich zu machen«, fuhr Granny fort. »Morgen Abend werden wir ihre Schmerzen lindern, so gut es geht, und ihr Bannfesseln anlegen. Aber wenn sie sich verwandelt, wenn sie zu stark wird für die mit Weihwasser getränkten Seile, wenn sie sich losreißt, dann ist es vorbei.«

Granny streckte die Hand aus. »Und jetzt reich mir den Aufguss aus Schlüsselblumen und Froschleber.«

Die Stunden vergingen und sie kümmerten sich um Mrs Midsomer, betupften ihre glühend heiße Haut mit kühlenden Packungen, linderten ihre Muskelkrämpfe mit verschiedenen Tinkturen.

Die Uhr in der Eingangshalle schlug Mitternacht. Beim Glockenschlag der zwölften Stunde hallte ein weiteres wölfisches Heulen durch die Nacht und rief nach Mrs Midsomer. Dieses Mal antwortete sie mit einem Klagelaut.

Evangeline bekam eine Gänsehaut.

Mrs Midsomer riss die Augen auf, die nicht mehr tiefblau wie der Sommerhimmel waren, sondern leuchtend grün. Evangeline schnappte nach Luft, worauf die Frau ihren unheimlichen Blick auf sie richtete und ein tiefes, bedrohliches Knurren ausstieß. Als Evangeline entsetzt zurückwich, knirschte Mrs Midsomer mit den Zähnen.

Granny versprühte ein wenig Eisenkraut-Gebräu, was Mrs Midsomer mit wütendem Fauchen quittierte, während ihre Augen bereits wieder ihre ursprüngliche himmelblaue Farbe annahmen. Ihr ganzer Körper fing an zu zittern und ihre Stirn war schweißnass. Granny tupfte Mrs Midsomers Gesicht trocken und bat Evangeline, nach Stiften zu suchen.

Evangeline durchwühlte den Handkoffer und zog eine Packung mit Filzstiften heraus.

Die beiden machten sich sofort an die Arbeit. Nachdem sie eine Reihe von mehrfarbigen, komplizierten Schutzsymbolen gezeichnet hatten, packte Evangeline die Stifte wieder weg.

»Das Schlimmste ist vorbei«, murmelte Granny. »Zumindest für heute Nacht.«

Doch Evangeline fühlte sich dadurch nicht getröstet. Sie würden sicher alle Hände voll zu tun haben, um Mrs Midsomer zu umsorgen, aber was war mit dem Alpha, der sie infiziert hatte? Was war mit den anderen in seinem Rudel? Gegen sie musste etwas unternommen werden und zwar so bald wie möglich.

Als die Nacht sich dem Ende zuneigte und der Morgen heraufdämmerte, legten sich Mrs Midsomers Symptome. Draußen zwitscherte eine Spottdrossel. Evangeline konnte kaum noch die Augen offen halten; sie brannten vor Erschöpfung, genau wie sämtliche Muskeln in ihrem Körper.

Granny kühlte Mrs Midsomers Stirn mit beruhigendem Fliederwasser und achtete darauf, die schützenden Symbole, die sie und Evangeline auf ihr Gesicht gezeichnet hatten, nicht zu verschmieren. Unter erschöpftem Seufzen ließ sie sich schließlich auf den Sessel neben dem Bett fallen und rieb sich die Hüfte und ihr schlimmes Bein.

»Du hättest nicht so lange stehen sollen«, schalt Evangeline sie. »Warum hast du dich nicht zwischendurch öfter mal hingesetzt?«

»Mach dir um mich keine Sorgen. Ich bin zäh wie ein altes Maultier. Und genauso dickköpfig.«

Evangeline war zu müde, um zu widersprechen. Beide schauten Mrs Midsomer an, die jetzt friedlich ruhte.

»Sie wird den ganzen Tag tief und fest schlafen«, prophezeite Granny. »Und wir können uns auch ein bisschen ausruhen. Dann bereiten wir die Bannfesseln und die anderen Dinge vor, die wir für die kommende Nacht benötigen.«

Die Schlafzimmertür schwang auf und Camille rauschte ins Zimmer. »Einen wunderschönen guten Morgen, die Damen!« Sie brachte ein Tablett mit einem Glas Wasser und einem abgedeckten Teller. »Hier ist Mrs Midsomers Frühstück.« Sie stellte das Tablett auf die Kommode. Beim Anblick ihrer schlafenden Herrin schnappte sie nach Luft. »Was haben Sie mit ihrem Gesicht angestellt?« Sie tauchte die Serviette ins Wasserglas. »O, das wird ihm ganz und gar nicht gefallen«, murmelte sie.

Evangeline konnte sich nicht vorstellen, dass Mr Midsomer sich allzu sehr aufregen würde. Vielleicht würde er sich ein bisschen erschrecken, aber er hatte gesagt, dass sie und Granny seine letzte Hoffnung seien, und traurigerweise hatte er damit recht. Er würde sie bestimmt nicht wegen einiger harmloser Schutzmaßnahmen zur Rede stellen.

»Es ist nur abwaschbare Farbe«, erklärte Granny. »Nicht wasserfest.«

Camille sammelte sich ein wenig und lächelte, dann schob sie die beiden zur Tür. »Gehen Sie schon. Ruhen Sie sich ein bisschen aus. Sie beide hatten eine lange Nacht.«

Während Granny ihren Handkoffer packte, hob Evangeline ein paar weiße Blütenblätter auf, die von dem Rosenstrauß, der auf der Kommode stand, heruntergefallen waren, wobei sie darauf achtete, die Stiele nicht zu berühren. Wenn ein Blütenblatt gefallen wäre, während sie eine der Rosen in der Hand hielt, wäre das ein sicheres Vorzeichen des Todes. Sie kramte einen Plastikbeutel aus der Tasche und schob die samtigen Blütenblätter hinein. Sie konnten für Liebeszaubersäckchen verwendet werden.

»Keine Sorge, Mylady.« Die Haushälterin rieb die letzten Reste der Schutzzauber von Mrs Midsomers Wangen. »Alles wird gut. Camille ist jetzt wieder da.«

Gähnend suchte Evangeline ihre sieben Sachen zusammen. Beim Rausgehen winkte sie Camille noch einmal zu. »Einen schönen Morgen, Miss Camille.«

Auf dem Weg nach oben musste Granny ein paarmal stehen bleiben, um sich ihr schmerzendes Bein zu reiben. Evangeline machte sich Sorgen.

In ihrem Zimmer angekommen, stellte Evangeline Koffer und Taschen in die Ecke. Dann warf sie sich auf ihr Bett. Während der Schlaf sich wie eine warme Decke auf sie herabsenkte, kam ihr ein Gedanke in den Sinn. *Warum hatte Camille so viel Angst vor dem sanftmütigen Mr Midsomer?* Eine düstere Unterstellung folgte. *Hatte Mr Midsomer eine verborgene Seite, eine blutrünstige Seite mit einer Vorliebe für rohes Fleisch?* Sie riss die Augen auf. Für halbrohes Steak hatte er jedenfalls eine große Vorliebe.

An der Tür war ein Kratzgeräusch zu hören und Granny ließ Fader herein. Miauend strich er ihr um die Beine und stupste mit dem Kopf gegen ihre Fußknöchel, als sie sich auf den Weg zum Bett machte.

Während Granny sich setzte und ihre Arbeitsstiefel auszog, sprang Fader aufs Fußende, schlang seinen grauen Schwanz um den Körper und machte es sich für ein Schläfchen bequem.

Evangeline hatte eigentlich vor, ihre Vermutungen über Mr Midsomer auszusprechen, besann sich jedoch eines Besseren. Ein erschöpfter Geist brachte selten klare Gedanken hervor. Sie wollte erst darüber schlafen. Und wenn sie aufwachte, würde sich das Ganze vielleicht als lächerliche Unterstellung erweisen.

Gähnend schloss sie die Augen und schlief ein.

Evangeline hatte nur eine kleine Weile gedöst, als sie vom Knurren ihres leeren Magens geweckt wurde.

Sie setzte sich auf und schaute zu Granny hinüber, die tief und fest schlief, obwohl sie nur ein Auge geschlossen hatte, laut schnarchend, das Gesicht voller tiefer Falten. Und die breite Narbe. Auch nach dieser Verletzung hatte Evangeline sie nie gefragt. Wenn all dies hier vorbei war, würde sie sich zu ihr setzen und sie bitten, ihr zu verraten, wie es dazu gekommen war. Auch nach Grannys weiteren Geschichten würde sie fragen. Denn wenn sie darüber nachdachte, gab es im Leben ihrer Großmutter sehr vieles, das sie nicht wusste.

Fader, der immer noch zu Grannys Füßen lag, öffnete eines seiner grünen Augen und starrte Evangeline finster an. Sie streckte ihm die Zunge heraus und stieg aus dem Bett.

Jetzt, wo sie einen guten ersten Eindruck hinterlassen hatte, brauchte sie sich nicht mehr mit dem schrecklichen, kratzigen Kleid zu plagen. Stattdessen schlüpfte sie in Jeans und T-Shirt, schob den Talisman ihrer Mama unter den Stoff, zog die Stiefel an und schnallte sich das Jagdmesser ums linke Bein. Beim Blick in den Spiegel stellte sie zufrieden fest, dass die Calendulasalbe ihre Wirkung getan hatte. Die Kratzwunde des Schattenbeißers war nicht mehr feuerrot, sondern rosa. Sie entfernte den Verband von ihrer Hand und blickte zufrieden auf die blasse Wunde. Dann meldete sich wieder ihr Magen und sie machte sich auf die Suche nach einem Frühstück.

Auf der Treppe stieg ihr der verführerische Duft nach Kaffee und köstlich süßem Gebäck in die Nase.

Sie folgte ihrer Nase ins Esszimmer und blieb abrupt stehen, als sich ihr ein unerwarteter Anblick bot.

12

Zwei fremde Männer saßen am Tisch, einer groß und stämmig, mit buschigen Augenbrauen und hässlich wie die Nacht, der andere gut aussehend und vornehm. Mr Midsomer und Julian saßen ebenfalls am Tisch.

»Es freut mich, dass der Entwurf des Festwagens für die nächste Saison planmäßig fertig wird«, sagte Mr Midsomer, der am Kopfende saß. Er wollte gerade fortfahren, als er Evangeline in der Tür stehen sah. »O!« Er stellte seine Porzellantasse ab, die gegen den Unterteller klirrte. »Miss ... äh ... Evangeline. Guten Morgen.«

»Guten Morgen«, murmelte sie. Sie wünschte, die Fremden würden sie nicht so anstarren. Julian schenkte ihr keinerlei Beachtung. Er beugte sich über ein Comic-Buch und war vollkommen vertieft ins Lesen und Essen. Was er vor sich hatte, sah aus wie kleine goldgelb gebratene Kissen mit einer dicken Schicht Puderzucker. Vor ihm standen eine Kanne Milch, eine Flasche Schokoladensirup und ein halbes Glas Kakao.

»John«, wandte sich der gut aussehende, vornehme Herr an Mr Midsomer. »Sie haben nicht erwähnt, dass Sie Hausgäste haben.« Er lächelte freundlich.

Mr Midsomers Wangen leuchteten pink.

Evangeline ersparte ihm die Lüge. »Ich bin eine von Mrs Midsomers Pflegerinnen.« Sie wollte einen Knicks machen, wusste jedoch nicht, ob das angebracht war. Stattdessen zwang sie sich zu einem höflichen Lächeln.

Der Fremde richtete den Blick seiner dunkelblauen Augen auf sie und deutete auf den leeren Stuhl neben dem selbstvergessenen Julian. »Setzen Sie sich zu uns, Miss Evangeline.« Er nickte dem massigen, finster dreinblickenden Mann am anderen Ende des Tisches zu. »Randall hat genug Krapfen aus dem Café Du Monde mitgebracht, um ganz New Orleans damit satt zu kriegen. Stimmt's, Randall?«

Randall, der den Körperbau eines Schwergewicht-Wrestlers und das wettergegerbte Gesicht eines Piraten hatte, starrte sie schweigend an.

Evangeline hatte eigentlich keine große Lust, sich zu ihnen zu gesellen, aber der süße Duft der fettgebackenen Teilchen war zu verlockend. Sie setzte sich neben Julian, dankbar für die Vase mit dem weißen Rosenstrauß, der sie vor den Blicken des gut aussehenden, vornehmen Fremden abschirmte. Doch er schob die Vase zur Seite und fragte: »Entschuldigung, wie war noch gleich Ihr Name?«

»Evangeline.« Sie griff nach einem Krapfen und bemühte sich nach Kräften um manierliches Benehmen, das Granny stolz gemacht hätte.

»Evangeline«, wiederholte er und strich sich über den Anflug eines Dreitagebartes auf seinem hellhäutigen Gesicht. Er schürzte die hübsch geformten Lippen, schloss die Augen und senkte den Kopf, als würde er versuchen, sich auf einen vergessenen Gedanken zu besinnen.

Evangeline erkannte, dass sein braunes Haar zu einem kurzen Pferdeschwanz frisiert war. Und plötzlich wurde ihr klar, dass er der Mann war, der gestern Abend mit dem kleinen, schicken Cabriolet vom Haus der Midsomers losgefahren war.

Er blickte wieder auf, legte die Fingerspitzen aneinander und rezitierte: »Frisch war sie und jung, als sie hoffend die Reise begonnen, hingewelkt und alt, als enttäuscht sie dieselbe beendet.«

Evangeline hörte auf zu kauen und sah ihn entgeistert an.

»Eine Zeile aus Longfellows *Evangeline, Ein amerikanisches Gedicht: Henry Wadsworth Longfellow: Evangeline. A Tale of Acadie.*«

Ihr Denkvermögen versagte. Sie hatte absolut keine Ahnung, was sie darauf antworten sollte.

Er lächelte ein wenig verschämt. »Ich habe eine Leidenschaft für klassische Literatur und für französische

Geschichte. Longfellows Gedichte verbinden das Beste aus beiden Welten.«

Mr Midsomer räusperte sich. »Evangeline, das sind meine … äh … Mitarbeiter.«

»Wir sind Krewe-Mitglieder«, erklärte der Mann mit dem Pferdeschwanz. »Die Krewe ist wie meine Familie für mich. Ich habe keine Eltern oder Kinder, nicht mal eine Ehefrau, zumindest noch nicht. Aber vielleicht gibt es ja Hoffnung für mich.« Er zwinkerte ihr verschmitzt zu. »Die Familie ist wichtiger als alles andere. Finden Sie nicht auch?«

Das sah Evangeline ganz genauso.

»Das ist Mr Laurent Ardeas, ein vielseitig talentierter Mann«, erklärte Mr Midsomer. »Er besitzt nicht nur großes Wissen über klassische Literatur und französische Geschichte, sondern gilt auch als Experte für griechische Mythologie, darüber hinaus ist er ein hervorragender Schauspieler, Pflanzenkenner, Ahnenforscher und vieles mehr.«

Laurent Ardeas ging mit einer abwinkenden Geste über die lobenden Worte hinweg und ließ Evangeline nicht aus den Augen. »Nennen Sie mich bitte Laurent.«

Mr Midsomer deutete auf den schweigsamen, grimmigen Mann am anderen Tischende. »Das ist Mr Randall Lowell.«

Der dunkeläugige Mann brummte eine Begrüßung.

»O, guten Morgen, Miss Evangeline.« Camille eilte

ins Zimmer und brachte eine Kanne Kaffee, dessen kräftiges Aroma Evangelines Lebensgeister weckte. »Ich bringe Ihnen gleich Ihr Frühstücksgeschirr.« Sie schenkte Mr Midsomer Kaffee nach und kehrte kurze Zeit später mit einem Teller und einem Glas zurück, in das sie Milch füllte. »Schokoladensirup?«

»Ja, bitte«, murmelte Evangeline, die viel lieber eine Tasse Kaffee getrunken hätte, jedoch Camille nicht noch mehr Arbeit machen wollte.

Camille schenkte Julian nach und gab einen Spritzer Sirup in jedes Glas.

»Entschuldigung.« Julian schaute von seinem Comic-Buch auf. »Camille, ich glaube, hier liegt ein Versehen vor. Dies ist nicht mein Schokoladenmilchlöffel.« Er hielt den Edelstahllöffel hoch, der neben seinem Teller lag. »Das hier ist nicht mein antiker englischer Silberteelöffel mit dem Perlmuttgriff, den meine Mutter mir zum Umrühren meiner Schokoladenmilch geschenkt hat.«

»Nun, mit dem Löffel, den Sie dort haben, können Sie Ihre Milch genauso gut umrühren.« Camille lächelte nachsichtig.

»Aber das ist nicht mein Schokoladenmilchlöffel«, wiederholte Julian.

Wie kann man sich nur so anstellen, hätte Evangeline am liebsten gesagt. Stattdessen schaute sie Camille an und verdrehte die Augen.

»Er liegt in der Küche beim übrigen Silberbesteck. Heute wird das Silber geputzt.« Camille strich Julian übers Haar. »Ich bringe Ihren Lieblingslöffel in ein paar Minuten, sobald ich ihn poliert habe.«

Randall Lowell schob seinen Stuhl zurück und stand auf.

»Nun, es sieht so aus, als müssten wir uns verabschieden.« Laurent erhob sich und zog eine langstielige weiße Rose aus der Vase. Er roch mit seiner etwas zu großen Nase daran und reichte sie über den Tisch.

Evangeline wollte nicht unhöflich sein und nahm sie entgegen.

»Damit wünsche ich Ihnen ein gesundes Leben. Die weiße Rose ist ein Symbol für Gesundheit.«

Da irrte er sich. Das war keineswegs die korrekte Bedeutung. Weiße Rosen verschenkte man als Glücksbringer für einen neuen Anfang, als guten Wunsch für die Zukunft. Deshalb wurden sie oft für Brautsträuße verwendet, aber das konnte sie ihm nicht sagen. Allein der Gedanke, ihn zu korrigieren, hätte ihr Grannys strafenden Blick eingebracht. »Danke«, sagte sie leise.

Ohne Kaffee und Krapfen auch nur anzurühren, schüttelten die Männer Mr Midsomer die Hand. Er begleitete sie zur Haustür und machte auf dem Weg dorthin höfliche Konversation.

Evangeline entspannte sich und war froh, dass die beiden gegangen waren, obwohl sie nun allein mit

Julian am Tisch saß. Sie steckte die Rose zurück in die Kristallvase.

Den Blick in sein Comic-Buch gerichtet, kaute Julian lesend weiter.

»Guten Morgen, Julian«, sagte sie und konnte sich einen missbilligenden Unterton nicht verkneifen. Doch als sie sich auf das bedauernswerte Schicksal seiner Mama besann, die am anderen Ende des Flurs in ihrem Zimmer lag, fühlte sie eine Welle von Scham. »Es freut mich, dir mitteilen zu können, dass es deiner Mama heute Morgen besser geht«, informierte sie ihn und bemühte sich um einen fröhlichen Tonfall.

Julian nickte, ohne von seiner Lektüre aufzublicken.

Sie kniff die Augen zusammen. Wieso interessierte sich dieser Junge nicht für seine Mutter? Es schien fast, als sei es ihm einerlei, dass es so schlecht um sie stand. Konnte er irgendwie für ihre Anfälle verantwortlich sein? Es war ein verrückter Gedanke und Evangeline versuchte, ihn zu verscheuchen, doch dann hielt sie inne und nahm ihn unter die Lupe. Er war ein kluger Junge, das stand fest. Aber bestand vielleicht die Möglichkeit, dass er ein herzloses, bösartiges Genie war?

»Er besitzt eine Blumenladenkette«, sagte Julian und erschreckte sie. Er war immer noch in sein Buch vertieft.

»Was?«

»Laurent Ardeas. Ihm gehört eine Blumenladenkette. Und ein Antikmöbelgeschäft sowie eine Reihe anderer örtlicher Unternehmen. Er bringt immer weiße Rosen mit. Randall Lowell bringt immer was zu essen. Ein paar von den anderen bringen Genesungskarten und kleine Geschenke. Das machen die Leute so, wenn jemand krank ist«, sagte er achselzuckend und las weiter.

Evangeline nickte. Die Leute bei ihr zu Hause würden dasselbe tun, falls sie oder Granny jemals bettlägerig werden sollten. »Arbeiten sie mit deinem Daddy auf einem Schiff?«

Julian schaute verwundert auf. »Mein Vater arbeitet nicht auf einem Schiff.«

»Aber Mr Ardeas sagte doch, sie wären Crew-Mitglieder. Ich dachte …«

»*Krewe*-Mitglieder, mit *K*. Nicht *Crew* mit *C*. Sie gehören zur Circe-Krewe, einem Mardi-Gras-Club. Das ist eine Art Brüderschaft. Laurent hat die Gruppe vor ein paar Jahren gegründet. Und in der letzten Saison hat er meinen Vater eingeladen, auf dem Festwagen mitzufahren.«

»O«, sagte Evangeline beschämt und wurde ein bisschen rot.

Julian missdeutete Evangelines Verlegenheit als Verwirrung. Er legte sein Buch beiseite und faltete die Hände. »In der Mardi-Gras-Saison fahren ja ständig

Festwagen durch die Straßen, aber am Mardi-Gras-Dienstag gibt es den ganzen Tag Paraden und es wird gefeiert. Am Tag darauf ist Aschermittwoch – der Tag, an dem die Katholiken ihre Sünden bereuen und sich von einem Priester ein Aschekreuz auf die Stirn malen lassen …«

»Du lieber Himmel, ich weiß natürlich, was Mardi-Gras ist, auch wenn ich noch keinen in New Orleans besucht habe.« Evangeline verschränkte die Arme vor der Brust. »Und über Katholiken weiß ich erst recht Bescheid. Eine Geisterjägerin ist gut bewandert in allen Arten des Glaubens …« Sie bremste sich und widerstand dem Drang, ihn böse anzufunkeln, weil er sie dazu gebracht hatte, ihm Informationen über sie und Granny preiszugeben.

»Du solltest dich nicht wegen deines Hobbys schämen.« Er wandte sich wieder seinem Comic-Buch zu und begann weiterzulesen.

»Hobby?« Evangeline ballte die Hände zu Fäusten und kniff die Augen zusammen.

»Ich baue gern Modelle von mittelalterlichen Belagerungswaffen, insbesondere von Schleudern, Katapulten und Wurfgeschützen, obwohl ich Gewalt verabscheue. Der Anblick von körperlicher Gewalt strapaziert meine Nerven und führt manchmal dazu, dass ich mich erbreche.« Er blätterte eine Seite weiter. »Vor Kurzem habe ich das Modell einer Armbrust fertiggestellt, mit der man Murmeln abschießen kann. Meine Mutter hat gesagt, ich habe großes Talent, Dinge zu entwerfen.« Seine Mundwinkel wanderten nach unten und in seinen Augen lag ein trauriger, versonnener Ausdruck.

Camille kehrte ins Esszimmer zurück und trug das blank polierte Teeservice herein. Sie stellte es auf das Mahagoni-Buffet, zog einen Silberlöffel mit Perlmuttgriff aus der Schürzentasche und hielt ihn lächelnd hoch. »Jetzt glänzt er wieder.« Sie legte ihn neben Julians Teller, bevor sie das Esszimmer verließ und mit einem Arm voller Silberkannen und -vasen zurückkehrte, die im Licht des Kronleuchters glänzten. Leise vor sich hin summend, stellte sie die Teile in die Geschirrvitrine. Auf dem Weg zur Tür fiel ihr Blick auf die silberne Teekanne. Sie zog einen Lappen aus der Tasche, und rieb die glänzende Oberfläche damit ab, bevor sie sich unter weiterem Gesumme in die Küche zurückzog.

Stirnrunzelnd schaute Julian ihr nach. »Sie hat das Silber erst vor ein paar Tagen poliert.« Er schüttelte den Kopf. »Ich fürchte, sie übertreibt es ein wenig mit ihren Haushaltspflichten.«

Draußen ertönte eine Hupe.

»Julian!«, rief Mr Midsomer aus der Empfangshalle. »Dein Wagen ist hier.«

»Entschuldige mich bitte.« Julian klappte sein Comic-Buch zu und legte es auf den Tisch. Er wischte sich mit seiner Leinenserviette den Puderzucker von Mund und Händen, schnippte einen Krapfen-Krümel vom Revers seiner Schuluniformjacke und erhob sich.

Evangeline sah zu, wie Julian seine Krawatte zurechtrückte, seinen Rucksack nahm und die Haustür ansteuerte. Es war falsch gewesen, ihm irgendwelche Missetaten zu unterstellen. Allein die Erwähnung seiner Mama hatte ihm fast die Tränen in die Augen getrieben.

Sie schob sich einen halben Krapfen in den Mund und starrte auf Julians Comic-Buch. Das zuckersüße Gebäck schien sich in ihrem Mund in Beton zu verwandeln. Sie erschauerte. Dort auf dem Cover fletschte ein glutäugiger Mann die Zähne. Lange, silbrige, messerartige Krallen traten aus seinen Fingern hervor. Sie musste nicht den Titel lesen, um zu wissen, dass er ein Superheld mit Wolfskräften war. Sah Julian Wölfe als Helden? Wünschte er sich, dass seine Mama einer würde? War sein Vater schon einer geworden? Hoffte er, auch einer zu werden, damit sie eine glückliche Rougarou-Familie würden?

Nein. Sie schüttelte energisch den Kopf. Mr Midsomer war tieftraurig über den Zustand seiner Frau. Und er war derjenige, der sie und Granny zu Hilfe geholt hatte. Sie machte sich lächerlich. Das kam davon, wenn man sich zu viel sorgte und zu wenig schlief.

Evangeline und Granny verbrachten den restlichen Morgen damit, eine Reihe von Arzneitränken und Umschlägen vorzubereiten. Dann schnitten sie Seile in passenden Längen zurecht und machten sie mithilfe von Weihwasser und Gebeten zu schwächenden Bannfesseln.

Sie waren noch mit den Vorbereitungen beschäftigt, als es an der Tür klopfte.

»Herein«, rief Granny.

Camille öffnete die Tür, einen Putzlappen in der einen und eine Flasche Bohnerwachs in der anderen Hand. »Mr Midsomer hat ein paar Sandwiches aus dem Laden an der Ecke mitgebracht.«

»Danke, Camille«, antwortete Granny. »Wir kommen gleich nach unten.«

Camille nickte ihnen zu und schloss die Tür hinter sich.

Voller Vorfreude aufs Mittagessen fädelte Evangeline die letzte Perle auf ein Armband, das vor Wahnsinn schützen sollte, während Granny ein Duftsäckchen mit zerstoßenen Lorbeerblättern füllte, um das Böse abzuwenden.

Als sie sich auf den Weg nach unten ins Esszimmer machten, hielt Granny sich am Treppengeländer fest. Evangeline dachte an die Sandwiches, und das Wasser lief ihr im Mund zusammen. Sie hoffte, dass Mr Midsomer welche mit frittierten Garnelen mitgebracht hatte und keine mit Roastbeef oder Wurst. Doch als sie die letzte Treppenstufe erreichten und die Empfangshalle durchqueren wollten, glitt Granny der Fuß weg. Ihr Stock fiel klappernd zu Boden. Hilflos ruderte sie mit den Armen, stürzte mit lautem Rums auf den Parkettboden und schrie auf.

»Granny!« Evangeline eilte zu ihr und wäre auf dem glatten Holzboden um ein Haar ebenfalls ins Rutschen gekommen.

Granny lag auf der Seite, ihr schlimmes Bein war auf unnatürliche Weise verdreht.

Evangeline kniete sich neben sie, um sich ein Bild von der Verletzung zu machen. Leider sah man auf den ersten Blick, dass es Granny hart getroffen hatte.

»Oje!« Die Augen schreckgeweitet, die Hände an die Wangen gepresst, kam Camille herbeigeeilt. »O, Mrs Holyfield, sind Sie okay?«

Mit schmerzverzerrtem Gesicht setzte Granny sich auf.

»Ach du lieber Himmel! Wie dumm von mir, wie dumm von mir.« Camille rang die Hände. »Ich habe nicht an Ihren gebrechlichen Zustand gedacht, Mrs Holyfield. Ich habe den Fußboden gebohnert, ohne zu überlegen.«

Inzwischen war auch Mr Midsomer erschienen. Er kniete sich neben Granny, warf einen Blick auf ihr verkrümmtes Bein und verzog das Gesicht.

»Ich helfe dir auf, Granny«, sagte Evangeline und nahm ihre Hand.

Doch Mr Midsomer schüttelte sorgenvoll den Kopf. »Ich fürchte, das Bein könnte gebrochen sein. Ich glaube, wir rufen besser einen Krankenwagen.«

Fader kam durch den Flur auf Granny zugerannt. Er rieb sich an ihrem Körper und schob den Kopf in ihre Armbeuge. Dann setzte er sich neben sie und stimmte ein herzzerreißendes Gejaule an.

13

Evangelines Gedanken überschlugen sich. Während Camille und Mr Midsomer taten, was sie konnten, um es für Granny bis zur Ankunft des Rettungsdienstes so bequem wie möglich zu machen, rannte sie nach oben. Verstört hastete sie im Zimmer umher, packte eine lange Schnur in ihre Schultertasche, einen Stein mit einem natürlichen Loch in der Mitte und eine Sprühflasche mit einem Aufguss aus Holunderblüten, die am Vorabend des Maifeiertags gepflückt wurden. Sie schwang sich die Tasche über die Schulter und zog ein Fläschchen mit einer Mischung aus zerriebenem Moos, Bilsenkraut und Essig aus Grannys Handkoffer und hastete zurück.

Schon auf der Treppe entkorkte sie das Fläschchen, um Grannys gebrochenes Bein mit dem schmerzstillenden Mittel zu betupfen, während sie einen Heilzauber sang.

Weder Evangeline noch Granny protestierten, als die Rettungssanitäter eintrafen, Granny auf eine Trage hoben und sie in den Krankenwagen schoben. Beide wussten, dass die Verletzung viel zu schwer war, um sie mit den Methoden einer Geisterjägerin zu heilen. Das gebrochene Bein musste von einem Chirurgen zusammengeflickt werden.

Im Warteraum des Krankenhauses zogen sich die Stunden dahin.

Schließlich stand Mr Midsomer auf. »Möchtest du etwas trinken? Eine Limo? Oder Kaffee?«

Evangeline schüttelte den Kopf.

»Mach dir nicht so viele Sorgen. Deine Großmutter kommt schon wieder auf die Beine.«

Evangeline blieb stumm.

»Ich verstehe, was du durchmachst.« Mr Midsomer seufzte gequält und als er weiterredete, war seine Stimme so leise, dass man seine Worte kaum verstehen konnte. »Meine Frau und mein Sohn sind alles für mich.«

Evangeline schaute zu ihm auf und erkannte in seinem traurigen Gesicht, dass er die Wahrheit sagte. Er liebte seine Frau wirklich, und auch wenn er Julian vielleicht nicht verstehen konnte, liebte er auch ihn von ganzem Herzen.

Mr Midsomer räusperte sich. »Hör zu. Der Krankenhausleiter ist ein Freund von mir und ein Krewe-Kamerad. Wie wäre es, wenn ich mit ihm spreche und ihn bitte, dafür zu sorgen, dass deine Großmutter hier gut betreut wird?«

»Danke, Mr Midsomer«, murmelte Evangeline und senkte wieder den Blick. Sie verknotete die lange Schnur aus ihrer Tasche zu einer festen Kordel, die um Grannys Handgelenk gewickelt zu einer schnellen Heilung beitragen sollte. In der Zwischenzeit verknoteten sich auch ihre Gedanken vor lauter Sorge. Sie bemühte sich verzweifelt, nicht an den Grim zu denken, der darauf wartete, Granny auf die andere Seite zu führen. Der Verlust ihrer Mama hatte ein tiefes Loch in ihr Herz geschnitten. Würde ihr durch Grannys Tod ein weiteres Loch ins Herz gerissen, dann würde sie so leer und zerbrechlich zurückbleiben wie eine ausgetrocknete Honigwabe.

Es mochte eine halbe oder eine ganze Stunde vergangen sein, Evangeline hatte ihr Zeitgefühl verloren, als Mr Midsomer zurückkehrte. Ein Mann im Arztkittel begleitete ihn, zusammen mit einem beleibten Herrn mit Geschäftsanzug und Walross-Schnauzbart.

»Evangeline, das ist Dr. Guidry.« Mr Midsomer zeigte auf den Mann im Arztkittel. »Er behandelt deine Großmutter.« Er deutete auf den Mann im Anzug. »Das ist Mr Woolsey, der Freund, von dem ich dir erzählt habe. Er ist der Klinikleiter.«

Mr Woolsey streckte Evangeline seine große Hand entgegen. Sie schüttelte sie. Er hatte einen kräftigen

Händedruck und kalte Finger. »John hat mir erzählt, was passiert ist«, verkündete er mit dröhnender Stimme. »Sie können ganz beruhigt sein, junge Lady. Ihre liebe Großmutter wird die beste Behandlung erhalten, die diese Klinik zu bieten hat. Sie können sich auf G.B. Woolsey verlassen.«

»Danke, Sir.« Evangelines Stimme klang in ihren Ohren schwach und jämmerlich.

Als Nächster sprach Dr. Guidry. Mit knappen, geschäftsmäßigen Worten wandte er sich an Evangeline. Er redete über Grannys früheren Oberschenkelbruch. Eine Operation sei nötig, sonst würde es zu schlimmen Folgen kommen. Er erlaubte Evangeline, ihre Großmutter zu besuchen, wenn sie dies wünsche, nur für ein paar Minuten, bevor man sie in den OP bringen würde.

Beklommen murmelte Evangeline ein paar Dankesworte, und der Arzt und Mr Woolsey verließen den Raum.

»Evangeline?«, fragte Mr Midsomer besorgt. »Ist alles in Ordnung?«

»Ja. Ja, mir geht es gut«, schwindelte sie.

Er schaute auf die Uhr. »Entschuldige bitte, aber ich muss jetzt wirklich los. Eine berufliche Verpflichtung. Mach dir keine Sorgen.« Er schickte sich an, ihr über den Kopf zu streichen, zog die Hand jedoch wieder zurück. »Deine Großmutter ist in sehr guten Händen.«

»Vielen Dank«, flüsterte Evangeline benommen.

Mr Midsomer beschrieb ihr den Weg zurück zum Haus, das nur vier Blocks vom Krankenhaus entfernt war, und dann verabschiedete er sich.

Eine Krankenschwester kam, um sie in Grannys Zimmer zu bringen. Evangeline folgte ihr. Die Umgebung verschwamm vor ihren Augen, als sie durch den breiten, hell erleuchteten Flur gingen, vorbei an Patienten mit quietschenden Rollstühlen, an der Cafeteria, aus der es nach Zwiebelsuppe roch, und an einem mit gelbem Klebeband abgesperrten Bereich, in dem Handwerker geschäftig hin und her liefen. Auf einem großen Schild war zu lesen, dass das Krankenhaus um ein neues Fitness-Center erweitert wurde, dank der großzügigen Spende des örtlichen Unternehmers Laurent Ardeas.

Mr Woolsey stand mitten in dem Trubel und telefonierte: »Ja, Laurent«, dröhnte er und nickte heftig. »Alle Pläne werden umgesetzt. Auf G.B. Woolsey ist Verlass. Jedes Detail wird beachtet und bald kommt die feierliche Eröffnung.«

Sie durchquerten eine Doppeltür und bogen ein paarmal um die Ecke, bevor die Krankenschwester am Ende eines langen Flurs stehen blieb. »Da wären wir.« Sie öffnete die Zimmertür, winkte Evangeline herein und machte sich auf den Weg, um weitere Pflichten zu erfüllen.

»Evangeline«, murmelte Granny. Ihr narbiges Gesicht wirkte müde und hinfällig und älter als sonst.

Schuldgefühle überkamen Evangeline. Hätte sie ihren Geisterjägerinnen-Status schon erlangt, würde sie diejenige sein, die Ungeheuer jagte. Granny könnte in Rente sein und zu Hause in ihrem Schaukelstuhl sitzen, statt hier in einem Krankenhausbett zu liegen. Sie nahm die Sprühflasche aus der Tasche und versprühte den Lorbeeraufguss in der Luft, um Grannys Heilungsprozess zu unterstützen.

Granny winkte sie näher zu sich. »Du musst zurück in den Sumpf. Gib Percy Bescheid, dass er dich und Fader abholen soll. Wir haben keine Zeit, einen Rotkardinal zu schicken; ruf ihn an.« Sie deutete auf das beigefarbene Telefon auf dem Nachtschrank. »Geh zum Midsomer-Haus und pack, so schnell du kannst, deine Sachen. Du bist hier in Gefahr. Und ich kann dich nicht beschützen, solange ich ans Bett gefesselt bin.«

Evangeline kramte den Lochstein hervor, der spezielle Heilkräfte besaß, und schob ihn unter Grannys Kopfkissen. »Ich kann mich selbst beschützen, Granny.«

»Hör zu und unterbrich mich nicht. Hol Julian und Mr Midsomer aus dem Haus. Sichere Mrs Midsomer mit Bannfesseln und lege in ihrem Zimmer Schutzzauber aus. Mehr können wir nicht für sie tun. Dann musst du mit Percy wegfahren. Du darfst um Mitternacht auf keinen Fall in Mrs Midsomers Nähe sein.«

Doch Evangeline hatte keine Angst. Ihr Leben lang hatte sie sich auf diesen Augenblick vorbereitet. Stolz wärmte ihr das Herz. »Granny.« Sie strich über die faltige Stirn ihrer Großmutter. »Ich mag zwar noch keine offiziell ernannte Geisterjägerin sein, aber ich wurde von einer Geisterjägerin geboren und von einer der besten Geisterjägerinnen aufgezogen. Ich kann diese Familie jetzt nicht im Stich lassen. Ich habe einen Auftrag zu erfüllen.«

Granny kniff die Augen zu. Einen Moment lang fürchtete Evangeline, der schmerzende Beinbruch würde sie übermannen, aber als Granny die Augen öffnete, spiegelte sich Traurigkeit darin und seltsamerweise auch Scham.

»Evangeline, es gibt etwas, das ich dir sagen muss.« Sie schien nach den richtigen Worten zu suchen. »Ich habe dir Dinge verschwiegen. Vielleicht war das nicht richtig. Ein Kind aufzuziehen ist die schwierigste Aufgabe der Welt, viel schwieriger als Ungeheuer zu jagen. Es gibt so viele Fragen, so viele Richtungen, so viele Entscheidungen zu treffen, und der richtige Weg ist niemals klar erkennbar.« Sie holte tief Luft und atmete langsam aus. »Ich tat, was ich für das Beste hielt. Ich denke, im Laufe der Zeit wird sich zeigen, ob ich richtig gehandelt habe.«

»Granny?« Evangelines Puls raste. Sie mochte die Richtung nicht, in die dieses Gespräch lief.

»Der New-Orleans-Auftrag wurde uns nicht zugewiesen. Ich habe mich freiwillig dafür gemeldet.«

Das wusste Evangeline bereits. Das schlechte Gewissen nagte an ihr, weil sie Grannys Brief gelesen hatte, der ihr vom Rat geschickt worden war.

»Dieser Auftrag betrifft mich persönlich – dich auch –, es ist ein Auftrag, den ich vor fast dreizehn Jahren für abgeschlossen hielt. Aber ich habe mich geirrt.«

Die Tür ging auf und eine Krankenschwester trat ins Zimmer und überprüfte den Infusionsbeutel, der neben dem Bett an einem Ständer hing. »Du musst jetzt leider gehen«, sagte sie zu Evangeline. »Wir müssen Mrs Holyfield für die Operation vorbereiten.«

Granny hob den Zeigefinger. »Nur noch einen kleinen Moment, bitte.«

Die Krankenschwester runzelte die Stirn. »Na gut. Aber nur ein paar Minuten.« Die Sohlen ihrer weißen Schuhe quietschten auf dem Linoleumboden, als sie den Raum verließ und die Tür hinter sich zuzog.

»Damals hatten wir es auch mit einer gefährlichen Rougarou-Bedrohung zu tun«, fuhr Granny fort. »Ein Alpha hatte sich im Sumpf niedergelassen. Er hatte schon vier Männer infiziert. Und es hieß, er wolle sein Rudel vergrößern, vielleicht eine Partnerin hinzufügen. Der Rat hatte keine andere Wahl, als ein Treffen einzuberufen und seine Beseitigung zu planen. Aber wir wurden verraten. Einer ihrer menschlichen Gehilfen erzählte dem Ungeheuer, was wir vorhatten.« Sie hielt inne und fixierte Evangeline mit einem Auge. »Du weißt doch Bescheid über ihre menschlichen Gehilfen und woran man sie erkennen kann, nicht wahr?«

»Jawohl, Madam. Der menschliche Gehilfe ist seinem Rougarou-Herren zu Diensten, nicht nur, indem er ihm körperlichen Schutz gewährt, sondern auch, indem er als Spion und Vertrauter fungiert«, rezitierte Evangeline aus dem Gedächtnis. »Einen Rougarou-Gehilfen erkennt man an den zwei kleinen Tätowierungen auf der Innenseite des Handgelenks: ein schwarzer Reißzahn und ein einzelner roter Tropfen.«

Granny nickte. Dann schwieg sie einen Moment lang und seufzte traurig. »Deine Mama war an jenem Abend auf dem Weg zu unserer Versammlung, als sie von einem Rougarou-Gehilfen überfallen wurde«, fuhr sie mit Grabesstimme fort. »Er riss deiner Mama ihren silbernen Talisman vom Hals und schleuderte ihn fort, und in dem Moment hat der Alpha sie angegriffen.«

Evangelines Kopf fühlte sich plötzlich ganz leicht an, aber ihre Glieder schienen bleischwer. Granny hatte ihr nie zuvor von diesem schrecklichen Ereignis erzählt. Sie berührte den Talisman ihrer Mama in der Hoffnung, Trost durch ihn zu erfahren, dennoch kamen ihr die Tränen.

Granny atmete stockend ein. »Nach dem Angriff schleiften seine menschlichen Rudelmitglieder deine verletzte Mama in unsere Versammlung.« Granny musste schlucken. »Sie schleuderten sie und ihren sterbenden Tiergefährten vor unsere Füße und befahlen uns, unsere Pläne, ihren Alpha und ihre Familie zu töten, aufzugeben. Dann zogen sie von dannen, nachdem sie uns gewarnt hatten, dass sie wenn nötig zurückkehren und weitere Geisterjägerinnen töten würden.«

Grannys Lippen bebten. »Ihre Verletzungen waren sehr schlimm. Wir haben versucht, sie und das Baby zu retten, aber wir schafften es nicht.« Ihre Augen füllten sich mit Tränen.

»Aber Granny.« Evangeline umfasste ihre warme Hand. »Ihr habt das Baby gerettet. Ich bin doch hier.«

Granny schüttelte den Kopf. »Das Baby wurde tot geboren. Wir haben es zu deiner Mama in den Sarg gelegt und beide auf dem St.-Petite-Friedhof begraben.«

Evangeline war, als würde ihr der Boden unter den Füßen weggezogen. Schwarze Punkte tanzten vor ihren Augen. »Granny«, flüsterte sie. »Ich bin doch hier. Ich bin nicht tot und begraben. Ich bin kein Geist.« Es musste an den Schmerzmitteln liegen. Sie schaute auf den halb leeren Infusionsbeutel. Anscheinend hatte das Mittel Grannys Geist benebelt und ließ sie wirres

Zeug reden. Doch Grannys Augen waren zwar voller Trauer, ansonsten aber so klar wie immer.

Granny zupfte an der Bettdecke herum. »Wir sangen Heilzauber. Wir machten Umschläge. Deine Mama nahm meine Hand und sagte: ›Sag dem kleinen Percy und seinem Papa, dass ich sie ewig lieben werde. Weder Zeit noch Raum können uns trennen.‹« Jetzt strömten die Tränen über Grannys faltige Wangen. »Sie nahm das bisschen Lebenskraft, das ihr geblieben war, zusammen, um ihre letzten Worte zu sprechen: ›Ich weiß, du wirst sie richtig erziehen und sie lehren, die beste Geisterjägerin zu werden, die es jemals in Louisiana gegeben hat. Ihr Name soll Matilde Evangeline Clement sein.‹ Dann glitt sie weg, ihr Geist verschwand wie ein Schmetterling aus Licht, der in der Dunkelheit erlischt.« Granny schloss die Augen unter Qualen, die unerträglicher waren als hundert zersplitterte Oberschenkelknochen.

Evangeline versuchte zu schlucken, doch es gelang ihr nicht, genauso wenig wie das Atmen. Entweder hatte Granny den Verstand verloren, oder sie selbst war nicht diejenige, für die sie sich all diese Jahre gehalten hatte.

Aber Granny war noch nicht fertig. Sie seufzte kummervoll. »Ihre leblose Tochter wurde kurz nach ihrem Tod geboren. Ich hielt sie in meinen Händen und gab ihr den Namen Matilde, aber weiter kam ich nicht.«

Granny wischte sich die Tränen weg und lächelte. In ihren braunen Augen blitzte ein kleiner Funken Freude auf.

Hatte sich Evangeline kurze Zeit vorher gefragt, ob ihre Granny noch ganz klar im Kopf war, war sie jetzt überzeugt, dass ihr Verstand die Flucht ergriffen und sich auf- und davongemacht hatte.

»So wie grüne Schösslinge aus dem verkohlten Boden eines abgebrannten Waldes sprießen, wurde mitten im tiefsten Jammer meines Lebens eine meiner größten Freuden geboren. Matilde wurde mir aus den Händen genommen, damit ich ihre Schwester in Empfang nehmen konnte. O, sie war klein, geradezu kümmerlich, aber sie hatte kräftige Lungen und sie war keck. Ich liebte sie mehr als mein eigenes Leben, sobald ich sie gesehen hatte.« Granny nahm Evangelines Hand und drückte sie an ihre faltige Wange.

»Granny?«, flüsterte Evangeline. »Was sagst du da?«

Grannys Augen füllten sich erneut mit Tränen, und sie nickte. »Es ist in den letzten zweihundert Jahren nicht oft vorgekommen, aber man hat schon mal davon gehört, dass eine Geisterjägerin Zwillingstöchter bekommen hat.«

»Aber …« Evangeline war so verwirrt, dass ihr die Worte fehlten.

»Weil eine Geisterjägerin den Namen ihrer Tochter auswählen muss, und weil deine Schwester den ersten erhalten hatte, ist für dich der zweite übrig geblieben. Deshalb habe ich dich Evangeline Clement genannt.«

Einen Moment lang hörte die Welt auf zu existieren, und Evangeline war eingeschlossen von einer blendend weißen Wand aus Verwirrung und Schock. Eine Schwester? Sie hatte eine ... Zwillingsschwester gehabt? »Warum ... warum hast du mir nichts davon gesagt, Granny? Warum hast du es all die Jahre geheim gehalten?«

»Es tut mir leid, Evangeline. Glaub mir. Es tut mir wirklich leid.« Granny seufzte. »Ich habe deine Selbstzweifel und inneren Kämpfe gesehen. Ich wusste, dass du dich ohne deine Mama verlassen fühltest. Ich wollte deine Entwicklung zur Geisterjägerin nicht gefährden. Wenn wir anfangen, an unsere Zweifel zu glauben, versagen wir bei den Aufgaben, die wir bewältigen müssen.«

Evangeline hatte so viele Fragen, ihre Gedanken zappelten wie Fische im Netz. Wie würde sie heißen, wenn ihre Schwester am Leben geblieben wäre? Hätten sie genau gleich ausgesehen? Hätten sie dasselbe gedacht, dieselben Dinge gemocht? Hätten sie dieselben Interessen gehabt? Doch was das Wichtigste war: Hätten sie beide die Geisterjägerinnen-Kräfte ihrer Mutter geerbt?

Sie schaute Granny in die Augen. Sie sollte nicht fragen, wollte die Antwort nicht hören. Dennoch war es die einzige Antwort, die wirklich zählte. »Granny ... bin ich eine Geisterjägerin? Oder bin ich ein gewöhnliches Mädchen?«

Das Lächeln schwand aus Grannys Gesicht und Evangelines Eingeweide gefroren zu Eis.

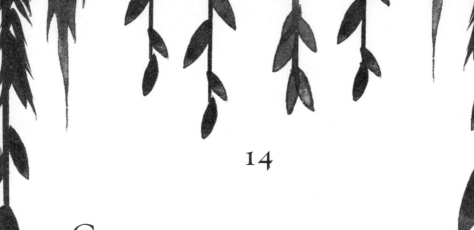

14

Granny schüttelte bedauernd den Kopf. »Ich weiß es nicht.«

Evangeline hatte plötzlich Pudding in den Beinen. Sie zog einen Stuhl heran und ließ sich darauf fallen. »Sei ehrlich, Granny. Du musst mich nicht schonen. Ich werde schon damit fertig.« Sie war sich ganz und gar nicht sicher, ob sie damit fertigwerden würde, aber sie war entschlossen, ihre Würde und Fassung zu bewahren, so wie es sich laut ihrer Granny für eine Geisterjägerin gehörte.

»Na schön.« Granny machte ein ernstes Gesicht und nickte ihr verständnisvoll zu. »Es gibt drei Möglichkeiten. Nummer eins: Du und deine Schwester habt beide die vollen Geisterjägerinnen-Kräfte geerbt. Doch so etwas ist bislang nur ein einziges Mal passiert.«

Das zerbrechliche Fundament der Hoffnung, an das sich Evangeline bis jetzt geklammert hatte, zerbröselte unter ihren Füßen.

»Möglichkeit Nummer zwei: Du und deine Schwester habt die Kräfte beide geerbt, aber unter euch aufgeteilt und jede hat fünfzig Prozent erhalten.«

Granny machte eine kurze Pause. »Oder … es ist möglich, dass ein Mädchen die gesamten Kräfte bekommen hat, und das andere gar keine. In diesem Fall wäre das Mädchen, das keine Kräfte geerbt hat, ein ganz gewöhnlicher Mensch.«

»Ich verstehe.« Enttäuscht und beschämt senkte Evangeline den Blick und hatte keine Ahnung, wer sie war. Hatte sie die vollen Kräfte? Die halben? Oder besaß sie gar keine und bildete damit den Endpunkt von Grannys langer, ungebrochener Geisterjägerinnen-Ahnenreihe? Wenn man bedachte, dass sie fast dreizehn war und sich ihr bislang kein Tiergefährte vorgestellt hatte … Nun, jetzt hatte sie ihre Antwort, die Antwort, die sie gefürchtet, jedoch im Grunde ihres Herzens immer geahnt hatte. Sie konnte es nicht länger leugnen. Sie war ein gewöhnliches Mädchen. Sie schluckte und versuchte vergeblich, den brennenden Klumpen herunterzuwürgen, den sie im Hals spürte.

»Evangeline, ich weiß nicht, wie viele Geisterjägerinnen-Kräfte du in dir trägst, oder ob überhaupt welche in deinem Inneren schlummern, aber ich weiß, dass du etwas ganz Besonderes bist. Ich sehe es in dir, auch wenn du selbst es nicht siehst.«

Evangeline hatte sich noch nie in ihrem Leben so machtlos gefühlt und starrte zu Boden.

»Ich weiß, dass du dein Leben lang davon geträumt hast, Geisterjägerin zu werden.« Granny sah Evangeline prüfend an und las den Zweifel in ihrem Gesicht so deutlich wie in einem offenen Buch. »O, Evangeline.« Granny griff nach ihrer Hand und drückte sie zärtlich. »Das hier ist nicht das Ende deines Weges. Ich weiß nicht, in welche Richtung du gehen oder wohin du gelangen wirst, aber ich kann dir eines versichern: Deine Reise beginnt gerade erst. Evangeline, sieh mich an!«

Evangeline erwiderte Grannys Blick.

»Macht kommt vom Glauben. Wenn du nicht glaubst, dass du sie in dir trägst, dann hast du auch keine. Aber wenn du an dich selbst glaubst, werden großartige Dinge geschehen.«

Für Evangeline waren das nur oberflächliche Worte. Sie hatten kein Gewicht und keine Bedeutung. Wenn Granny wirklich an sie glaubte, würde sie ihr nicht raten, vor dieser Aufgabe zu fliehen.

»Eine junge Geisterjägerin sollte unter gar keinen Umständen ganz allein den Kampf gegen einen Rougarou aufnehmen«, sagte Granny, als hätte sie ihre Gedanken gelesen. »Ein Rougarou hat übermenschliche Kräfte und ist vollkommen skrupellos. Du musst dich in Sicherheit bringen.«

Hatte sie eine andere Wahl? Sie nickte.

Granny zog die Brauen hoch, offensichtlich erstaunt, so wenig Überzeugungsarbeit leisten zu müssen. »In der Nacht, als du geboren wurdest, ließ ich dich in Obhut der Ratsmitglieder zurück und nahm allein die Verfolgung des Alphas auf. Ein Teil von mir wollte unschuldige Menschen beschützen, aber ein anderer Teil, und ich schäme mich es zuzugeben, wollte Rache üben, was eine Geisterjägerin niemals tun sollte. Kaum hatte ich den Sumpf erreicht, sprang der Alpha von einem Baum und griff mich an. Trotz der Verbrennungen, die mein Talisman ihm zufügte, schlitzte er mir das Gesicht auf.«

Evangeline schüttelte den Kopf. »Du hast schon zu viele schmerzhafte Erinnerungen heraufbeschworen. Du kannst mir den Rest später erzählen.«

»Du musst es dir anhören. Ich hatte immer noch genug Zorn und Stärke in mir, um weiterzumachen. Ich kämpfte mit all meiner Kraft. Und das tat er auch. Er hat mir fast das Bein abgerissen.«

»Dein Bein«, flüsterte Evangeline und schaute auf Grannys erneut gebrochenen Oberschenkel. Dann berührte sie die blasse Narbe, die sich über die Wange ihrer Großmutter zog. »Es war der Alpha. Er hat dir das angetan.«

Granny nickte. »Als er glaubte, mich besiegt zu haben, ist er gegangen. Er hatte sein Ziel erreicht. Ich war keine Bedrohung mehr für ihn.«

Evangelines Ohren summten und ihr Magen schlug wilde Kapriolen. Sie wollte nichts mehr hören.

»Es wäre besser gewesen, wenn er mich getötet hätte. Aber er hat mir etwas viel Schlimmeres angetan. Die einzigen Menschen, die den Angriff eines Alpha-Rougarous überleben, sind diejenigen, die er am Leben lassen *will,* um dadurch sicherzustellen, dass sich die betreffende Person beim nächsten Vollmond in ein weiteres garstiges und höllisches Ungeheuer verwandelt, wie sie ihm in seinem Rudel zu Diensten sind.«

Granny war zwar in der Lage, große Geheimnisse für sich zu behalten, aber Evangeline konnte sich beim besten Willen nicht vorstellen, dass sie all die Jahre vor ihr verborgen hatte, ein Rougarou zu sein. Wenn dieser Alpha noch am Leben war, würde sich Granny jeden Monat in eine bösartige, knurrende, fellbedeckte Bestie verwandeln. »Du hast ihn getötet. Du hast den Alpha-Rougarou getötet.«

»Ja, das habe ich«, gestand Granny.

Ein Funke Stolz erwärmte Evangelines Herz, als sie sich die Kampfszene ausmalte. »Du hast so getan, als hätte er dich besiegt und dir all deinen Kampfgeist genommen. Aber als er weiterziehen wollte, hast du ihn erwischt.«

Granny nickte. »Ich habe mich mit meinem unverletzten Bein hochgerappelt und ihm eine Silberkugel aus meiner Pistole ins Herz geschossen – die Derringer-Pistole mit dem Perlmuttgriff, die ich immer ums Bein geschnallt und unterm Rock versteckt hatte.« Sie fixierte Evangeline mit ihrem Blick. »Ich hab die Chance ergriffen und gewonnen. Es hat mich eine Menge gekostet, aber das war es mir wert. Hätte ich versagt, hätte er nicht nur den Rat getötet, sondern auch dich.« Sie zog die Schultern hoch, als wäre es eine Kleinigkeit gewesen. »Durch den Tod des Alphas wurde sein Blutbann zerstört und seine Rudelmitglieder verwandelten sich wieder in Menschen. Sie und ihre menschlichen Gehilfen stoben auseinander und flohen in allen Himmelsrichtungen aus der Stadt. Seitdem ist hier von Rougarous weit und breit nichts zu sehen und zu hören gewesen. Bis jetzt.«

»Aber Granny, was sollen wir, oder was wollt ihr, also du und der Rat, wegen dem Alpha unternehmen, der jetzt da draußen herumläuft?«

»*Du und ich*«, sagte Granny bestimmt, »wir werden zurück nach Hause fahren und uns mit der Hilfe des Rates irgendetwas überlegen.«

In diesem Moment klopfte es dreimal an der Tür und Evangeline zuckte zusammen.

Die Krankenschwester schritt energisch ins Zimmer. Während sie den leeren Infusionsbeutel durch einen vollen ersetzte, musterte sie Evangeline mit strengem Blick. »Die Besuchszeit ist jetzt leider zu Ende. Anordnung des Arztes.« Sie tätschelte Grannys Arm. »Mrs Holyfield wird jetzt ein kleines Schläfchen machen.«

»Ich bin nicht müde.«

»Das werden Sie schon noch.« Die Schwester schaute auf ihre Armbanduhr. »In zehn Sekunden.«

Granny deutete auf den Infusionsbeutel. »Was haben Sie da reingetan, Schwester?«, fragte sie grimmig.

Die Schwester lächelte zuckersüß. »Ärztliche Anweisung.«

Grannys Hand erschlaffte und ihr Augenlid wurde schwer. »Evangeline. Versprich mir, dass du ...«

»Granny!« Evangeline sprang auf. Das Herz hämmerte in ihrer Brust.

»Es ist alles in Ordnung«, versicherte ihr die Krankenschwester. »Es ist nur ein harmloses Beruhigungsmittel. Nur etwas zur Entspannung vor der Operation.«

Granny fiel ein Auge zu. Das andere blieb offen und starrte geradeaus. Verwundert beugte die Krankenschwester sich vor, um das zweite Augenlid zu schließen, doch Evangeline hielt ihre Hand fest. »Nein. So schläft sie immer.«

»Okay ...« Die Krankenschwester steuerte die Tür an. »Und jetzt musst du aber wirklich gehen.«

Evangeline schlang die verknotete Schnur um Grannys Handgelenk und küsste ihre vernarbte Wange. »Mach dir keine Sorgen, Granny. Fader und ich fahren nach Hause. Und du bist hier in Sicherheit.« Sie tastete nach Grannys Talisman, aber er war nicht da. Entsetzt riss sie die dünne Decke weg. Grannys silberner Talisman war nirgends zu sehen. »Wo ist er? Wo ist Grannys Talisman?«, rief sie.

»Keine Sorge«, gurrte die Krankenschwester beruhigend. »Laut Krankenhausvorschrift ist den Patienten das Tragen von Schmuck nicht gestattet. Wir werden die Halskette bis zu ihrer Entlassung sicher verwahren.«

»O.« Evangeline zog die Decke wieder bis unter Grannys Kinn. »Ich verstehe.« Aber diese Krankenhausvorschrift gefiel ihr ganz und gar nicht.

Die Krankenschwester hielt die Tür auf und gab ihr ein Zeichen zu gehen.

Evangelines Herz fühlte sich an wie ein nasser, ausgewrungener Lappen. Ihr war nach Weinen zumute, aber sie riss sich zusammen. Sie nahm die Schultern zurück, hob den Kopf und verließ den Raum.

Frierend stand sie in dem kalten Flur, das Gewicht von Grannys Geständnis war so niederdrückend, dass ihr war, als wäre sie auf den tiefsten Grund des Ozeans hinabgesunken. Besucher und Krankenhauspersonal strömten wie Fischschwärme an ihr vorbei. Noch nie zuvor in ihrem Leben hatte sie sich so allein gefühlt. Ihre Mama war fort. Ihre Schwester war fort. Ihre Hoffnung und ihr Selbstwertgefühl und ihre

Zukunft als Geisterjägerin hatten sich in Luft aufgelöst. Und wenn es nach dem Willen des widerwärtigen Grims ging, würde auch Granny sie verlassen. Sie zwang sich, einen Fuß vor den anderen zu setzen und machte sich auf den Weg zu der winzigen Krankenhauskapelle.

An heiligen Zufluchtsorten fand sie Trost. In der ruhigen, friedvollen Atmosphäre gelang es ihr, all ihre Probleme, die sie belasteten, in klarerem Licht zu sehen. Sie kniete vor dem Altar nieder, auf dem lauter Kerzen brannten, und versuchte, ihre Sorgen einen Moment lang zu vergessen. Mit leiser Stimme sprach sie ein Gebet für Granny und Mrs Midsomer. Sie betete für die Kraft, Dinge zu akzeptieren, wie sie waren, und bemühte sich, ihren Geist zu beruhigen. Manchmal wurde ihr dadurch sofort leichter ums Herz; manchmal dauerte es etwas länger, bis sie sich getröstet fühlte.

Das Einzige, was ihr jetzt in den Sinn kam, war die Erinnerung an ihr juckendes Knie am gestrigen Morgen, ein Zeichen, dass sie bald in einer fremden Kirche knien würde. Und nun war sie hier. An den letzten beiden Tagen hatte sie viele andere Vorzeichen und Omen gesehen, allesamt düster und unbehaglich. Sie schaute zu den bunten Glasfenstern der Kapelle hinauf und schnappte nach Luft.

Dort, mitten zwischen all den roten, grünen, blauen

und gelben Mosaiksteinchen, erblickte sie einen Wolf, der einen kleinen Jungen und ein kleines Mädchen an den Händen führte. Die Sünde brachte Unschuldige vom rechten Weg ab. Auf der anderen Seite des Fensters war die untergehende Sonne zu sehen, die das nahende Ende des Tages ankündigte.

Evangeline sprang auf. Vor Mitternacht hatte sie noch eine Menge Arbeit.

15

Evangeline ging die Eingangstreppe des Krankenhauses hinunter. Ein Windstoß fegte um die Ecke, wirbelte Blätter auf und trieb eine Coladose klappernd die Straße hinunter. Das Wetter hatte sich seit ihrer Ankunft im Krankenhaus geändert und am Himmel türmten sich graue Wolken auf.

Ihr Herz war genauso schwer wie die Regenwolken, als sie sich auf den Weg zum Haus der Midsomers machte. Nach einer Weile spürte sie plötzlich ein komisches Gefühl im Nacken und blieb stehen.

Jemand beobachtete sie.

Sie wirbelte herum, um dem Spion ins Gesicht zu sehen, aber da war niemand.

Das sind nur die Nerven, beschwichtigte sie sich selbst. Sie hatte einen schlechten Tag gehabt, um es milde auszudrücken. Kein Wunder, dass sie schreckhaft war. Sie drehte sich um und ging weiter.

Sie würde tun, was Granny ihr aufgetragen hatte. Sie würde sich um Mrs Midsomer kümmern, alle anderen aus dem Haus ausquartieren und dann in den Sumpf zurückkehren. Sie würde in Schande nach Hause kommen, ohne ihren tierischen Gefährten gefunden zu haben, ohne bewiesen zu haben, dass sie Herzensmut hatte, und ohne dass auch nur der winzigste Funke Geisterjägerinnen-Magie in ihrem Inneren entflammt wäre. Sie würde als gewöhnliches Mädchen heimkehren. Doch das Schlimmste von allem war: Sie würde die Midsomer Familie in ihrer höchsten Not im Stich gelassen haben und mit eingezogenem Schwanz davongelaufen sein.

Wenigstens würde Granny in Sicherheit sein. Kein Rougarou würde versuchen, sie in einem Krankenhaus anzugreifen. Und sobald die Ärzte sagten, dass sie sich genug erholt hatte, um nach Hause zu gehen, würden sie und Percy zurückfahren und sie holen.

Ohne groß auf ihre Umgebung zu achten, ging sie an einem dreigeschossigen Gebäude vorbei, dessen hohe Fenster mit verblichenen grünen Fensterläden verschlossen waren, als ein struppiger brauner Hund aus dem Eingang gestürmt kam. Der Schnauzermischling stellte die Ohren auf und riss Evangeline mit seinem wütenden Gebell aus ihren Gedanken. Erschrocken blieb sie stehen.

»Benimm dich, Ju-Ju!«, rief eine geduckte Gestalt bei der Tür. Die Hundebesitzerin hatte sich eine schmuddelige Decke um die knochigen Schultern geschlungen; eine Einkaufstüte, in der sich nach Evangelines Vermutung ihre sämtliche weltliche Habe befand, stand neben ihr auf dem Gehsteig. Als er ihre Stimme hörte, wedelte Ju-Ju mit dem Schwanz.

»Hallo.« Evangeline nickte der Frau zu und ging in die Hocke, um den kleinen Hund zu streicheln, der nervös auf der Stelle herumtrippelte. Prompt fing er erneut an zu bellen.

Die Frau im Eingang spähte aus ihrer Decke hervor und fixierte Evangelines Gesicht. Ihr eigenes Gesicht war genauso zerfurcht wie die rissige, holprige Straße neben dem Gehsteig. »Ju-Ju sagt, dass du eine schwere Last auf dem Herzen trägst.«

Evangeline seufzte betrübt. »Ja, Madam. Das stimmt.« In der Tat schien ihr Herz eine Tonne zu wiegen.

Eine frische Brise fegte vorbei. Die Frau legte den Kopf in den Nacken und sog die Luft in die Nase. »Dieser Wind ist nicht normal. Riecht nach irgendwas. Nach irgendwas Bösem. Ju-Ju riecht's auch.«

Ju-Ju bellte zustimmend und wedelte wild mit dem Schwanz. An seinem schmutzigen roten Halsband baumelte ein winziges graues Beutelchen.

Evangeline machte große Augen. Sie brauchte nicht zu fragen, was es war. Granny hatte ihr alles darüber erzählt. »Ein Gris-Gris-Beutelchen«, flüsterte sie. Sie sah die Frau an, die ebenfalls ein kleines Säckchen an einem Lederband um den Hals trug. Evangelines Herz wurde ein paar Hundert Pfund leichter. Ein Gris-Gris-Beutelchen konnte Mrs Midsomers Rougarou-Fluch nicht aufheben, aber es konnte ihren Schutz verstärken – ein kleiner Kick für die Wirkung der Bannfesseln. In Evangeline glomm ein winziger Hoffnungsfunke auf. Sie konnte zwar keine Geisterjägerinnen-Magie aufbieten, aber sie konnte die Magie einer anderen Person nutzen, um Mrs Midsomer zu helfen.

»Sieh zu, dass du von der Straße kommst, Mädchen.« Die Frau in der Tür brummelte vor sich hin und nickte, als wolle sie die Klugheit ihres Rates bekräftigen.

»Jawohl, Madam.« Evangeline deutete auf das winzige Beutelchen, das die Frau um den Hals trug. »Ich brauche ein Gris-Gris-Amulett … es ist ein Notfall. Könnten Sie mir sagen, wo ich den nächsten Voodoo-Tempel finde?« Ju-Ju leckte ihre Hand. Sie kraulte ihn hinterm Ohr und er schloss genussvoll die Augen.

Die Frau starrte sie schweigend an. Evangeline fürchtete schon, dass sie ihr nicht antworten würde, doch dann zeigte sie mit ihrem krummen Finger auf die andere Straßenseite. »Geh zu Papa Urbain. Einen Block weiter bis zur Dumaine-Street und dann in Richtung Fluss.«

Wieder fegte eine Windböe vorbei und trieb Plastikstrohhalme und Taubenfedern über die Straße.

»Vielen Dank!« Evangeline streichelte Ju-Ju ein letztes Mal den Kopf, dann sprang sie auf und sauste davon.

»Sieh zu, dass du bald von der Straße kommst, Mädchen!«, rief ihr die Frau nach. »Nach Sonnenuntergang ist es nicht mehr sicher. Im Dunkeln lauert das Böse!« Evangelines Stiefelabsätze knallten beim Laufen auf den schmutzigen Gehsteig. Die seltsame Brise strich ihr durchs Haar. Sie bahnte sich den Weg zwischen lachenden Touristengruppen hindurch. Viele hielten Plastikbecher in den Händen, deren Inhalt über den Rand schwappte. Sie rannte vorbei an mehrstöckigen, im spanischen Kolonialstil gebauten Wohnhäusern und Geschäften mit kunstvollen, schmiedeeisernen Balkongeländern, an denen noch Perlen und bunte Wimpel vom letzten Mardi-Gras hingen. Hinter kunstvoll geschmiedeten Toren führten gepflasterte Einfahrten in versteckte, grün überwucherte Höfe mit plätschernden Springbrunnen.

Ein blauer Neonschriftzug mit dem Wort *Lesungen* hing über dem Eingang eines gedrungenen zweigeschossigen Gebäudes. Die abgeblätterten Fensterläden des Geschäftes schrien nach einem frischen Anstrich. Außer Atem stieß Evangeline die quietschende Tür auf und trat ein.

Der schwach beleuchtete Innenraum war erfüllt von schwerem Kräuter- und Weihrauchduft. Von den dunkelrot gestrichenen Wänden starrten geschnitzte Holzmasken herab. Jeder, der hierherkam, selbst Julian Midsomer, würde die starke Magie dieses Ortes spüren. Überall standen Altare, vollgestellt mit brennenden Kerzen und diversem Krimskrams, wie Münzen, Austernschalen, Weinflaschen und Heiligenfiguren, die Evangeline mit traurigen Augen anschauten.

»Hallo?« Sie blickte über Tische und Regale voller Schraubgläser mit allen getrockneten Substanzen, die man sich nur vorstellen konnte, und einer Glasschale mit violett und grün gefärbten Hühnerkrallen. Plötzlich teilte sich auf der rechten Seite des Raumes ein Vorhang und Evangeline zuckte zusammen.

Ein großer Mann trat aus dem Dunkel hervor. Die Pupillen seiner dunklen Augen glitzerten golden, als sie das Kerzenlicht reflektierten. Nach einigen Sekunden begann er mit leiser, tiefer Stimme zu sprechen.

»Wie kann ich dir helfen?«

»Ich … ich suche nach Papa Urbain«, stammelte Evangeline und eine nervöse Unruhe wallte in ihr auf. Sie befand sich auf unbekanntem Terrain. Sie durfte nichts Falsches sagen oder tun. Einen Voodoo-Priester unabsichtlich zu beleidigen, wäre nicht nur schlechtes Benehmen, mit dem sie Granny enttäuschen würde, sondern könnte auch damit enden, dass sie ohne Gris-Gris-Beutelchen von dannen ziehen müsste.

Der Mann trat aus der Seitentür. Das Glitzern

schwand aus seinen Augen und Evangeline atmete erleichtert auf. Mit seinem ordentlich gestutzten, grauen Bart und der Lesebrille, die er an einem Band um den Hals trug, hätte er als durchschnittlicher Vorstadtgroßvater durchgehen können, obwohl er in Wahrheit alles andere als durchschnittlich war.

»Sind Sie Papa Urbain?«

»Ja, der bin ich.«

»Ich brauche ein Gris-Gris-Amulett, Sir. Für eine Dame. Eine Auftraggeberin.«

Er antwortete nicht und wartete stattdessen darauf, dass sie Details nennen würde.

Evangeline holte tief Luft. »Die Frau wurde durch den Biss eines Alpha-Rougarous infiziert. Ich dachte, Sie könnten mir etwas geben, das ihr Wohlergehen stärkt, etwas, das die Bemühungen derer unterstützt, die ihr helfen wollen.«

Ohne den intensiven Blick seiner Augen von ihr abzuwenden, verschränkte er die Arme vor der Brust. Ein goldener Ring mit blutrotem Stein an seinem kleinen Finger schimmerte im Kerzenschein. »Du bist recht jung, um die Verantwortung für Erkrankte zu tragen.«

»Nun ja, sie ist eigentlich eher die Patientin meiner Granny.« Evangeline unterdrückte den Drang, vor Nervosität die Finger zu verdrehen. »Meine Granny ist eine Geisterjägerin, aber zurzeit liegt sie im Krankenhaus.«

»Eine Geisterjägerin. Ich verstehe. Und du?«

Evangeline errötete. In dem vollgestopften, dunklen Laden schien es plötzlich heißer zu werden. »Ich … ich bin … ein …« Doch sie brachte es nicht über sich, das Wort auszusprechen. Das war auch nicht nötig. Der Voodoo-Priester würde es selbst sehen.

Er zog den Vorhang vor dem Durchgang zum Nebenzimmer zur Seite und winkte sie herein.

In dem dahinterliegenden kleinen Tempel war die Luft noch stärker vom Weihrauchgeruch erfüllt. In der Mitte stand ein Holztisch. Im hinteren Teil war eine verschrammte Anrichte zu erkennen. An einer der Wände hatte man einen Altar errichtet, auf dem sich eine Statue der Jungfrau Maria befand, daneben eine Schale mit Erde, eine brennende Kerze, ein schwelendes Weihrauchstäbchen und ein Kelch mit Wasser: die Symbole von Erde, Feuer, Wind und Wasser.

Auf dem Altar lagen auch einige persönliche Dinge – eine Haarbürste, ein Papierfächer, eine Damensonnenbrille – Dinge, die offenbar einer verehrten Vorfahrin gehört hatten.

Ein Zischlaut lenkte Evangelines Aufmerksamkeit auf die Anrichte, hinter die der Voodoo-Priester sich gestellt hatte. Eine dicke Schwarze Kiefernnatter lag zusammengerollt im trüben Licht und ließ ihre gespaltene Zunge hervorschnellen. Auf einer Stange hinter der Anrichte saß ein weißer Vogel mit blassrosa Schnabel und Krallen. Er starrte sie mit blaugrauen Augen an, ohne zu blinzeln. Evangeline starrte zurück, sie hatte sofort gesehen, dass es sich um eine Krähe handelte. Sie hatte zwar schon von solchen seltenen weißen Krähen gehört, aber bislang keine gesehen.

»Das ist Beyza«, sagte Papa Urbain und deutete auf den Vogel. »Sie hält Augen und Ohren für mich offen.« Er bückte sich und zog einen Lederbeutel aus der Anrichte. »Sie passt auf alle Dinge auf, die man im Auge behalten muss.« Er zog eine Muschel aus dem Beutel und legte sie beiseite. Dann kippte er den restlichen Inhalt in seine Hand. Er drückte die Handflächen zusammen und schüttelte die Gegenstände durcheinander, bevor er sie auf die Anrichte fallen ließ.

Durch Grannys gute Schulung erkannte Evangeline sofort, dass es sich bei den verstreuten Teilen um Opossumknochen handelte.

Papa Urbain setzte seine Lesebrille auf und blickte stirnrunzelnd auf die Anrichte, sichtlich beunruhigt durch die Anordnung der Knochen. Mithilfe der Muschelschale schob er die Knochen umher, sorgfältig darauf bedacht, sie nicht mit seinen langen Fingern zu berühren. Nach gründlicher Betrachtung sah er Evangeline an und schüttelte traurig den Kopf. »Es tut mir leid.« Seufzend nahm er die Brille ab. »Aber das ist der Lauf der Welt.«

16

»Was denn? Was ist der Lauf der Welt? Was sehen Sie?« Evangelines Herz pochte laut und schnell.

»Ich sehe Blutvergießen in Verbindung mit deiner Patientin.«

»Blutvergießen?« Das Bild einer wölfischen Mrs Midsomer sprang Evangeline vor Augen. Furcht schnürte ihr die Kehle zu. Mrs Midsomer war verloren. Die Bannfesseln würden nicht funktionieren. Um Mitternacht würde der Rougarou-Wahnsinn über sie kommen und sie würde zum ersten Mal töten.

Papa Urbain dachte kurz nach und schüttelte abermals den Kopf. »Es tut mir leid.«

Evangeline seufzte bedrückt. »Trotzdem vielen Dank. Wenn Sie vielleicht ein Gris–«

»Da ist noch mehr.« Kerzenlicht spiegelte sich in den dunklen Augen des Priesters. »Der Tod ist in deiner Nähe. Zwei Menschen werden in dieser Nacht sterben.«

Seine Worte trafen Evangeline wie ein Faustschlag.

Jegliches Gefühl wich aus ihren Gliedern. »O«, flüsterte sie.

Er schob Knochen und Muschel zurück in den Beutel. »Wie du weißt, kann ich den Fluch eines Rougarous nicht aufheben, aber ich werde tun, was ich kann, um dir zu helfen. Du wirst ein sehr machtvolles Gris-Gris-Amulett brauchen, eines, das ich speziell für dich zusammenstellen werde.« Er legte den Knochenbeutel zurück in die Anrichte und verließ den Raum.

Evangeline blieb zitternd zurück. Trotz des warmen Raumes bekam sie eine Gänsehaut.

Aus dem Laden war zu hören, wie verschiedene Behältnisse geöffnet und wieder verschlossen wurden.

Kurze Zeit später kehrte Papa Urbain mit einer großen Schüssel zurück. Er stellte sie auf den Altar und zog ein rotes Baumwollsäckchen hervor, das er mit dem Inhalt der Schüssel befüllte, während er rezitierte: »Wurzel, Knochen, Cayenne, Schlangenhaut, Wespennest, zerstoßenes Blaugras, getrockneter Krötenkot, Kampfer, Taubenfeder und Krebszangen.« Zum Schluss hielt er die elfte Zutat in die Höhe, einen Kieselstein. »Das Machtvollste von allen. Der Stein stammt aus der Grabstätte der Voodoo-Königin Marie Laveau.«

Er umschloss das kleine Beutelchen mit den Händen und murmelte ein Gebet für Segen und Schutz. Er sprach so eindringlich, dass sich auf seiner Stirn Schweißperlen bildeten. Als er fertig war, hielt er den

Beutel an seinen Mund und pustete sanft darauf, um seine Macht mit seinem Atem zu aktivieren. Er besprenkelte es mit Wasser aus einer kleinen braunen Flasche mit der Aufschrift *Mississippi-River*, dann schwenkte er es durch die Weihrauchschwaden und verschloss es mit einer Lederschnur.

»Mehr kann ich nicht für dich tun.« Er überreichte ihr das Amulett und sah ihr direkt in die Augen. »Welchen Rat deine Großmutter dir auch immer gegeben hat, sei klug und befolge ihn.«

Evangeline nickte benommen. Er hatte recht. Ohne die Kräfte einer Geisterjägerin war sie nicht imstande, gegen das zu kämpfen, was in dieser Nacht bekämpft werden musste. »Jawohl, Sir. Ich befestige das Amulett an den Bannfesseln unserer Patientin, dann …« Sie schluckte den Kloß herunter, der sich in ihrem Hals gebildet hatte, und drängte die Tränen zurück, die ihr in die Augen gestiegen waren. »Dann werde ich in den Sumpf zurückkehren und das Beste für sie und ihre Familie hoffen.«

Er fixierte sie mit seinem durchdringenden Blick. »Vielleicht kann ich die Familie im Auge behalten, wenn du fort bist.« Er sah zu der weißen Krähe hinüber, die ihm mit tiefem Krächzen antwortete, mit dem Kopf nickte und die Federn spreizte.

»Vielen Dank, Sir.« Evangeline hatte nicht mit einem derart großzügigen Angebot gerechnet.

Sie schickte sich an, Geld aus der Tasche zu ziehen, doch Papa Urbain machte eine abwinkende Handbewegung. »Du bist mir nichts schuldig. Betrachte es als kleine Gefälligkeit unter Kollegen.«

»Aber ich bin keine …«

»Dann eben für deine Großmutter.«

»Vielen Dank.« Sie war kaum einen Schritt auf den Türvorhang zugegangen, als seine nächsten Worte sie innehalten ließen.

»Das Gris-Gris ist noch nicht vollständig.«

Sie drehte sich um und schaute ihn verwirrt an.

»Um die Magie zu stärken, musst du deine eigenen Worte der Macht benutzen.«

»Worte der Macht?« Sie hatte keine Ahnung, was er damit meinte. »Welche Worte?«

»Das weiß ich nicht, aber ich kann dir sagen, wo du sie findest.« Er deutete in Richtung Fluss. »Geh zur St.-Louis-Kathedrale. Stell dich auf die Eingangstreppe der Kirche und sprich deine Bitte in den Wind. Dann werden die Worte zu dir kommen.«

Evangeline zwang sich zu einem Lächeln, um die Verzweiflung zu verbergen, die in ihr aufstieg. Sie hatte keine Zeit, um in der Stadt herumzulaufen. Es würde bald dunkel sein, und sie hatte noch viel zu tun, bevor sie das Haus der Midsomers verlassen und nach Hause zurückkehren konnte. Die Worte der obdachlosen Frau kamen ihr wieder in den Sinn und ließen ihr

Herz rasen. *Nach Sonnenuntergang ist es nicht mehr sicher.*

Um nach all seiner Hilfe nicht undankbar zu erscheinen, nickte sie.

Hastig schob sie das Gris-Gris-Beutelchen in ihre Tasche und eilte aus dem Laden.

Evangeline lief hinunter zum Fluss, vorbei an Antiquitätengeschäften, Souvenir-Shops und Clubs, aus denen Musik durch die offenen Fenster auf den Gehsteig drangen, und an Restaurants, die den verführerischen Duft nach Louisianas »heiliger kulinarischer Dreifaltigkeit« verströmten: Zwiebeln, Paprika und Staudensellerie, die Grundlage der kreolischen Küche.

Bald erreichte sie die große Kirche mit ihren drei Spitztürmen, die hoch über den daneben stehenden historischen Gebäuden in den Himmel ragten. Davor breitete sich der Jackson Square, ein großer Platz, aus. Die laute Jazzmusik einer Blaskapelle an der Ecke hallte von den Gebäuden wider und war bis in den Park zu hören. Ein junger Trompeter sah, wie sie die Szenerie bestaunte; er zwinkerte ihr zu und sie errötete. Eine weitere Windböe fegte vorbei und ließ die farbenfrohen Kunstwerke aufflattern, die an den schmiedeeisernen Gittern hingen und zum Verkauf angeboten wurden. Der Windstoß trug auch den unverwechselbaren Geruch der auf Fahrgäste wartenden Pferdekutschen herüber. Er riss an Haaren und Kleidern der Touristen und pustete ihnen die Hüte vom Kopf und die Strohhalme aus den Gläsern, sodass sie inmitten der fröhlichen Straßenparty keuchend und lachend hinter ihren auf Abwege geratenen Besitztümern nachjagen mussten.

Für einen kurzen Moment erinnerte sich Evangeline an die *Fais-Do-Do*-Partys am Bayou. Von plötzlichem Heimweh überwältigt, wurde ihr klar, dass diese Stadtleute und ihre Gäste gar nicht so anders waren als ihre eigenen Familienmitglieder, Nachbarn und Freunde zu Hause.

Aber sie hatte noch viel Arbeit vor sich. Erschöpft schleppte sie sich die Kirchentreppe hinauf. Oben angekommen, blieb sie mit windzerzausten Haaren stehen und schaute zum Mississippi hinunter. Da sie keine Ahnung hatte, was sie sagen sollte, entschied sie sich für die einfachste Möglichkeit, holte tief Luft und flüsterte ihre Bitte in den Wind. »Schick mir meine Worte der Macht. Bitte.«

Sie wartete.

Nichts passierte.

Sie tippte ein paarmal den Fuß auf.

Wieder geschah nichts.

Sie ließ die Fingerknöchel knacken.

Sie wartete, spürte, wie die Minuten dahintickten, als hätte sie eine Uhr im Kopf.

Als sie über den Platz schaute, fiel ihr Blick auf die Statue von General Jackson auf seinem Pferd. Auf seinem Kopf saß eine weiße Krähe, die sie mit ihren grau-blauen Augen anstarrte. Offensichtlich hatte Papa Urbain beschlossen, dass sie auch einen Aufpasser brauchte. Sie wusste nicht, ob sie seine Besorgnis als Trost oder Beleidigung empfand.

Der Vogel schaute ein paar Sekunden länger in ihre Richtung, bevor er sich vom Bronzekopf des Generals in die Luft schwang. Er flog über den Platz und schwebte über einem Hot-Dog-Wagen. Dort, mitten zwischen all den Touristen, die er um Hauptesänge überragte, schritt Randall Lowell einher, der wortkarge, massige Riese, der an diesem Morgen am Esstisch der Midsomers gesessen hatte. Als Evangeline blinzelte, war er in der Menge verschwunden, wahrscheinlich auf dem Weg zum Café Du Monde, um weitere Krapfen für die Midsomers zu kaufen.

Doch wenn die Bannfesseln bei Mrs Midsomer heute Nacht ihren Dienst versagten, würde das Frühstück am nächsten Morgen die geringste Sorge der Familie sein.

Ungeduldig kniff Evangeline die Augen zusammen, zählte bis zehn und öffnete sie wieder. »Verdammt! Nun komm schon!«, murmelte sie in den Wind. »Ich habe nicht den ganzen Tag Zeit!«

Eine Brise peitschte vorbei, zerzauste das graue Gefieder einer Taube, die aus einer Pfütze Wasser trank. Eine Dollarnote flog über den Platz. Sie kam auf Evangeline zugeflogen und blieb, als der Wind abflaute, vor ihren Stiefelspitzen liegen.

Evangeline schaute auf den unerwarteten Geldschein. Sie hatte um Worte gebeten und stattdessen Geld erhalten. Offensichtlich hatte sie ihre Bitte nicht klar genug ausgesprochen. Sie hob die Dollarnote dennoch auf. Einer ihrer Vorbesitzer hatte darauf herumgekritzelt und Präsident Washington eine schwarze Brille verpasst.

Nachdenklich drehte sie den Geldschein herum und schnappte erschrocken nach Luft.

17

Eines der Worte auf der Dollarnote war mit rotem Leuchtstift markiert worden, ein Wort aus der Zeile *In God We Trust*.

Das Wort war *Trust, Vertrauen*.

Evangeline dachte einen Moment lang darüber nach.

So schicksalhaft das rote Wort auch klingen mochte, sie wusste nicht, wie es ihr helfen sollte. Trotzdem faltete sie den Dollarschein zusammen und steckte ihn in ihre Schultertasche.

Vielleicht hatte sie den Voodoo-Priester falsch verstanden. Oder vielleicht hatte er sich geirrt.

Ein weiterer Windstoß fegte ihr entgegen und trieb ihr einen lindgrünen Zettel entgegen, bis er an ihrer Wange kleben blieb.

Sie pulte ihn ab und als sie auf das Papier schaute, sank ihr Mut noch tiefer. In der Hand hielt sie nichts weiter als einen Gutschein für einen örtlichen Joghurteis-Laden. Doch als sie den Aufdruck genauer betrachtete, waren zwischen all den Informationen über die verdauungsfördernde Wirkung von probiotischem Joghurt zwei Wörter rot markiert: *dein Bauch.*

Evangeline lief ein kalter Schauer über den Rücken.

Vertrau deinem Bauch.

Sie kannte die Worte nur zu gut. Granny hatte sie ihr ein Leben lang eingetrichtert.

Mit zittrigen Fingern schob sie den Gutschein in ihre Tasche. Sie brauchte nicht zur sinkenden Sonne zu schauen, um zu wissen, dass sie so schnell wie möglich zum Haus der Midsomers laufen musste.

Ihr Bauchgefühl sagte es ihr.

Evangeline hatte keine Ahnung, wie lange sie durch die Straßen des Garden Districts gegangen war. Oder wie sie den Weg zum Haus der Midsomers finden sollte.

Sie sah sich um, auf der verzweifelten Suche nach irgendetwas, das ihr vertraut war. Die Sonne hatte fast den Horizont erreicht und in wenigen Augenblicken würde es dunkel sein. Panik krallte sich um ihr Herz. Doch dann erinnerte sie sich an die Worte, die Granny ständig wiederholte: »Angst ist wie ein Fangeisen. Sie fesselt deinen Mut und deinen Verstand.« Granny hatte wie so oft recht.

Sie schüttelte ihre Panik ab, drehte sich um und ging denselben Weg zurück, den sie gekommen war, eilte an Villen und Herrenhäusern vorbei, die vor dem Bürgerkrieg gebaut worden waren. Ihre Schritte hallten von den hohen Sichtschutzwänden der Grundstücke wider. In der Ferne heulte eine Sirene, eine Straßenbahn ratterte über die Schienen, und vom Fluss her war das traurige Tuten eines Raddampfers zu hören. Die Sonne ging unter und versank wie ein Stein unter der Wasseroberfläche.

Evangeline blieb abrupt stehen. Da war es wieder, das Gefühl, beobachtet zu werden, das ihr die Nackenhaare zu Berge stehen ließ.

Und auch diesmal war niemand hinter ihr. Sie schaute über die Zäune und in die Baumkronen, aber Papa Urbains weiße Krähe war nirgends zu sehen.

»Das sind nur meine Nerven«, murmelte sie und setzte sich wieder in Bewegung.

Sie eilte über das Kopfsteinpflaster der Gehsteige, doch das Midsomer-Haus kam nicht in Sichtweite.

Dunkelheit senkte sich über ihre Umgebung. Struppige Eichen dämpften das Licht der nostalgischen Gaslaternen, die schummerige Lichtkegel auf das Pflaster warfen. Ein paar Blocks weiter brachen Hunde in wildes Gebell aus. »Angst ist ein Fangeisen«, ermahnte sie sich.

Schließlich bog sie in eine Straße ein, die ihr bekannt vorkam, aber gerade als ihre Furcht sich ein bisschen legte, teilten sich die Wolken am Himmel und brachten den Vollmond zum Vorschein, der vom nächtlichen Sternenhimmel herabschimmerte.

Ein schrilles, klagendes Heulen, vom Klang her halb tierisch, halb menschlich, ertönte in der Nähe. Es hallte nach und schien wie ein einsames Echo in der feuchten Luft zu hängen.

Evangeline bekam eine Gänsehaut. Ein Schimpfwort flüsternd, das ihr bei Granny eine scharfe Rüge eingebracht hätte, zog sie den Talisman ihrer Mama unter dem T-Shirt hervor. Trotz des zusätzlichen Schutzes des Gris-Gris-Beutelchens in ihrer Tasche hatte sie vor lauter Angst schwitzige Hände bekommen. Sie jagte den Gehsteig hinauf und ihr Herz hämmerte im Takt ihrer schnellen Schritte. Warum hatte sie nicht daran gedacht, Roggen, Misteln und Eisenhut einzupacken?

Der hintere Teil des Midsomer-Hauses kam in Sichtweite. Nach ein paar weiteren Schritten klang das Gegurgel des Springbrunnens wie Musik in ihren Ohren. Beim Anblick des hohen Holzgartenzauns, der vertrauten Kamelienstäucher und der Blechmülltonnen löste sich ihre Anspannung und sie hätte fast vor Erleichterung geweint. Sie wollte nach dem Torriegel greifen, doch ihre Füße blieben wie angewurzelt stehen, als wäre sie plötzlich knietief im Matsch stecken geblieben.

Etwas beobachtete sie ganz aus der Nähe, der Blick war so intensiv, dass sie das Gefühl hatte, er würde ihr Löcher in die Schläfen bohren.

Evangeline stand reglos da und wagte nicht zu atmen.

Zweige knackten und Blätter raschelten und dann kroch eine vierbeinige Bestie aus den Kamelienstäuchern hervor. Sie war keine zwei Meter weit entfernt. Die Nacht war dunkel und die Bestie war schwarz, aber Evangeline hätte ihre glühenden gelben Augen überall wiedererkannt. Der Grim war ihnen nach New Orleans gefolgt.

Ohne einen Laut von sich zu geben, schaute er sie an. In seinem verfilzten Fell hingen Zweige und Tannennadeln und er roch nach schmutzigem Hund.

»Granny«, flüsterte Evangeline und das Herz rutschte ihr in die Hose. »Nein.« Sie schüttelte den Kopf und hob die Stimme. »Nein. Du kriegst sie nicht!« Ihre Stimme wurde laut und schrill und sie stampfte mit dem Fuß auf. »Hau ab! Mach, dass du wegkommst!«

Als das Untier sich nicht zurückzog, schnappte sie sich zwei Mülleimerdeckel und schlug sie scheppernd zusammen, doch der Höllenhund wich nicht von der Stelle. Mit einem zornigen Schrei schleuderte sie die Deckel nach ihm. Sie prallten gegen seine verfilzten Flanken und landeten klappernd und scheppernd auf dem Gehsteig.

Der Grim bleckte die Zähne und knurrte.

Evangeline wich einen Schritt zurück.

Heißer Atem traf sie im Nacken und ein fauliger Geruch stieg ihr in die Nase, wild und brutal mit einem Hauch von altem Blut.

Entschlossen griff sie nach dem Talisman ihrer Mama, drehte sich um und stand einem zweiten Ungeheuer gegenüber.

Rote Augen funkelten sie an. Sie gehörten zu einem mindestens zwei Meter großen Koloss, mit breiter Brust, schmaler Mitte und struppigem, braunem Fell. Er stieß ein tiefes, kehliges Knurren aus. Seine schwarzen Lippen zogen sich bebend zurück und entblößten ein Maul voller dolchartiger Zähne.

Evangeline blieb fast das Herz stehen und jegliche Kraft wich aus ihren Gliedern. »Rougarou«, flüsterte sie und beim Sprechen war ihr, als hätte sie ein vertrocknetes, totes Blatt zwischen den Lippen.

Beim Anblick des Talismans taumelte das ungeschlachte Monster auf seinen zwei behaarten, krummen Beinen nach hinten. Es hob seine krallenbesetzten Pfoten vors Gesicht, um sich vor der Macht des Silbers zu schützen.

Evangeline riss das Messer aus der Hülle und hielt es ihm entgegen. Die Waffe zitterte in ihren schweißnassen Händen. Hinter ihr stieß der Höllenhund ein weiteres bedrohliches Knurren aus.

Der Rougarou fixierte sie mit seinen feuerroten Augen und duckte sich. Knurrend zog er die Lefzen hoch.

Evangeline war starr vor Schreck. Sie hielt den Messergriff fest umklammert und war sich bewusst, dass ihre Waffe und ihr Talisman es nicht mit derart rohen, ungezügelten Kräften aufnehmen konnten. Ohne den Rougarou aus den Augen zu lassen, machte sie einen seitlichen Schritt in Richtung Tor und zwang ihre Beine, nicht unter ihr nachzugeben.

Mit zurückgelegten Ohren und geblähten Nasenlöchern presste der Rougarou die Pfoten auf den Gehsteig und beobachtete sie mit angespannten, sprungbereiten Muskeln.

Evangeline machte einen weiteren kleinen Schritt in Richtung Tor. Ihre Hand zitterte so heftig, dass sie das Messer fast verloren hätte. Es war unmöglich für sie, sich in Sicherheit zu bringen. Sie wappnete sich für den Angriff mit Zähnen und Klauen. Von der anderen Seite hörte sie, wie der Grim ein tiefes, raues Gebell anstimmte. Knurrend und mit gesträubtem Nackenfell sprang er auf den Rougarou zu und biss dem Ungeheuer in die linke Pfote.

Der Rougarou jaulte laut auf, wandte seinen feurigen Blick von Evangeline ab und richtete ihn auf den Grim, um ihn mit bebenden Lippen anzuknurren. Dann presste er die verletzte Pfote an die Brust, ließ die haarigen Schultern hängen und verschwand hinkend in der Dunkelheit.

Evangeline wartete nicht, bis der Grim sie als nächstes Opfer auserkor, sondern riss das Tor auf und rannte hindurch. Atemlos stürmte sie die Hintertreppe hinauf, gerade als Julian den Kopf aus der Küchentür streckte. »Was soll der Lärm? Habe ich da etwa Hundegebell gehört?«

Sie schob ihn zurück und hätte ihn fast umgeworfen, um so schnell wie möglich ins Haus zu kommen. Sofort knallte sie die Tür hinter sich zu und verschloss sie. Mit zittrigen Fingern fischte sie ein Stück Kreide aus ihrer Tasche.

»Hast du auch eine Abneigung gegen Hunde?« Julian schnitt eine Grimasse. »Ich kann ihre kalten, schleimigen Nasen nicht ausstehen.« Er schüttelte sich. »Wusstest du, dass Hundenasen beim Verfolgen einer Fährte eine dünne Schleimschicht produzieren, durch die sie Geruchspartikel aufnehmen, was ihnen ermöglicht, ihren Geruchssinn effizienter nutzen zu können? Dann lecken sie sich die Geruchspartikel von der Nase, um die Gerüche mithilfe der Bowman'schen Drüsen unter ihrem Gaumen schmecken zu können.«

Sie wäre soeben um ein Haar von einem Rougarou und einem Höllenhund attackiert worden, und dieser Junge hatte Angst vor feuchten Nasen?

»Und ihr Atem riecht einfach ekelhaft!« Angewidert schloss er die Augen.

Evangeline bemühte sich nach Kräften, ihre aufsteigende Wut herunterzuschlucken und schob das Messer zurück in die Hülle. Mit bebenden Händen kritzelte sie mit der Kreide eine Reihe von Schutzsymbolen auf die Küchentür.

»He! Was tust du da?«, protestierte Julian. »Du beschmutzt Privateigentum!«

»Das verstehst du nicht«, keuchte Evangeline immer noch atemlos. »Diese Schutzsymbole werden die Bestien fernhalten.«

Auf der Außenseite der Tür ratschten Krallen über das Holz.

Julian riss die Augen auf. Durch den Türspalt war ein lautes Schnüffelgeräusch zu hören.

»Das ist der Grim.« Evangeline deutete auf die Kreidezeichen, um zu erklären, wie sie funktionierten, hielt jedoch inne. Wollte sie den Grim wirklich fernhalten? Wenn es ihr gelang, das Untier zu verscheuchen, würde er sich vielleicht davonmachen, um Granny anderswo zu suchen. Das Krankenhaus war nur vier Blocks entfernt, dort könnte er sie leicht finden. Hastig versuchte sie, die Schutzsymbole wegzuwischen.

»Ein Grim?« Julian zog amüsiert die Brauen hoch.

Ohne ihn zu beachten, nickte Evangeline bestätigend. Ja. Sollte der dumme Grim hier ruhig ein Weilchen herumschnüffeln. Je länger sie ihn von Granny fernhielt, desto mehr Zeit blieb ihr, sich zu erholen und neue Kraft zu schöpfen.

»Grims, Führer ins Jenseits, auf der Suche nach verlorenen Seelen … die gibt es in Wahrheit gar nicht.« Julian verschränkte die Arme vor der Brust und bedachte sie mit seinem hochnäsigen Oberlehrerblick. »Als

Nächstes behauptest du noch, Cerberus persönlich sei gekommen, der dreiköpfige Höllenhund, der den Eingang zur Unterwelt bewacht.«

Doch seine Worte prallten an ihr ab. Sie schob den Talisman ihrer Mama zurück unter ihr Shirt, wo er hingehörte, stürmte aus der Küche und rannte die Treppe hinauf in ihr Zimmer, um kurze Zeit später mit Grannys Arbeitsstiefeln und einem ihrer Kleider zurückzukehren.

Mit offenem Mund schaute Julian zu, wie sie das Kleid in den Spalt unter der Tür stopfte und mit den stählernen Stiefelspitzen festklemmte.

Sie war ja so clever! Der Geruch nach Grannys Sachen würde den Grim hier- und vom Krankenhaus fernhalten, und gleichzeitig würde er durch seine Anwesenheit die Rückkehr des Rougarous verhindern. Sie grinste verschwörerisch. Man musste keine offiziell ernannte Geisterjägerin sein, um zu wissen, dass Rougarous und die meisten anderen bösartigen Kreaturen der Dunkelheit sich vor Grims fürchteten.

»Es ist nur ein Hund!« Julian seufzte genervt. »Also wirklich!« Er richtete seine Aufmerksamkeit auf einen großen Topf, der auf dem Herd vor sich hin köchelte. Neugierig hob er den Deckel, um den duftenden Inhalt zu inspizieren.

Das Aroma himmlischer Gewürze erfüllte den Raum und ließ Evangeline aufmerken. »Ist das … Jambalaya?« Ihr Magen knurrte und erinnerte sie daran, dass sie seit den Krapfen am Morgen nichts mehr gegessen hatte.

Julian nickte. »Camille hat für heute Abend gekocht.«

Evangeline fühlte sich mit einem Mal ganz schwach. Sie ließ sich auf einen Stuhl fallen und rieb sich die müden Augen. Es war unmöglich, Julian, Mr Midsomer und Camille hinaus in die Nacht zu schicken, nicht wenn ein Rougarou umherstreifte. Und Percy wäre auch in Gefahr, wenn er zurückkommen und auf das Ungeheuer treffen würde. Sie blieb einen Moment lang sitzen und wog das Versprechen ab, das sie Granny gegeben hatte.

Ein Windstoß pfiff ums Haus und schüttelte die Büsche und Bäume. Evangeline legte die Hand auf ihre Tasche. Ihre Worte der Macht flüsterten ihr zu: *Vertrau deinem Bauch.*

Plötzlich wusste sie, was sie zu tun hatte.

»Verzeih mir, Granny«, murmelte sie und verdrängte das aufsteigende Schuldgefühl, das an ihrem Gewissen nagte. Sie würde Percy nicht anrufen und bitten, sie abzuholen. Nicht heute Abend. Die Menschen im Midsomer-Haus mussten vor dem Rougarou beschützt werden, und der Grim musste vom Krankenhaus ferngehalten werden, Dinge, die sie nicht tun konnte, wenn sie zu Hause im Sumpf hockte. Grannys Pläne mussten korrigiert werden. Es ging nicht anders.

Doch da war noch etwas anderes, das sie beunruhigte. Das Verhalten des Rougarous. Es war nicht normal gewesen. Bislang hatte sie nie gehört, dass einer von ihnen so früh am Abend unterwegs war. Die Viecher besaßen in der Regel genug Selbsterhaltungstrieb, um bis spät nachts zu warten, bevor sie die Straßen der Stadt durchstreiften.

War er gekommen, um Mrs Midsomer anzugreifen? Aber das ergab keinen Sinn. Die Frau war bereits auf dem besten Wege, einer von ihnen zu werden. Sein Verhalten war widersinnig, es sei denn … es sei denn, der Rougarou war gekommen, um ein weiteres Mitglied der Midsomer-Familie zu attackieren.

Evangeline sprang auf. »Julian, wo ist dein Vater?«

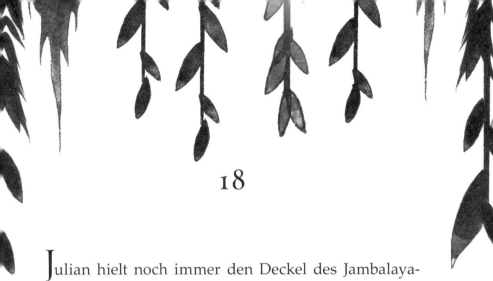

18

Julian hielt noch immer den Deckel des Jambalaya-Topfes in der Hand und zuckte die Achseln.

»Mr Midsomer ist in seinem Arbeitszimmer«, sagte Camille, als sie die Küche betrat. »Er liest ein Buch und versucht, sich zu entspannen.« Sie stellte ein leeres Tablett auf die Anrichte und wischte sich die Hände an der Schürze ab. »Der Ärmste hatte in letzter Zeit viel um die Ohren.« Traurig schüttelte sie den Kopf.

Evangeline seufzte erleichtert auf und wollte sich wieder setzen, aber Camille zeigte auf die Tür. »Ihr zwei geht jetzt besser nach oben. Bitte leise. Ich bringe euch gleich das Essen, und dann halte ich Nachtwache bei der Hausherrin.«

Julian legte den Deckel wieder auf den Topf und machte sich ohne Widerspruch auf den Weg. Evangeline wollte Camille vorschlagen, dass sie auch einfach in der Küche essen konnten, doch dann fiel ihr wieder ein, dass Julian lieber in seinem Zimmer zu Abend aß, wie Mr Midsomer ihr erzählt hatte.

Evangeline trottete hinter ihm her. Sie musste sich einen Plan ausdenken, und einen Plan B. Sollte es ihr nicht gelingen, Mrs Midsomer bei der mitternächtlichen Verwandlung durch die Bannfesseln in Schach zu halten, würde jeder im Haus in großer Gefahr schweben.

Darüber dachte sie nach, als sie Julian folgte. Eines war sicher. Julian, Mr Midsomer und Camille würden sich in ihren Zimmern einschließen müssen. Sie würde Schutzsymbole an ihre Türen zeichnen und sämtliche Roggensäckchen und Mistelzweige, die sie finden konnte, daran festnageln. Aber es würde nicht leicht sein. Sie wären nie und nimmer damit einverstanden, sich verbarrikadieren zu lassen. Sie musste es trotzdem versuchen und mit Mr Midsomer würde sie anfangen.

Sie eilte durch den Flur zu seinem Arbeitszimmer. Vor seiner Tür blieb sie stehen und schaute auf die laut tickende Standuhr in der Eingangshalle. Ihr blieben drei Stunden, bevor sie Mrs Midsomer die Bannfesseln anlegen musste – genug Zeit, alle in Sicherheit zu bringen und ihre Zimmer mit Schutzzaubern zu versehen.

Entschlossen holte sie tief Luft und öffnete die quietschende Tür. »Mr Midsomer. Entschuldigen Sie die Störung, aber ...«

Mr Midsomer saß zusammengesunken in seinem Ledersessel und schnarchte leise vor sich hin. Ein aufgeschlagenes Buch lag auf seinem Schoß; auf dem Schreibtisch stand eine halb aufgegessene Schale mit Jambalaya.

Einen Moment lang malte Evangeline sich aus, dass der Rest der Nacht genauso glatt verlaufen würde. Sie zog den alten Eisenschlüssel ab, schloss die Tür und verriegelte sie von außen. »Nummer eins wäre erledigt. Jetzt fehlen noch Nummer zwei und drei.« Sie schob den Schlüssel zur sicheren Verwahrung hinter die Standuhr und steuerte die Treppe an.

Doch als sie am Esszimmer vorbeikam, hielt sie inne beim Anblick des silbernen Teeservices, das auf der Anrichte stand.

Einer plötzlichen Eingebung folgend, lud sie so viel Silber, wie sie finden konnte, auf das Tablett: Kännchen, Tassen, Schalen und andere Utensilien. Dann schleppte sie ihre Schätze in den zweiten Stock, wo sich Julians Arbeitszimmer befand, und breitete alles mit Geklirre und Geklapper mitten auf dem Fußboden aus.

Julian schaute von seinem Platz am Arbeitstisch auf, eine hölzerne Schleuder in der einen, einen Pinsel in der anderen Hand haltend. Stirnrunzelnd nahm er den Haufen Silberzeug in Augenschein. »Was soll das?«

Evangeline hatte weder Zeit noch Lust, seine nervigen Fragen zu beantworten. Stattdessen sauste sie in ihr Zimmer, um Roggen, Misteln und ein Glas mit

Eisenhut aus Grannys Koffer zu holen. Sie steckte die Sachen gerade in ihre Tasche, als Fader ins Zimmer geschlichen kam und maunzend um ihre Beine strich. Sie gab etwas Katzenfutter in seinen leeren Napf und stürmte los.

Um dafür zu sorgen, dass alle Personen im Haus die Nacht überlebten, musste sie ihre sämtlichen Kräfte aufbieten. Mit herzzerreißender Traurigkeit wurde ihr bewusst, dass es mit ihrer Kraft nicht weit her war. Sie konnte nichts weiter tun, als sich auf das zu besinnen, was Granny ihr beigebracht hatte. Sie hatte keine Ahnung, ob ihr Wissen und ihre Fähigkeiten ausreichen würden, um die Familie zu beschützen. Sie würde tun, was sie konnte, und das Beste hoffen.

Nach ihrer Rückkehr in Julians Zimmer nahm sie sich das Silberzeug vor und überlegte, welche Gegenstände zu welchen Personen passen würden.

»Was um alles in der Welt tust du da?« Julian hatte seine Arbeit erneut unterbrochen und hielt den Pinsel in die Luft.

»Ich sorge dafür, dass du und Camille gut gewappnet seid.«

Julian verdrehte die Augen und wandte sich wieder der Bemalung seines Modells zu.

Evangeline war dabei, die silbernen Teelöffel aufzuteilen, als Fader mit einem Pflaster im Maul ins Zimmer geschlichen kam. Er legte es Evangeline vor die Füße, setzte sich und starrte sie an.

»Was ist das?«, fragte Evangeline misstrauisch und hob das schlaffe, roséfarbene Pflaster auf. Welchen Nutzen sollten sie und Granny von diesem Ding haben? Dennoch schob sie es in ihre Tasche. Vielleicht wurde Fader ja langsam senil.

Schritte näherten sich auf der schmalen Holztreppe, die zu Julians Zimmer führte, und als ein würziger, köstlicher Duft durch die Tür drang, lief Evangeline das Wasser im Mund zusammen. Camille trat ein mit einem Tablett, auf dem zwei Dosen Cola und zwei dampfende Schalen mit Garnelen-Jambalaya standen. Sie stieg über den Haufen Silberzeug, der mitten im Zimmer lag, sagte jedoch nichts dazu.

Mit einem Satz sprang Fader auf das hohe Bücherregal und behielt die Haushälterin und das Essen im Auge.

Camille schaffte ein wenig Platz auf Julians Arbeitstisch, stellte das Abendessen hin und holte einen Stuhl für Evangeline. »Esst was, ihr beiden. Ihr seht halb verhungert aus.« Dann trat sie mit dem leeren Tablett den Rückweg an und stieg erneut kommentarlos über das Silberzeug hinweg.

Evangeline spürte tiefe Dankbarkeit. Camille mochte vielleicht nicht an ihre Methoden glauben, aber zumindest machte sie nie verächtliche Bemerkungen.

Im Gegensatz zu anderen Bewohnern dieses Hauses, dachte sie und warf Julian einen missmutigen Blick zu.

Der Jambalaya-Duft verbreitete sich verführerisch im Zimmer. Der Abend ging schnell dahin, aber vielleicht sollte sie sich ein paar schnelle Happen genehmigen, um neue Kraft zu schöpfen. Dann würde sie Julian und Camille in Sicherheit bringen und Mrs Midsomer die Bannfesseln anlegen.

Evangeline nahm sich nicht die Zeit, sich zu setzen. Mit der Gabel spießte sie eine der Garnelen auf. Als sie sie in den Mund stecken wollte, sprang Fader vom Bücherregal. Er landete auf dem Tisch, rutschte wie ein graues Fellbündel über die Tischplatte und beförderte die Coladosen und Suppenschalen auf den Fußboden. An der Tischkante kam er zum Stehen und schaute auf die am Boden liegende Mahlzeit.

Evangeline erstarrte und kriegte kein Wort heraus. Sie konnte weder atmen noch blinzeln. Glühender Zorn kochte in ihr hoch, heißer als die beiden dampfenden Jambalaya-Schalen. Fader war alles andere als erstarrt, sondern schoss an ihr vorbei und schnappte sich die Garnele von ihrer Gabel und sprang wieder aufs Bücherregal.

Evangeline explodierte. »Verflucht! Fader, du nutzloser Mistkerl von einem Kater!« Sie stampfte zum Bücherregal, aber es war zu hoch. Er hockte auf dem obersten Brett, die Garnele wie eine Jagdbeute zwischen den Zähnen. Er schaute zu ihr herunter und schwang den Schwanz hin und her.

»Zum Teufel mit dir!« Evangeline stieg auf einen Stuhl, aber es war zu spät. Fader zerkaute die Garnele und schluckte sie herunter.

Sie war zu müde zum Kämpfen und hatte noch zu viel Arbeit vor sich. Sie bedachte den Kater mit einem vernichtenden Blick, stieg vom Stuhl und half Julian, die am Boden liegende Mahlzeit in eine Schale zu tun. »Tut mir leid. Grannys Tiergefährte … Er führt sich unmöglich auf.«

»Er ist ein dummes Tier. Er ist gar nicht in der Lage, sich absichtlich schlecht zu benehmen.«

»O doch, das ist er sehr wohl.«

Julians Uhr fing an zu piepen und er schaltete sie aus.

»Essenszeit?«, fragte sie.

Traurig schüttelte er den Kopf. »Weil es heute mit dem Essen später geworden ist, wurde mein abendlicher Zeitplan über den Haufen geworfen. Um neun gehe ich nach unten und schaue *Dr. Who*. Jetzt muss ich das auf zehn verschieben, obwohl ich mir dann normalerweise die Zähne putze und mich fürs Bett fertig mache.« Er zog ein betrübtes Gesicht.

Evangeline räusperte sich und beschloss, ihm zu sagen, was los war. »Äh … du kannst heute Abend nicht nach unten gehen und fernsehen.«

In seinem Gesicht spiegelte sich blankes Entsetzen. »Ist der Fernseher kaputt?«

»Nein. Jedenfalls nicht, dass ich wüsste. Aber aus Sicherheitsgründen wirst du dich bis zum Sonnenaufgang morgen früh in deinem Zimmer einschließen müssen.«

Er starrte sie ungläubig an.

Evangeline beschloss, den Zustand seiner Mutter, die sich bald in eine tobende, blutrünstige, haarige Bestie verwandeln würde, nicht näher zu erläutern. Diese Informationen würde sie erst morgen verraten, hoffentlich mit der guten Nachricht, dass seine Mama sich erholt hatte. »Mach dir keine Sorgen. Ich sorge für Schutz vor der Tür.« Sie deutete auf das Silberzeug hinter ihnen. »Wenn es schlimm kommt, kannst du eine Barriere aus diesen Silbersachen schaffen. Wenn es nicht anders geht, nimm eine Gebäckzange oder eine Servierplatte, um dich zu verteidigen.«

Er wollte etwas erwidern, doch bevor er ein Wort sagen konnte, war beim Bücherregal ein dumpfer Schlag zu hören. Beide schauten sich um.

»Fader?« Evangeline starrte den Kater an. Er lag auf dem Rücken und seine glasigen Augen blickten ins Nichts. Seine Zungenspitze lugte zwischen den Zähnen hervor.

Evangeline überkam eiskaltes Entsetzen. Beklommen eilte sie zu Fader und kniete neben seinem reglosen Körper nieder. »Fader?« Ihre Stimme wollte ihr nicht gehorchen. »Ich hoffe, du stellst dich nur tot, du dummer Kater.« Sie stupste ihn an, aber er reagierte nicht. Als sie gegen seine Schulter stieß, sackte sein Kopf zur Seite. Sein Unterkiefer hing schlaff nach unten und etwas Speichel lief aus seinem Mundwinkel.

»Fader!« Evangeline spürte einen steinharten Klumpen im Hals. Tränen traten ihr in die Augen. Sie schüttelte ihn heftiger, aber er blieb schlaff wie ein Eidechsenschwanz.

»Er ist tot«, flüsterte sie.

19

Tränen ließen Evangelines Blick verschwimmen. An einem einzigen Abend hatte sie so vieles verloren: zuerst ihre Identität als Geisterjägerin und jetzt Fader. Und wenn Fader tot war, bedeutete das ...

Hinter ihr machte Julian sich bemerkbar. »Wenn ich vielleicht ...«

»Nein!« Sie hielt die Hand hoch, um ihn zum Schweigen zu bringen. Eine einzige grobe und gedankenlose Bemerkung von ihm und sie würde das letzte bisschen Verstand, an das sie sich klammerte, verlieren. Sie würde in wilde Raserei verfallen, und alle Silbersachen, Misteln und Roggenähren der ganzen Welt könnten ihn nicht vor dem blauen Auge schützen, das sie ihm verpassen würde.

Klugerweise blieb er still und hielt sich von ihr fern.

Evangeline ließ den Kopf hängen. Sie war müde. Sie war hungrig. Sie war allein, und sie wollte nach Hause. Sie wollte, dass ihr Leben so wie früher war.

»Er ist nicht tot.«

Evangeline fuhr herum. Julian hockte neben dem verschütteten Jambalaya und hielt sich eine Silberplatte vor den Körper, als wolle er sich damit vor ihrem Zorn schützen. »Fader ist nicht tot, er ist nur sediert.«

»Was redest du da?« Sie sah ihn verwirrt an und fragte sich, ob sie ihn richtig verstanden hatte.

»Eine meiner Phobien – meine Angst, aus einem medikamenteninduzierten Koma zu erwachen und festzustellen, dass mein Gesicht mit einem permanenten Clown-Make-up verunstaltet wurde. Deshalb habe ich mich gründlich über Anästhetika informiert.« Er zeigte auf die auf dem Boden verstreuten Garnelen und Reiskörner. »Ich glaube, das Jambalaya wurde mit einem Sedativum versetzt.«

»Ein Beruhigungsmittel?« Hoffnung ließ Evangelines Herz schneller schlagen.

Vorsichtig senkte Julian die Silberplatte, näherte sich den beiden, legte das Ohr auf die Brust des Katers und nickte kurz darauf. »Es geht ihm gut. Hör selbst.«

Sie presste ihr Ohr auf Faders weiches Fell und hörte ein leises *Bu-bum, Bu-bum*. Erleichtert sprang sie auf und schlang die Arme um Julian.

Julians Körper wurde so steif wie ein Zaunpfahl. »Lass mich bitte los. Du durchbrichst meine Distanzzone.«

»Danke!« Evangeline ließ ihn los und wich zurück.

Er zog die Schultern hoch. »Er befindet sich nur im Tiefschlaf. Ein Wunder, dass er nicht schnarcht.«

Genau wie dein Dad, dachte sie. »Dein Dad!« Sie sprang auf. »Er schläft tief und fest. Unten in seinem Arbeitszimmer.«

Julian erbleichte und stand auf. Seine Zimmertür fiel mit einem Knall ins Schloss. Auf der anderen Seite wurde ein Schlüssel umgedreht, und schwere Schritte polterten die Treppe hinunter.

Sie eilten zur Tür. Der Schlüssel war fort. Evangeline drehte den Türknauf, aber die Tür ließ sich nicht öffnen.

»Camille!« Julian schlug mit der Faust gegen die Tür. »Camille, du essensvergiftende Verbrecherin, lass uns raus!«

»Sch!« Evangeline hielt den Atem an und lauschte. »Camille hätte so was niemals gemacht«, flüsterte sie. »Jeder hätte die Garnelen präparieren können, bevor sie sie in den Topf getan hat.«

»Was du nichts sagst! Und wer zum Beispiel?«

Unten waren Streitgeräusche zu hören. Evangeline deutete auf die Tür. Eine der Streitenden war Camille. Die anderen beiden Stimmen waren männlich und klangen sehr wütend.

Julian riss die Augen auf. »Einbrecher?«

Evangeline rüttelte nochmals am Türknauf. Dann holte sie mit dem Fuß aus, hielt jedoch inne. Selbst wenn es ihr gelang, die Tür einzutreten, was würden sie tun? Wenn sie es nach unten und an den Eindringlingen vorbei schaffen würden, was dann? Sollten sie nach draußen rennen und hoffen, dass der Rougarou nicht zurückgekehrt war? Sie senkte den Fuß wieder.

Sie saßen in der Falle.

Als sie Julian die schlechte Nachricht mitteilen wollte, stellte sie fest, dass er nicht mehr neben ihr stand. Sie schaute sich suchend um und entdeckte ihn am anderen Ende des Zimmers.

Mit gesenktem Kopf lehnte er am Bücherregal und sah aus, als würde er kurz vor einem Nervenzusammenbruch stehen.

»Ganz ruhig, Julian.« Evangeline streckte ihm die Hand entgegen. »Es wird alles wieder gut.«

Stöhnend vor Anstrengung, schob er das schwere Regal zur Seite. Dahinter kam eine dunkle Öffnung zum Vorschein.

»Was zum Henker …?«, murmelte Evangeline.

Julian nahm die selbst gebastelte Armbrust vom Tisch und schwang sie sich über die Schulter. »Das ist mein Geheimgang. Außer meinen Eltern weiß keiner etwas davon.« Er sah sie mit ernstem Blick an. »Du musst mir dein Wort geben, dass du niemandem von seiner Existenz erzählst.«

»Ja, klar.« Evangeline spähte in den dunklen Gang. »So bist du also gestern Abend aus dem Nichts aufgetaucht. Wohin führt der Gang?«

»Als meine Eltern das Haus vor zwei Jahren gekauft und renoviert haben, ließen sie einen defekten Aufzug entfernen. Dies ist der verbliebene Schacht. Mein Vater hat mir geholfen eine Leiter anzubringen, die zu Schrankausgängen in der ersten Etage und im Erdgeschoss führt.« Er stopfte sich einen mit Glasmurmeln gefüllten Plastikbeutel in die Hosentasche und trat durch die Öffnung.

»Warte! Was hast du vor?«

Er warf einen Blick auf die Poster mit den Superhelden und nahm die Schultern zurück. »Ich werde meine Familie verteidigen.« Entschlossen trat er auf die Leiter.

»Nein, das tust du nicht. Du bleibst so lange hier, bis wir besprochen haben ...«

Julian stieg die Leiter hinab.

Evangeline schnaubte vor Verzweiflung. Dieser Junge würde in den sicheren Tod klettern, daran gab es keinen Zweifel. Sie kniete sich neben den bewusstlosen Fader und hegte nicht den geringsten Zweifel daran, dass der störrische alte Kater sie absichtlich daran gehindert hatte, von dem präparierten Jambalaya zu essen. Sie kraulte ihn zwischen den vier weichen, haarigen Ohren. »Danke, Fader. Dieser Auftrag wird bald erledigt sein, so oder so. Und dann fahren wir nach Hause. Dann sind wir alle wieder zusammen, so wie es sein soll.«

Sie erhob sich und kroch in den modrig riechenden Schacht, während sie Julian zu erklären versuchte, was los war. »Ich habe deinen Vater in seinem Arbeitszimmer eingeschlossen. Dort wird er sicher sein. Aber deine Mama …«

Nun, wenn sie nicht rechtzeitig zu Mrs Midsomer gelangte, um ihr die Bannfesseln anzulegen, würde sie sich verwandeln. Und wenn diese Einbrecher noch da wären, würde Mrs Midsomer sie töten. Das Beste für sie wäre, sie würden sich nehmen, was sie stehlen wollten und schleunigst verschwinden … es sei denn, sie waren wegen Mrs Midsomer gekommen. Als eine Art Wächter. Ein ungutes Gefühl überkam Evangeline. Wenn sie von ihrem Zustand wussten, könnten sie vielleicht hergekommen sein, um sie zu töten, damit sie sich nicht um zwölf Uhr nachts in einen Rougarou verwandelte. Ihr Magen zog sich krampfhaft zusammen. »Julian, wir müssen uns beeilen.«

Sie kletterten bis zum ersten Stockwerk hinunter. Julian zog eine Paneelwand zur Seite und sie traten in einen Schrank, hinter eine Stange mit Jacken und Regenzeug. Vorsichtig schlängelten sie sich zwischen den Kleidungsstücken hindurch, schoben die Tür auf und spähten nach draußen.

Die Stimmen der Männer kamen von Mrs Midsomers Schlafzimmer.

»Was für eine Schreckschraube. Hätten wir nicht die Order, niemanden zu verletzen, hätte ich ihr den Schädel eingeschlagen. Wie sie uns angeschrien hat, ihre Herrin nicht zu misshandeln. Als würden wir ihr auch nur ein Haar auf ihrem wunderschönen Kopf krümmen.«

»Halt die Klappe, sonst hau ich dir eine rein«, zischte der andere Mann. »Von ihrer Schönheit zu schwärmen, könnte als respektloses Verhalten gewertet werden. Und ich habe keine Lust, wegen deiner Respektlosigkeit zu sterben.«

»Ja, ja«, erwiderte der andere. »Reg dich nicht künstlich auf.«

»Am besten, du sagst gar nichts. Wir packen sie einfach in den Laster und bringen sie sicher an Ort und Stelle.«

»Laster?«, hauchte Julian.

Evangeline lauschte auf den Klang von Camilles Stimme, doch von ihr war nichts zu hören. Sie wollte nicht darüber nachdenken, was das bedeuten könnte.

Julian verließ den Schrank und trat in den Flur.

»Warte!«, flüsterte sie. Sie eilte ihm nach bis zur Küche und blieb stehen, als er durch die offen stehende Hintertür ging. Sie streckte den Kopf nach draußen. »He, Julian!« Mit rasendem Herzen blickte sie auf den dunklen Hof und hielt nach irgendwelchen Spuren des Rougarous Ausschau. Dieser Junge hatte keine Ahnung, in welche Gefahr er sich begab.

Ein kastiger Lieferwagen mit der Aufschrift *Perigee Wäscherei* parkte in der Einfahrt. Evangeline war sich ziemlich sicher, dass die Männer im Haus nicht gekommen waren, um einen Korb saubere Wäsche zu liefern.

Julian sprang von der hinteren Veranda.

»Verflixt! Warte, Julian! Das ist zu gefährlich!« Sie hastete ihm nach und spähte nervös über den mondhellen Hof. Vom Rougarou und vom Grim war weit und breit nichts zu sehen, aber als sie tief einatmete, stieg ihr der Geruch nach schmutzigem Hund in die Nase. Der Grim war noch hier, er hatte sich nicht davongemacht, um nach Granny zu suchen. Das war etwas Gutes. Und solange er blieb, wo er war, würde er hoffentlich den Rougarou fernhalten.

Julian kletterte durch die offenen Hecktüren des Lieferwagens.

»Komm sofort da raus!«, herrschte Evangeline ihn an.

»Du hast sie doch gehört.« Er hatte die Augen so weit aufgerissen, wie ein Kaninchen vor einer Schlange. »Sie wollen meine Mutter in diesen Laster sperren und mit ihr wegfahren. Ich habe vor, sie aufzuhalten.« Er wischte sich den Schweiß von der Stirn. »Sie dürfen sie mir nicht wegnehmen.«

Seine Worte schnitten ihr ins Herz. Sie hätte dasselbe über ihre Mama gesagt – wenn ihre Mama noch da wäre. Ihre Augen brannten und sie musste schlucken. Dieser Junge mochte es zwar nicht immer zeigen, aber er liebte seine Mama wirklich. Das stand fest.

Sie wischte sich die Nase mit dem Ärmel. Sie konnte ihn das hier nicht allein machen lassen. Er würde die Nacht nicht überleben. Ohne Geisterjägerinnenblut in den Adern würde auch sie aller Wahrscheinlichkeit nach zu Tode kommen. Doch Grannys Worte waren fest in ihrem Herzen verankert: *Wenn du siehst, dass andere in Not sind, musst du ihnen helfen, selbst wenn du selbst dadurch in Gefahr gerätst.*

Evangeline straffte die Schultern. »Okay, ich helfe dir.«

»Ich habe dich nicht um deine Hilfe gebeten.«

»Aber du wirst sie brauchen.« Sie kletterte in den Lieferwagen und nahm ihre Umgebung in Augenschein.

An der einen Wand stand eine schmale Liege. Das Bettzeug bestand aus einem Kopfkissen mit kostbarer Spitze und einer blassblauen Decke, die leicht nach Lavendel duftete. Im vorderen Teil der Ladefläche waren Kartons aufgestapelt. Hinten bei der Heckklappe befanden sich durchsichtige Beutel mit grauen Hosen und grauen Rollkragenpullis.

Wenn sie diese hirnverbrannte Sache durchziehen wollte, war sie es Julian schuldig, ehrlich zu sein. »Ich muss dir was sagen.« Sie holte tief Luft und rasselte die Worte herunter, bevor sie den Mut verlor. »Ich bin nicht die, für die du mich hältst. In Wahrheit bin ich gar keine Geisterjägerin.«

Julian presste die Lippen zusammen. »Du und deine Großmutter, seid ihr Betrügerinnen und versucht, meinen Vater zu täuschen?«

»Nein!« Sie schüttelte energisch den Kopf. »Ich dachte, ich wäre eine Geisterjägerin …« Sie schaute betreten zu Boden und musste sich zwingen, die bittere Wahrheit auszusprechen. »Heute habe ich herausgefunden, dass ich keine bin.« Sie sah ihn an. »Granny ist aber eine. Das kann ich dir versichern.«

»Es gibt keine übernatürlichen Wesen. Und deshalb hättest du sowieso keine Geisterjägerin sein können. Für mich bist du also dieselbe Person wie vorher.«

Evangeline machte ein finsteres Gesicht und wusste nicht, ob sie verärgert oder dankbar sein sollte, dass es ihm einerlei war, ob sie eine Geisterjägerin war oder nicht. So oder so war dies nicht die richtige Zeit zum Streiten. Besorgt blickte sie zum Haus. Während Mr Midsomer in seinem abgeschlossenen Arbeitszimmer in Sicherheit war, hatte sie keine Ahnung, was aus Camille werden würde. Sie konnte nur hoffen, dass die Männer ihrem Befehl, niemandem Schaden zuzufügen, gehorchen würden. Wer auch immer hinter all dem stecken mochte, schien Mrs Midsomer nichts antun zu wollen. Doch warum um alles in der Welt sollte man sie entführen wollen? Vor allem wenn man über ihren Zustand Bescheid wusste.

Hinter den Küchenfenstern tauchten die Silhouetten zweier Männer auf. Sie bewegten sich in Richtung Hintertür und schleppten eine Krankentrage.

Für eine Flucht war es jetzt zu spät. »Sie kommen!« Evangelines Nerven waren zum Zerreißen gespannt. Sie hätte es lieber mit einer ganzen Legion von Dixie-Dämonen aufgenommen als mit diesen zwei Männern, die offensichtlich nichts Gutes im Schilde führten.

»Lass sie nur kommen.« Julian zog die Armbrust von der Schulter. »Ich weiß nicht, wer diese Schurken sind, aber ich lasse nicht zu, dass sie meine Mutter mitnehmen.«

»Was?«, rief Evangeline entsetzt. »Diese Männer sind Berufs… Berufs-was-auch-immer. Du kannst dich ihnen nicht entgegenstellen. Du bist keiner von den Superhelden aus deinen Comic-Büchern und Postern.« Sie packte ihn am Ohr.

»Au!« Er schlug ihr auf die Hand, aber sie hatte einen festen Griff. Entschlossen schleifte sie ihn hinter die Plastiktüten mit den gereinigten Kleidungsstücken und schob die Armbrust zurück auf seine Schulter.

»Sei mucksmäuschenstill!« Sie behielt die Hecktüren des Lieferwagens im Auge und versuchte, ihren hämmernden Herzschlag zu beruhigen, während sie betete, dass die Männer sie nicht entdecken würden.

»Das tat weh.« Julian rieb sich mürrisch das Ohr.

Evangeline hatte kein Mitleid mit ihm. In ein paar Stunden würden sie alle ein viel größeres Problem haben. Und wie sollte sie Mrs Midsomer die Bannfesseln anlegen, ohne die gesegneten Seile, die noch oben in Grannys Koffer lagen?

Die Männer, die die gleichen grauen Kleidungsstücke trugen, hinter denen sie und Julian sich versteckt hielten, kletterten in den Laster und hievten die Trage mit der bewusstlosen Mrs Midsomer vorsichtig auf die Ladefläche. Schnell legten sie sie in das schmale Bett. »Lass uns fahren«, sagte der eine, während er die Decken und Laken feststeckte. »Ich will sie abliefern, bevor sie aufwacht.« Er setzte sich neben Mrs Midsomer.

»Ja«, sagte der andere und sprang von der Ladefläche. »Und dann kann sich jemand anders mit ihr herumärgern. Gut dass es nur zwanzig Minuten zu fahren sind.« Er knallte die Hecktüren zu und setzte sich hinters Steuer. Der Motor brummte los und der Laster rollte aus der Einfahrt.

Evangeline versuchte, sich einen Reim auf das Ganze zu machen, war aber total verwirrt. Sie hatte nicht die geringste Ahnung, was die Männer vorhatten. Wenn Granny hier wäre, hätte sie die Situation längst durchschaut und unter Kontrolle. Graue Hoffnungslosigkeit senkte sich auf sie herab. Wenn sie der einzige

Schutz war, den Julian und seine Mama hatten, steckten sie in großen Schwierigkeiten.

Während Julian den Mann anstarrte, der neben seiner Mutter saß, fuhr der Laster auf die Straße. Evangeline warf einen Blick durch das Heckfenster und in der Dunkelheit sah sie die leuchtenden gelben Augen des Grims, der ihnen nachschaute. Das rumpelnde Fahrzeug nahm Fahrt auf und bald wurde der schwarze Hund von der Dunkelheit verschluckt.

Im Augenblick konnte sie wegen des Grims nichts ausrichten, außer zu hoffen und zu beten, dass die Bestie ihren Trick nicht durchschauen und den Weg zu dem Krankenhaus finden würde, in dem Granny lag.

Der Laster holperte über die mit Schlaglöchern übersäten Straßen von New Orleans, vorbei an alten Backsteinlagerhäusern und rostigen Wellblechschuppen, während der Mond auf sie herunterschien wie ein kalter, weißer Scheinwerfer. Es fiel Evangeline unsagbar schwer, still zu sitzen und nicht herumzuzappeln. Ihre Nerven waren so angespannt, dass sie das Gefühl hatte, ein Schmetterlingsschwarm würde in ihrem Magen Sturzflugübungen machen.

Sie presste die Hand auf ihre Schultertasche, deren Inhalt spärlich war im Vergleich zu Grannys großem Koffer, aber sie war froh über die wenigen Utensilien, die sie hineingepackt hatte, sowie über die zusätzliche

Hilfe, die ihr das Gris-Gris-Beutelchen bieten mochte. Da sie keine Geisterjägerinnen-Magie besaß, blieb ihr nur die Hoffnung, dass es ihr gelingen würde, die Dinge wirkungsvoll zum Einsatz zu bringen. Wie Granny immer sagte: *Entschlossenheit führt zum Sieg.*

Der Lieferwagen verlangsamte das Tempo und bog in eine Schotterzufahrt ein. Irgendwo vor ihnen öffnete sich ein Garagentor mit einem kreischenden Geräusch. Sie fuhren in ein riesiges Wellblechlagerhaus und kamen mit quietschenden Bremsen zum Stehen.

Das Garagentor schloss sich hinter ihnen. Das Licht des Mondes und der Straßenlaternen blieb draußen und um sie herum herrschte schwarze Dunkelheit.

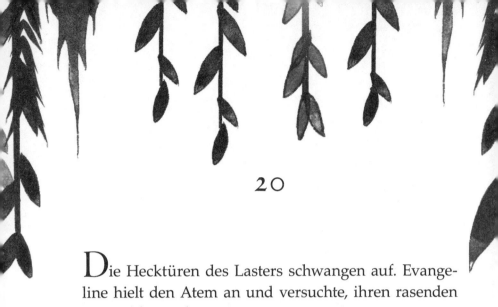

20

Die Hecktüren des Lasters schwangen auf. Evangeline hielt den Atem an und versuchte, ihren rasenden Herzschlag zu bremsen.

Ohne ein Wort zu sagen, holten die Entführer Mrs Midsomer aus dem Wagen und trugen sie durch die Dunkelheit fort.

Julian wollte ihnen folgen, aber Evangeline umfasste seinen Arm und hielt ihn zurück. Sie lauschte den Schritten der Männer auf dem harten Betonboden, bis sie in der Ferne verhallten. In der Dunkelheit wurde eine Tür geöffnet und wieder geschlossen. Dann war es still.

Dicht gefolgt von Julian trat sie hinter den Plastiktüten mit der grauen Kleidung hervor und beide sprangen aus dem Laster.

Julian hielt schnüffelnd die Nase hoch. »Was ist das für ein Geruch?«

»Nicht so laut!«, zischte Evangeline und atmete tief ein. »Frisch gesägtes Holz. Und Farbe.« Sie ging zum

Führerhaus des Lasters und versuchte, sich ein Bild von dem Ort zu machen, an dem sie sich befanden.

Sie parkten in einem großen Lagerhaus. In einiger Entfernung befand sich offenbar eine Lampe, in deren trübem, orangefarbenem Licht hoch oben an der Wand eine Reihe von Fenstern auszumachen war, die mit Jalousien verhängt waren. Reihen von Pfeilern stützten die mit gekreuzten Stahlverstrebungen verstärkte, hohe Decke. Bunte Stoffwimpel baumelten von den Verstrebungen. Die Pfeiler waren mit Foliengirlanden umwickelt. In dem matten Licht war nicht viel zu erkennen, aber es schien, als wäre die Halle mit den Mardi-Gras-Farben Lila, Grün und Gold dekoriert.

»Wo sind wir?«, flüsterte sie.

»Keine Ahnung.« Julian bedachte sie mit einem mürrischen Blick. »Wenn du ein Handy hättest, könnten wir Hilfe herbeirufen.«

Evangeline erwiderte seinen Blick ebenso mürrisch. »Und wieso hast du keins?«

Er verschränkte die Arme vor der Brust. »Diverse Studien haben belegt, dass die Frequenzwellen von Handys die Entwicklung von Gehirntumoren begünstigen.«

»Du hast Sorgen …« Sie gab ihm ein Zeichen, ihr zu folgen. »Komm schon. Wir können nicht die ganze Nacht herumstehen und quasseln.« Bis Mitternacht war es nicht mehr lange. Bald würde sie ihm den Zustand seiner Mutter erklären müssen. Eine Aufgabe, auf die sie sich nicht freute.

Sie machte sich auf den Weg und steuerte das orangefarbene Licht an, vorbei an Kartons und Kisten, immer bemüht, das Geräusch ihrer Schritte auf dem Betonboden zu dämpfen. Hinter einem Sperrholzstapel blieb sie stehen. Sie spürte eine Gänsehaut im Nacken und tastete nach ihrem Messer.

Ein Stück weiter vor ihnen, in der Nähe der orangefarbenen Lichtquelle, lauerte eine Ansammlung massiger, regloser Gestalten. Sie standen sich in zwei langen Reihen gegenüber und bildeten eine Gasse.

»Was ist los?«, hauchte Julian.

»Nichts.« Sie durfte jetzt nicht in Angstzustände verfallen. Sie nahm ihren Mut zusammen und zwang sich weiterzugehen.

Als sie sich den Gestalten näherten, lösten sich die Schatten auf. Die lauernden Ungetüme entpuppten sich als gigantische, modellierte Köpfe, jeder so groß wie ein Toilettenhäuschen, mit tellergroßen Augen in grimmigen, höhnischen und lachenden Gesichtern.

Die gaffenden Fratzen ließen Evangeline erschauern. Sie umklammerte den Talisman ihrer Mama und trat in ihre Mitte. Rechts von ihr grinste sie ein Narr an, eine bunte, mit goldenen Schellen besetzte Kappe auf dem Kopf. Neben ihm spähte ein glatzköpfiger Zyklop mit seinem einen blauen Auge auf sie herunter. Rechts von ihr erblickte sie einen rotgesichtigen Teufel, mit Hörnern und schwarzem Spitzbart, der sie höhnisch anglotzte. »Wo sind wir hier nur?«, flüsterte sie.

Julian deutete auf Styroporhaufen und Arbeitstische mit Farbeimern und Mini-Skulpturen, die sich hinter den Riesenköpfen befanden. »Es scheint eine Bauhalle für Mardi-Gras-Festwagen zu sein.«

Die Nähe der riesigen, zahnreichen Münder machte Evangeline nervös und sie malte sich aus, eine gewaltige Hand könnte jeden Moment aus den Schatten hervorschnellen, sie auf eine gigantische Gabel spießen und mit Tabasco bespritzen. »Lass uns weitergehen«, flüsterte sie beklommen.

Von der orangefarbenen Leuchtquelle wurden sie angezogen wie die Motten vom Licht und in den hinteren Teil der Lagerhalle geleitet. Sie kämpften sich zwischen den Riesenköpfen hindurch und gelangten in ein Gewirr aus gewaltigen Requisiten und Wagenteilen, was Evangelines Gefühl verstärkte, sie und Julian wären auf Insektengröße geschrumpft. Blumen so groß wie Waschzuber lagen auf hohen Regalbrettern. Gewaltige Blätterranken wanden sich über die Arbeitstische. Sie bahnten sich den Weg zwischen überdimensionalen, regenbogenfarbenen Fischen, die auf dem Boden lagen. So musste es für Alice gewesen sein, als sie durch den Kaninchenbau ins Wunderland gefallen war.

Gerade als Evangeline dachte, es könnte nicht absonderlicher werden, blieb Julian stehen und deutete nach vorn. In der Dunkelheit erstreckten sich endlose Reihen von langen, rechteckigen Fahrzeugen bis in die dunklen Tiefen des Lagerhauses. »Sieht aus wie eine riesige Höhle.«

Evangeline bekam eine Gänsehaut. Wölfe lebten in Höhlen. Und eine Wolfshöhle war kein sicherer Ort, wenn man kein Wolf war.

»Hier stellen sie die Mardi-Gras-Festwagen ab. Wusstest du, dass man in den frühen Jahren des Mardi-Gras die Festwagen noch Tableaux-Wagen genannt hat? Sie …«

»Schon gut.« Evangeline schnitt ihm das Wort ab, bevor er eine weitere Geschichtsstunde abhalten konnte. Sie bedeutete ihm, sich in Bewegung zu setzen.

Als sie sich näherten, kamen die bunt bemalten Kreationen ins Blickfeld. Die langen Reihen der Festwagen bildeten einen unwirklichen, fantasievollen Verkehrsstau. Manche Wagen hatten nur eine Ebene, andere waren Doppeldecker und alle hatten ihre eigene riesige Skulptur aus Gips und Pappmaschee, wie die Galionsfigur am Bug eines Schiffes. Plötzlich waren irgendwo in der Nähe Stimmen zu hören. Erschrocken schauten sie sich an, schlichen dann jedoch weiter in Richtung der Geräusche, schlängelten sich durch die Reihen von Festwagen, bewegten sich auf Zehenspitzen unter den Augen wachsamer Fußballspieler, Superhelden und bärtiger spanischer Eroberer.

Als sie die letzte Reihe von Festwagen erreicht hatten, wurden die Stimmen lauter. Evangeline spähte um die Ecke eines Meerjungfrauengefährts, dessen Seiten mit blauen Wellen und rosa Muscheln geschmückt waren. Sie hatte bereits mehr als genug seltsame Dinge in diesem sonderbaren Lagerhaus gesehen, aber keines davon kam dem gleich, das nun vor ihr auftauchte.

»Heiliger Christopherus!«, murmelte sie und starrte auf das grandiose Plantagenanwesen, das sich vor ihren Augen erstreckte, eine stattliche Südstaaten-Villa mit weißen Säulen und roten Ziegelschornsteinen. Zwei geschwungene Treppen führten auf einen breiten, großzügigen Balkon. Zu beiden Seiten des Gebäudes erstreckte sich eine lange Reihe moosbehangener Eichen und davor lag ein saftig grüner Rasen.

Die murmelnden Stimmen kamen von einigen Männern in schwarzen Anzügen, die sich auf dem Rasen versammelt hatten. Sie standen gegenüber vom Haus und einem schmalen gepflasterten Weg, der vor der Eingangstreppe entlanglief.

»Was haben sie vor?«, flüsterte Evangeline.

Zumindest war der Ursprung des orangefarbenen Lichtes kein Geheimnis mehr. Große Feuerschalen, aus denen knisternde Flammen auflodern, standen am

Fuß der weißen Marmortreppen. Weitere Feuerschalen erhellten den Balkon, zwischen dessen Säulen man weiße Stoffbahnen gehängt hatte.

Julian runzelte die Stirn und schüttelte den Kopf. »Das ist ein klarer Verstoß gegen die städtischen Brandschutzverordnungen.«

Während Evangeline die Szenerie genauer in Augenschein nahm, wurde sie mit jedem Detail, das sie entdeckte, verwirrter. Der sonderbare Eindruck des Ganzen wurde noch verstärkt durch eine weibliche Bronzestatue, die rechts neben der Treppe aufragte. Bekleidet mit einer Toga und Sandalen, die Schultern zurückgenommen, das Kinn selbstbewusst nach vorn gestreckt, maß sie über drei Meter. In der einen Hand hielt sie eine Schüssel; mit der anderen Hand richtete sie einen Stab nach oben, als wolle sie den Balkon mit einem Zauber belegen.

»Warum steht hier ein Haus in einer Lagerhalle?« Evangeline stellte ihre neu erworbene verbesserte Meinung über Stadtbewohner ernsthaft infrage.

»Es ist nicht real«, erwiderte Julian.

»Ich weiß, was ich sehe«, murrte sie. »Ich sehe da drüben ein riesengroßes Haus.«

»Es ist eine Fassade, eine Nachbildung einer Südstaaten-Villa, um die Illusion zu erzeugen, man sei bei Nacht draußen in einem Vorgarten. Die Eichenbäume sind auch nicht echt, genauso wenig wie das Gras. Ich habe von solchen Orten gehört. Firmen können diese Locations mieten, für private und geschäftliche Partys und Feierlichkeiten.«

»Ein Fake-Haus.« Evangeline sah ihn ungläubig an. »Mit künstlichem Gras und künstlichen Bäumen. Damit die Leute so tun können, als wären sie draußen.« Sie seufzte entnervt. »Komm. Lass uns näher rangehen und rausfinden, was da los ist.«

Auf Zehenspitzen schlichen sie an den Festwagen entlang und näherten sich dem Haus und dem Rasen, hielten sich jedoch in sicherer Entfernung von den Männern. Schließlich krochen sie unter einen Wagen, der mit einem riesigen Jazzmusiker bestückt war.

Evangeline spähte durch die bunten Folienfransen, die den unteren Teil des Wagens zierten.

»Warum verstecken wir uns?«, flüsterte Julian, der an ihrer Seite kniete und ebenfalls durch die Fransen schaute. »Ich will meine Mutter finden.«

Evangeline musterte ihn kopfschüttelnd. »Mit dem vorsichtigen Anpirschen hast du's wohl nicht so?«

»Nein. Nicht wirklich. Seit dem Aufkommen moderner Supermärkte haben wir es nicht mehr nötig, für unsere Mahlzeiten auf die Jagd zu gehen.«

Sie stöhnte genervt.

»Es sieht so aus, als hätten sie sich zu einem formellen Treffen versammelt«, stellte Julian fest. »Was hat das mit meiner Mutter zu tun?«

Evangeline hatte keine Ahnung, aber die Mitternachtsstunde rückte näher und näher. Sie konnte es nicht länger aufschieben. Sie musste ihn über den Zustand seiner Mutter aufklären, bevor der Verwandlungsprozess begann. Und das würde er, daran bestand kein Zweifel. Sie holte tief Luft. »Julian, ich muss dir etwas sehr Wichtiges sagen. Es wird dir nicht gefallen, und das tut mir sehr leid.«

»Was kommt jetzt wieder? Ich bin nicht in Stimmung, mir eine deiner Fantasiegeschichten anzuhören.«

Sie sah ihn finster an. Durch seine Unhöflichkeit ersparte er ihr die Mühe, sich schonende Wort zurechtzulegen. »Deine Mama wurde von einem Alpha-Rougarou gebissen.«

»Ein Rouga-was?«

»Ein Rougarou. Ein Werwolf.«

Er starrte sie kurz an, dann verdrehte er die Augen und richtete seine Aufmerksamkeit wieder auf den künstlichen Rasen.

»Hast du gehört, was ich gesagt habe?« Dieser Junge trieb sie noch in den Wahnsinn. »Deine Mama wurde in der letzten Vollmondnacht gebissen. Deshalb war sie in den vergangenen Wochen so krank. Jetzt ist die nächste Vollmondnacht. Um Mitternacht ist der Prozess beendet und sie wird sich zum ersten Mal in eine bösartige Bestie verwandeln, mit dem unkontrollierbaren Drang zu töten. Dann ist es unmöglich, vernünftig mit ihr zu reden. Sie wird dich nicht einmal wiedererkennen.«

Julian antwortete nicht und behielt die auf dem Rasen versammelten Männer im Auge.

Er würde Schutz vor seiner Mutter brauchen. Evangeline durchforstete ihre Tasche, aber in ihrer spärlichen Ausrüstung fand sich kaum etwas, das sie ihm anbieten konnte. Sie holte die Roggenhalme und Mistelzweige heraus und steckte sie ihm in die hinteren Hosentaschen.

»He! Was tust du da?«, zischte er empört. »Du verletzt schon wieder meine persönliche Distanzzone!« Er langte in die Hosentasche und zog den Mistelzweig heraus.

Evangeline kniff die Augen zusammen und drohte mit dem Finger. »Den lässt du an Ort und Stelle, sonst kannst du …«

»Na schön.« Er steckte den Zweig wieder in die Tasche.

»Wenn die Verwandlung deine Mutter um Mitternacht überkommt und sie einen Menschen tötet, wird sie sich in Zukunft bei jedem Vollmond in einen Rougarou verwandeln.« Evangeline kramte das Gris-Gris-Beutelchen hervor, das als Schutz für Mrs Midsomer gedacht war. Die Chancen, es ihr zu übergeben, standen schlecht. Deshalb überreichte sie es Julian. »Bewahr das auf, bis wir es deiner Mama anlegen können. Steck es in deine rechte vordere Hosentasche.«

Julian maulte genervt, tat aber, was sie sagte. Doch Evangeline ließ sich nicht beirren. Sie hatte ihm etwas mitzuteilen und er würde ihr verflucht noch mal zuhören. »Wenn ein Mensch sich in einen Rougarou verwandelt, kann man ihn nur retten, indem man den Alpha-Rougarou tötet, der ihn infiziert hat. Wenn wir deine Mama heute Nacht davon abhalten können, ihr erstes menschliches Opfer zu erlegen, können wir den Blutfluch des Alphas durchbrechen. Es wird hart für sie, aber wenn ich ihr die Bannfesseln vorschriftsmäßig anlegen kann, wird sie überleben und morgen bei Sonnenaufgang wieder dauerhaft ihre menschliche Gestalt zurückerhalten.«

»Wäre es nicht einfacher, all die infizierten Opfer bis zum nächsten Morgen in einen fensterlosen Tresorraum zu sperren?«

Evangeline schüttelte den Kopf. »Du hast es nicht verstanden. Die Verwandlung würde sich auch ohne den Anblick des Mondlichtes vollziehen. Der Trieb, blutige Wunden zu reißen und zu töten ist übermächtig. Wenn man sie einsperrt, würden sie sich selbst verletzen, um zu fliehen, sich in ihrem Wahn vielleicht sogar selbst verstümmeln. Aller Wahrscheinlichkeit nach würden sie an ihren Wunden sterben, wenn sie sich bei Tagesanbruch wieder in ihren schwächeren

Menschenkörper zurückverwandeln. Die Bannfesseln sind das Menschlichste, das wir für deine Mama tun können.«

Julian rieb sich die müden Augen und murmelte etwas, das Evangeline nicht ganz verstehen konnte. Aber das spielte keine Rolle. Sie hatte keine Zeit, sich mit diesem albernen Jungen zu streiten. Sie zog die Flasche mit dem Weihwasser aus der Tasche, und das kleine Gläschen mit Eisenhut rollte auf ihren Schoß. Sie zeigte Julian die Flasche.

»Was ist das?«, wollte er wissen.

»Weihwasser. Wenn wir etwas Schnur oder was anderes zum Binden finden, kann ich es benutzen, um Bannfesseln herzustellen. Aber da ich keine Geisterjägerin bin, weiß ich nicht, ob es funktionieren wird.«

Julian schien nicht zuzuhören. »Was ist das hier?« Er griff nach dem kleinen Gläschen mit dem schwarzlila Extrakt.

»Das darfst du nicht anfassen!« Sie riss es ihm aus den Fingern. »Das ist hochgiftiger Eisenhut-Extrakt.«

Er wischte sich die Finger am Hemd ab.

»Auch als Wolfsfluch bekannt. Tödlich, wenn Menschen damit in Berührung kommen. Und tödlich für Rougarous. Äußerst effektiv, wenn man eine Pfeilspitze damit tränkt und sie einem Rougarou ins Herz schießt. Das führt augenblicklich zum Tod.«

Julian runzelte die Stirn.

»Natürlich ist es auch sehr wirkungsvoll, einem Rougarou eine Silberkugel ins Herz zu schießen.«

»O, noch ein weiterer kurioser Aberglaube aus alter Zeit an die übernatürlichen Kräfte des Silbers.« Er lächelte sie geduldig an, wie ein Erwachsener, der einem Erstklässler einen komplizierten Zusammenhang erläutern will. »Hast du gewusst, dass die Menschen früher glaubten, der Mond sei aus Silber? In der frühen Römerzeit trugen Frauen silberne Mondsicheln an den Schuhen, um sicherzustellen, gesunde Babys zu bekommen. Nach einem anderen Irrglauben soll man am ersten Januar einen Kuchen mit einer Silbermünze backen, als Glücksbringer fürs neue Jahr.« Er sah ihr tief in die Augen und sprach sehr langsam weiter. »All diese Vorstellungen sind nichts weiter als Hirngespinste verängstigter, ungebildeter Leute.« Er lehnte sich zurück und legte die Fingerspitzen aneinander. »Silber besitzt schlicht und einfach keinerlei magische Kraft. Und Werwölfe existieren nicht.«

Weißglühender Zorn kochte in Evangeline hoch. Sie hob das Kinn und fixierte ihn mit bohrendem Blick. »Ein Alpha hat meine Mama und meine Schwester getötet. Und ich kann dir versichern, dass der Rougarou ein reales Untier ist.« Mit zusammengebissenen Zähnen schob sie das Weihwasser und den Eisenhut-Extrakt zurück in ihre Tasche.

»Das tut mir leid.« Julian senkte betreten den Blick.

»Es tut mir sehr leid, dass du deine Mutter und deine Schwester verloren hast.«

»Danke.« Ihre Empörung legte sich ein wenig. Vielleicht gab es doch noch Hoffnung für ihn.

»Aber wahrscheinlich wurden sie von irgendeinem Wildtier getötet. Vielleicht von einem Bären. Oder von einem Panther.«

Sie knirschte mit den Zähnen, bis es wehtat, um ihn nicht anzubrüllen. Dieser Junge würde definitiv Hilfe brauchen, denn wenn er mit seinem hirnlosen Gequassel weitermachte, würde sie höchstpersönlich auf ihn losgehen.

»Sieh mal, da passiert was!« Er schaute durch die Fransenkante des Festwagens in Richtung Rasen.

Die Männer dämpften ihre Stimmen und versammelten sich am Rand der Grasfläche. Sie standen vor dem schmalen gepflasterten Weg, der an der Hausfassade entlangführte.

Rechts von ihnen flammten in der Ferne weitere orangefarbene Lichter auf, die sich langsam näherten und im Dunkeln wie Krokodilaugen leuchteten.

21

Vier Männer traten aus den finsteren Tiefen des Lagerhauses. Schweigend marschierten sie den Weg hinauf. In den Händen hielten sie knisternde Fackeln, die das Gelände mit ihrem flackernden Schein erhellten.

Evangeline schaute von den Fackeln zu den Feuerschalen und dachte nach. Feuer gehörte zu den vier Elementen der Erde. Es stand für Wiedergeburt. Sollte hier eine Art Erneuerungszeremonie stattfinden? Oder wollten sie nur irgendetwas in Brand setzen? Oder schlimmer noch *irgendjemanden*?

»Flambeaus-Träger?«, flüsterte Julian.

»Ich verstehe das nicht.«

»Vor über hundert Jahren war es die Aufgabe der Flambeaus-Träger, den Weg der nächtlichen Paraden zu beleuchten, damit die Zuschauer die Festwagen besser sehen konnten. Es ist eine Tradition, die bis heute von …«

»Das weiß ich alles! Aber was machen sie hier?«

Die Fackelträger, die die gleichen grauen Hosen und

langärmeligen Rollkragenpullis trugen wie die Entführer, zogen bis zu dem großen Haus. Mit versteinerter Miene trugen sie ihre großen eisernen Fackeln. Ölig schwarzer Petroleumrauch stieg von den Flammen auf.

Ein plötzliches Rumpeln unterbrach die Stille und hallte von den hohen Lagerhauswänden wider. Evangeline zuckte zusammen und führte die Hand zu dem Messer an ihrem Bein. Sie spähte in die Dunkelheit, aus der die Fackelträger gekommen waren. Ein Traktor, der von einem weiteren grau gekleideten Mann gefahren wurde, rollte langsam heran und zog einen Mardi-Gras-Festwagen hinter sich her. Normalerweise würde ein solcher Anblick Freude auslösen, doch bei Evangeline sorgte er nur für mehr Beklommenheit.

Die Fackelträger positionierten sich auf beiden Seiten der geschwungenen Treppen, steckten die Fackeln in Bodenhalterungen und zogen sich in den Schatten unter den großen Eichen zurück.

Oben auf dem lila-, gold- und elfenbeinfarbenen Fahrzeug stand ein gekrönter König unter geschmückten Säulen, Schriftrollen und kunstvoll vergoldeten Verzierungen.

Evangeline umfasste den Griff des Messers und wartete eine gefühlte Ewigkeit lang, während der Traktor den Festwagen vor die Haus-Attrappe zog und vorsichtig zum Stehen kam.

Der König, in blauen Kniehosen, Weste und hohen

schwarzen Lederstiefeln, wandte sich mit schwungvoller Herrschergeste den auf dem Rasen versammelten Männern zu. Evangeline zog erstaunt die Brauen hoch. Die blasse Haut, die große Nase, der kurze braune Zopf ...

»Laurent Ardeas!«, zischte Julian.

Wäre Evangeline von einem Schwein in Stöckelschuhen und Kittelschürze überrannt worden, hätte sie nicht erstaunter sein können. Laurent Ardeas? Der sanftmütige Florist, der an diesem Morgen im Esszimmer der Midsomers gesessen und Gedichte rezitiert hatte?

Julian fixierte Laurent mit grimmigem Blick.

»Warum ist er so angezogen?«, wollte Evangeline wissen.

»Das ist der typische Aufzug eines Mardi-Gras-Königs. Nur die herausragendsten und einflussreichsten Mitglieder der Gesellschaft werden als Monarchen gewählt.« Julians Miene verfinsterte sich noch mehr. »Offensichtlich ist er der Anführer dieser Scharade. Und offensichtlich leidet er unter einem Anfall von Größenwahn.«

Evangelines Selbstbewusstsein bekam einen Knacks. Ihre Beobachtungsgabe hatte ganz offensichtlich versagt. Mr Ardeas war ein Wolf im Schafspelz, wie Granny es ausgedrückt hätte. Obwohl kein anständiges Schaf jemals Kniehosen und Stiefel tragen würde.

»Willkommen, meine Familie.« Langsam schwenkte König Laurent sein schweres schwarzes Zepter. »Herzlich willkommen zu diesem bedeutsamen Ereignis.«

Die Männer in den Anzügen machten eine tiefe Verbeugung vor ihm und murmelten im Chor: »Sei gegrüßt, Alpha!«

»Der Alpha-Rougarou.« Evangelines Schädel dröhnte, als hätte sie einen riesigen Bienenstock im Kopf statt eines Gehirns. *Laurent Ardeas ist der Alpha-Rougarou?* Und wenn er der Alpha war, mussten die Männer, die sich vor ihm verbeugten, seine Rudelmitglieder sein.

Sie zählte schnell nach. *Dreizehn.*

Nicht drei oder vier, oder fünf oder sechs, sondern dreizehn. Sie kniff die Augen zu, um das Schwindelgefühl zu verscheuchen. Von einem so großen Rudel hatte sie noch nie gehört. Wenn sie nicht schon auf dem Boden gesessen hätte, wäre sie zusammengeklappt. Sie riss die Augen auf und warf einen weiteren Blick auf die Männer in den Anzügen, Männer, die so harmlos wirkten wie die Gäste einer Cocktailparty. Doch diese Männer waren alles andere als harmlos. »Wir müssen fort«, flüsterte sie.

Julian nahm die Armbrust von der Schulter und zog den Beutel mit den Murmeln aus der Tasche.

Evangeline sah ihn warnend an. »Was tust du da?«

Er legte eine Murmel in die halbrunde Rille der Waffe und spannte die Sehne. »Ich werde Rache nehmen. Nicht an irgendeinem mythologischen Wolfsrudel, sondern an Laurent Ardeas.«

»Bist du von allen guten Geistern verlassen?« Evangeline riss ihm den Beutel aus der Hand.

»He! Das sind meine!«

»Jetzt nicht mehr. Du hast den Verstand verloren!«, zischte sie grimmig und stopfte den Beutel in ihre Tasche. »Kleine Glaskügelchen können einen Rougarou nicht aufhalten. Wenn du eine davon auf einen von ihnen schießt, machst du ihn nur wütend und lenkst seine Aufmerksamkeit auf dich. Und glaub mir, das willst du nicht.«

Schmollend schwang sich Julian die Armbrust wieder über die Schulter und schaute finster zu, wie Laurent majestätisch von seinem königlichen Festwagen herabstieg.

»Wir müssen sehen, dass wir von hier verschwinden«, flüsterte Evangeline. »Sofort.«

Doch Julian wich nicht von der Stelle. »Ich gehe nicht ohne meine Mutter.«

Mit lautem Geknatter fuhr der Traktor mit dem leeren Festwagen davon und verschwand in den dunklen Tiefen des Lagerhauses. Evangeline packte Julian beim Ohr und schleifte den protestierenden, um sich schlagenden Jungen unter dem Festwagen mit dem Jazzmusiker hervor.

»Göttin«, rief Laurent und ließ sie innehalten.

Auf Zehenspitzen schlich Evangeline zur Seite und spähte um das hintere Ende des Festwagens.

Laurent stand vor der am Fuße der Treppe aufragenden Statue. Die Flammen der Feuerschalen und Fackeln warfen tanzende Schatten auf ihr bronzenes Gesicht und verbargen die hämische Miene. Das schwarze Zepter im Arm haltend, verneigte Laurent sich tief vor der Statue. Als er die Stufen zum Balkon hinaufstieg, drehten sich die Männer auf dem Rasen um. Die Gesichter vom Feuerschein erhellt, verbeugten sie sich ihrerseits vor der Statue.

Julian, der das Schauspiel ebenfalls beobachtete, schnappte nach Luft und erstarrte. »Gehören die etwa auch zu ihm?« Mit zitterndem Finger zeigte er auf die dreizehn Männer.

Ein ungutes Gefühl überkam Evangeline. »Du kennst sie?«

»Sie gehören zur Circe-Krewe, sie sitzen mit meinem Vater auf dem Festwagen.« Julian ließ den Kopf hängen. »Mein Vater hält sie für seine Freunde.«

»Circe«, murmelte Evangeline. Sie blickte zu der Statue, die angriffslustig die Zähne zeigte, wobei die Sehnen an ihrem Hals hervortraten. »Soll die Statue zufällig Circe darstellen?«

Julian nahm die hoch aufragende Bronzestatue in Augenschein, der er zuvor keine Beachtung geschenkt hatte, und nickte kläglich. »Das ist sie. Mythische Göttin, Hexe, Magierin, Zauberin – such es dir aus. Man glaubte, dass sie unzählige Zaubersprüche beherrschte und die Gabe besaß, Menschen in Schweine oder Wölfe zu verwandeln.«

»Wölfe«, murmelte Evangeline, die diesen Zusammenhang keineswegs überraschend fand. »Jetzt komm mit.« Sie zog ihn am Arm und versuchte, ihn zu den weiter hinten stehenden Festwagen zu zerren, wo sie sich verstecken konnten.

Julian machte ein ernstes Gesicht. »Ich bitte dich, das Adjektiv *mythisch* zu beachten. Es bedeutet, dass sie in Wahrheit nicht existiert hat.«

Bevor Evangeline die Chance hatte, seinen Worten zu widersprechen, fing seine Uhr an zu piepen. Das Signal, das ihn an seine tägliche Lesezeit um elf erinnern sollte, schrillte durch das stille Lagerhaus.

Hastig versuchte Julian, den Alarm abzuschalten, aber es war zu spät.

Laurent und seine Männer drehten sich um und starrten sie an, wie sie weithin sichtbar hinter dem Festwagen mit dem Jazzmusiker standen.

Evangeline blieb fast das Herz stehen.

»Liebe Gäste«, rief Laurent. »Kommt zu uns.« Er winkte sie herüber, ohne sich in seinem majestätischen Gehabe beirren zu lassen, als hätte er die beiden Eindringlinge von Anfang an erwartet.

Einen kurzen Moment lang, war Evangeline hin- und hergerissen zwischen Angriff und Flucht. Sie entschied sich für die Flucht.

»Lauf!«

Sie und Julian rasten davon, vorbei an einem Wikingerwagen, hinter dem sie fast mit zwei grau gekleideten Männern zusammengestoßen wären. Evangeline riss Julian herum, doch zwei weitere Männer in Grau traten hinter einem Wagen mit einer riesigen Cleopatra-Figur hervor.

Zwei der Schurken stürmten herbei und packten Julian bei den Armen. Obwohl er sich wand und wehrte wie eine Katze, die durchs Wasser gezogen wird, schleppten sie ihn weg.

Die anderen beiden Männer schnappten sich Evangeline. »Ich kann alleine gehen!«, verkündete sie und schüttelte ihre Fänger ab.

Zwischen den aufgereihten Festwagen marschierte sie mit hallenden Schritten auf das Fake-Haus zu, dicht gefolgt von den beiden Männern.

Sie überquerten den grünen Kunstrasen und die verräterischen Krewe-Mitglieder traten zurück und fixierten die Hälse der Kinder mit hungrigem Blick.

Obwohl sie vor Angst zitterte, nahm Evangeline die Schultern zurück und hob den Kopf. Sie gönnte diesen Ungeheuern nicht die Genugtuung, ihre Furcht zu sehen.

Zwischen den beiden Marmortreppen kamen ihre Fänger zum Stehen. Um sie herum war es still und die knisternden Flammen der Fackeln und Feuerschalen waren die einzigen Geräusche, die zu hören waren.

Laurent schaute vom Balkon herunter, sein herablassender Gesichtsausdruck stand im krassen Gegensatz zu der fröhlichen Freundlichkeit, mit der er sie am Morgen im Esszimmer der Midsomers begrüßt hatte. Wie konnte es sein, dass sie ihn nicht durchschaut und als das erkannt hatte, was er war? Selbst der naivste Durchschnittsmensch wäre in der Lage gewesen, einen derartigen Verrat zu spüren.

»Lasst mich los!« Julian versuchte, seine Häscher abzuschütteln. »Ich will nach Hause.«

Laurent quittierte Julians Verhalten mit einem bedauernden Kopfschütteln. »Wer den Wolf fürchtet, sollte nicht in den Wald gehen.«

Mit hängenden Schultern trat Julian einen Schritt zurück.

Eine Welle der Verzweiflung überkam Evangeline. Granny hatte recht gehabt. Sie hätte nach Hause in den Sumpf zurückkehren sollen. In der Hoffnung, ein bisschen Trost zu finden, tastete sie nach dem Talisman unter ihrem T-Shirt, und plötzlich senkte sich ein Gefühl der Stille auf sie herab, umhüllte sie mit einem ruhigen, kühlen Schutzmantel aus Zuversicht, wie sie es nie zuvor erlebt hatte. Ihr Puls wurde langsamer. Die

Farben und Gerüche traten deutlicher hervor, genau wie der Tonfall von Ardeas' Worten.

»Es überrascht mich, dich hier zu sehen, Julian.« Laurents Miene versteinerte. »Ichbezogene Feiglinge wie du, die ihre Umwelt nicht wahrnehmen, legen nur selten ein derart waghalsiges Verhalten an den Tag.«

Statt zu antworten, blickte Julian starr zu Boden.

Laurent drehte sich und richtete das schwere schwarze Zepter, dessen Griff von einem angriffslustigen Wolf geziert wurde, auf Evangeline. »Ich kann nicht behaupten, dass es mich überrascht, dich hier zu sehen. Deinesgleichen fällt es schwer, sich aus Angelegenheiten herauszuhalten, die sie nichts angehen. Ich habe Randall losgeschickt, um dich loszuwerden, er ist dir heute Abend zum Haus der Midsomers gefolgt.« Laurent verzog missbilligend das Gesicht. »Obwohl er kurz davor war, dich zu beseitigen, konnte er seine Mission offensichtlich nicht erfüllen.«

Also war ihr tatsächlich jemand gefolgt, als sie das Krankenhaus verlassen hatte. Ein Fünkchen Stolz glomm in Evangeline auf und hätte sie fast zum Lächeln gebracht. Ein Alpha-Rougarou hatte in ihr eine Bedrohung für sein Rudel gesehen. Sie schaute zurück zu den Männern auf dem Rasen und ihr Blick fiel auf den großen, dunklen, mürrischen Randall Lowell, vor allem auf den Verband an seiner tellergroßen linken Hand. Er verzog den Mund zu einem hinterhältigen

Lächeln und spähte grimmig unter seinen buschigen Augenbrauen hervor.

Es freute sie, dass der Grim ihn gebissen hatte. Und wenn sie diejenige war, auf die Randall es abgesehen hatte, bedeutete das, dass Mr Midsomer und Camille heute Nacht keine weiteren Rougarou-Besuche fürchten mussten.

»Nichtsdestotrotz«, sagte Laurent und lenkte ihre Aufmerksamkeit wieder auf sich, »habe ich darüber nachgedacht, ob du nicht einen angemesseneren Nutzen für uns haben könntest.« Das Licht der Flammen spiegelte sich in seinen dunkelblauen Augen. Wieder richtete er das Zepter mit dem Wolfskopf auf sie. »Du wirst in der heutigen Zeremonie eine wichtige Rolle spielen.«

Evangeline bekam weiche Knie und ihr neu entdeckter Stolz schwand dahin.

22

»Trennt die beiden«, befahl Laurent.

Unter halbherzigem Widerstand wurde Julian von seinen Häschern zur linken Treppe geschleift. Evangelines Wärter packten sie bei den Armen und zerrten sie zum rechten Aufgang.

»Lasst mich!« Sie wollte sich losreißen, worauf ihre Peiniger ihr die Finger noch tiefer ins Fleisch gruben und sie zu der hoch aufragenden Bronzestatue mit den kalten, grausamen Augen schleppten.

»Nehmt ihr das Messer ab«, ordnete Laurent an. »Und die Stiefel. Die versilberten Spitzen sind mir ein Graus.«

Evangeline versuchte, sich zu befreien, worauf weitere grau gekleidete Männer herbeieilten. Sie schlug und trat um sich und beschimpfte sie mit groben Worten, die ihr Grannys Tadel eingebracht hätten. Aber die Männer waren in der Überzahl. Sie zerrten ihr Jagdmesser aus der Hülle und rissen ihr die Krokodilederstiefel von den Füßen.

»Die Tasche muss auch weg. Nur die Göttin weiß, welche Bannzaubermittel sie darin gesammelt hat.«

Starke Hände entrissen ihr die Schultertasche. Dann marschierte einer der Männer über die Straße und den Rasen und schleuderte ihre Sachen fort. Sie rutschten unter einen mit Sternen geschmückten Festwagen, auf dem ein gewaltiger Zauberer thronte, der eine Kristallkugel in seiner Riesenhand hielt.

Evangeline hatte sich noch nie so angreifbar gefühlt, so schutzlos wie ein Kaninchen, das in einer Wolfshöhle gefangen war.

Irgendwo in den finsteren Tiefen des Lagerhauses fing ein weiterer Traktormotor an zu rumpeln und ließ ihr keine Zeit für Selbstmitleid.

Langsam rollte die Maschine aus der Dunkelheit heran und bewegte sich auf das Haus zu. Das Knattern des Motors hallte von den Wänden wider, als der neue Festwagen herbeigezogen wurde. Evangeline drehte sich bei der Frage, welche neue schreckliche Überraschung auf sie warten mochte, der Magen um. Zusammen mit allen anderen Anwesenden sah sie zu, wie sich das reich geschmückte Vehikel näherte und im Lichtschein der Fackeln zum Stehen kam. Mit den cremefarbenen Säulen und goldenen Verzierungen schien dieser Festwagen ebenfalls eine königliche Fracht zu transportieren.

Eine Frau stand auf der Empore und bei ihrem Anblick sank Evangelines Mut – obwohl sie nicht sagen konnte, dass sie vollkommen überrascht war. Puzzleteile rutschten an ihren Platz und ließen ein beängstigendes Bild entstehen.

Vom Fuß der anderen Treppe ertönte Julians verwirrte Stimme. »Mom?« Er wollte auf sie zustürmen, aber seine Fänger hielten ihn zurück.

Mrs Midsomer schien ihn nicht gehört zu haben. Regungslos stand sie auf ihrem Wagen. Mit einem Diamantdiadem im nachtschwarzen Haar, weißen, bis zu den Ellbogen reichenden Seidenhandschuhen und dem mit Kristallsteinen besetzten, schneeweißen Ballkleid, das im Feuerschein glitzerte, sah sie aus wie eine Märchenfigur. Nur ein einziger Gegenstand, trübte ihr ätherisches Erscheinungsbild: Man hatte sie mit einem schwarzen Lederriemen an einen T-förmigen Metallständer geschnallt, um zu verhindern, dass sie nach vorn kippte.

Am liebsten hätte Evangeline ihr zugerufen, sie solle vom Wagen springen und davonlaufen. Aber was dann? Um Mitternacht würde es kein Entrinnen geben vor der grauenvollen Verwandlung, die sie überkommen würde.

Aus den Schatten zwischen den künstlichen Eichen kam eine Frau im grauen Rock und Rollkragenpulli hervorgehuscht wie eine graue Ratte. Mit gebeugtem Kopf kletterte sie auf den Wagen und schnallte Mrs Midsomer von der Halterung los. Sie machte einen tiefen Knicks vor ihrer Königin, dann hob sie den Kopf und lächelte.

»Camille!« Evangelines Eingeweide krampften sich zusammen, als hätte ihr jemand einen Schlag in die Magengrube verpasst.

»Ich hab es dir gesagt!«, rief Julian hysterisch. »Ich hab dir gesagt, dass Camille nichts Gutes im Schilde führt! Ich hab es dir gesagt!«

Als Mrs Midsomer sich nicht rührte, nahm Camille sie bei der Hand und führte sie behutsam hinunter in den orangefarbenen Feuerschein. Evangeline stand reglos am Fuße der Treppe und schäumte vor Wut, die Täuschung nicht eher durchschaut zu haben.

Der Fahrer zog den leeren Festwagen langsam die Straße hinunter, bis das Dröhnen des Motors in den Tiefen des Lagerhauses verhallt war, während Camille Mrs Midsomers Haar richtete und die lange weiße Samtschleppe ihres Kleides glatt strich.

Laurent, der noch immer auf dem Balkon stand, streckte Mrs Midsomer die Hand entgegen. »Kommt zu mir, meine Liebe.«

Doch sie blieb, wo sie war, und starrte geistesabwesend vor sich hin.

Camille nahm sie beim Arm. »Hier lang, Mylady.« Sie führte sie die Treppe hinauf und die weiße Samtschleppe glitt hinter ihr über die Stufen. Oben angekommen, geleitete sie Mrs Midsomer an die Seite des

Königs. Die weißen Stoffbahnen und die aufgereihten Feuerschalen sorgten für eine majestätische Kulisse. Unter Verbeugungen zog Camille sich zurück. Sorgfältig darauf bedacht, dem königlichen Paar nicht den Rücken zuzuwenden, stieg sie mit gesenktem Blick die Stufen hinunter.

»Camille, du falsche Schlange«, flüsterte Evangeline mit zusammengebissenen Zähnen. Als die Haushälterin das untere Ende der Treppe erreicht hatte, riss sich Evangeline von ihren Häschern los und packte ihren linken Arm. Camille schrie auf und versuchte sich loszureißen, aber Evangeline hatte bereits den langen grauen Ärmel hochgeschoben und starrte wütend auf die Innenseite des Handgelenks, wo man der Haushälterin eine Wolfskralle und einen Blutstropfen eintätowiert hatte, die Zeichen, die nun nicht mehr von einem Pflaster verborgen waren.

»Eine menschliche Rougarou-Gehilfin«, rief Evangeline.

Ohne Zweifel waren alle grau gekleideten Männer ebenfalls Gehilfen, die Laurents Rudelmitglieder unterstützten, obwohl einige wahrscheinlich eher als *Gefangene* zu bezeichnen waren. Gehilfen wurden oft zu Sklavendiensten gezwungen, indem sie selbst oder ihre Verwandten bedroht wurden.

»Nimm deine widerwärtigen Hände von mir, du kleine Hexe«, zischte Camille.

Evangeline kniff die Augen zusammen. Es gab natürlich auch jene Gehilfen, die aus eigenen dunklen und verdrehten Motiven bereit waren, ihren grausamen Herren zu dienen.

Während die Wachen sich abmühten, um Camille zu befreien, gelang es Evangeline, den Rollkragen von Camilles grauem Pullover herunterzureißen. Statt des hässlichen Riemens, den sie im Haus der Midsomers getragen hatte, kam unter dem Kragen der Haushälterin ein breites silbernes Halsband zum Vorschein.

»Deshalb tragt ihr alle Rollkragenpullis!«, schrie Evangeline angeekelt. »Um eure silbernen Hundehalsbänder vor euren Herren zu verstecken – Silber, das euch schützen kann, falls einer von ihnen mondverrückt wird, vergisst, wer ihr seid und euch an die Gurgel gehen will.«

Camille schob sie beiseite und die Wachen packten sie bei den Handgelenken, doch Evangeline wehrte sich nicht mehr. Sie hatte gesehen, was sie sehen musste. Finster schaute sie Camille nach, wie sie davonhuschte, ihren Pulli glatt strich und sich zu den anderen Gehilfen gesellte, die gehorsam unter den Bäumen warteten.

Evangeline erkannte, wie dumm sie gewesen war, und schüttelte verärgert den Kopf. Fader hatte versucht, sie über die Täuschung aufzuklären, als er ihr das Pflaster gebracht hatte. Er wusste, dass Camille ihre Tätowierungen verbarg. Sie hatte sogar selbst einen Hinweis entdeckt, als sie in Camilles unordentliches Zimmer geschaut und die offene Pflasterpackung auf der Kommode bemerkt hatte. Und an diesem Morgen, als Laurent und Randall zu Besuch gekommen waren, hatte Camille alle gefährlichen Silberteile aus dem Esszimmer entfernt und verhindert, dass Julian seinen silbernen Lieblingslöffel benutzte.

Von seinem Platz am Fuße der linken Treppe aus blickte Julian mit blassem Gesicht hinauf zum Balkon. »Mom! Was stimmt nicht mit dir?«

Evangeline wusste ganz genau, was nicht mit ihr stimmte. Mrs Midsomer durchlief gerade die tranceartigen Vorstufen der Metamorphose. Wenn Julian ihr jetziges Benehmen beängstigend fand, würde er um Mitternacht noch weitaus entsetzter sein.

Laurent legte der zombieartigen Mrs Midsomer einen Strauß weißer Rosen in die Arme und ein einzelnes weißes Blütenblatt flatterte zu Boden.

Evangelines Herz wurde schwer. Ein herabgefallenes weißes Blütenblatt einer in der Hand gehaltenen Rose war ein sicheres Vorzeichen des Todes. Und wenn Papa Urbain recht hatte, würden hier heute Nacht nicht nur ein, sondern zwei Menschen sterben.

»Die weiße Rose!«, verkündete Laurent. »Ein wunderschönes Symbol der Reinheit für unsere wunderschöne Königin.«

»Sie ist nicht deine Königin!«, rief Julian.

»Aber warum?« Sichtlich verwirrt schüttelte Evangeline den Kopf und schaute Laurent an. »Warum Mrs Midsomer?«

Ehrfurcht spiegelte sich in Laurents Blick, als er seine zukünftige Königin anschaute. »Weil sie in reiner Blutlinie von Jacques Roulet abstammt, einem der ersten bekannten Werwölfe Frankreichs. Durch ihre Verbindung zu diesem edlen Geblüt ist sie mehr als würdig, meine Königin zu werden.«

»Es gibt keine Werwölfe!«, schrie Julian, aber in seiner Stimme schwang ein Anflug von Zweifel mit.

Ohne auf ihn zu achten, lächelte Laurent schüchtern und fügte hinzu: »Die weiße Rose ist auch als Brautrose bekannt.«

Evangeline verzog spöttisch den Mund. Was für ein aalglatter Lügner er doch war, der kranken Mrs Midsomer weiße Rosen mitzubringen und zu erklären, dass sie ein Symbol für Gesundheit seien, während er die ganze Zeit plante, sie ihrer Familie zu entreißen.

Mrs Midsomer regte sich nicht. Laurent nahm ihre Hand und wandte sich seinem unten stehenden Publikum zu. »Nach jahrelanger Planung und Vorbereitung, werden wir heute Nacht endlich vermählt werden!«

Rudelmitglieder auf dem Rasen und Gehilfen unter den Eichen applaudierten höflich.

»Sie ist schon verheiratet!«, rief Julian und funkelte Laurent böse an.

»In den Augen von Circe ist sie das nicht«, erwiderte Laurent ungerührt. »Und mit einem Zaubertrank unserer Göttin wird sie bei Sonnenaufgang neu geboren werden und ein neues Leben beginnen, ohne jede Erinnerung an ihre Vergangenheit. Dann wird sie niemanden lieben außer mir.« Er streichelte Mrs Midsomers dunkle Haarsträhnen. »Ich erfülle ihr jeden Wunsch. Sie wird das Beste von allem bekommen. Sie wird verehrt und angebetet und mit dem Titel Königin angeredet, statt mit *Mrs Midsomer* oder *Mom*.«

Evangeline ahnte, wie Julian litt. Laurent Ardeas war wirklich ein Monster.

»So funktioniert Liebe nicht!« Julian schaute noch grimmiger drein. »Du kannst dir nicht eine Person mit den besten Qualifikationen aussuchen, und erwarten, dass sie sich in dich verliebt, nur weil du das von ihr verlangst.«

Laurent antwortete nicht. Seine Augen leuchteten, als er auf sein Rudel hinabblickte. »Endlich.« Er lächelte wie ein Pokerspieler, der soeben die Karte gezogen hatte, die ihm den Sieg bringen würde. »Unser hochverehrter Gast ist soeben eingetroffen.«

Evangeline folgte seinem Blick. Sie versuchte zu schreien, aber es verschlug ihr den Atem.

23

Mit festem Griff zogen zwei Rougarou-Gehilfen Granny über den Rasen und den gepflasterten Weg. Ihr Kopf hing nach unten. Ein nackter Fuß und ein eingegipster Fuß schleiften über das Pflaster. Unter dem Balkon kamen die Männer mit ihr zum Stehen.

Jemand hatte ihr einen alten, schäbigen Männerbademantel über das Krankenhausnachthemd gezogen. Mit beiden Händen umklammerte sie den benommenen Fader.

»Granny«, hauchte Evangeline kaum hörbar.

»Mrs Holyfield?«, fragte Julian niedergeschlagen.

»Abgeliefert wie versprochen«, dröhnte eine Stimme aus der Dunkelheit. »Die alte Geisterjägerin und ihr Gefährte.« Zwischen den Schatten trat ein untersetzter Gentleman mit buschigem Walross-Schnäuzer hervor. »Auf G.B. Woolsey könnt Ihr euch stets verlassen.«

»Mr Woolsey«, krächzte Evangeline, als er die Grasfläche überquerte. Mr Midsomers Freund und Krewe-Kamerad, der Krankenhausleiter, der Mann, der ihr versichert hatte, dass ihre Granny die beste Behandlung bekommen würde, die sein Haus zu bieten hatte.

Und Rudelmitglied Nummer vierzehn.

Mr Woolsey blieb vor der furchterregenden Circe-Statue stehen. »Göttin.« Er machte eine tiefe Verbeugung vor der Statue, dann drehte er sich zum Balkon und verbeugte sich vor Laurent. »Alpha.«

»Bringt sie zu mir«, wies Laurent die Männer an, die Granny festhielten.

Während sich Mr Woolsey zu den anderen Rudelmitgliedern gesellte, schleppten die beiden Gehilfen Granny die Treppe hinauf, wobei ihr eingegipstes Bein gegen die Stufen schlug.

Evangelines Magen zog sich schmerzhaft zusammen. Sie konnte den Anblick kaum ertragen.

Laurent starrte auf Grannys herabhängenden Kopf. Als sie nichts sagte, seufzte er. »Wenn du nicht mit den großen Hunden mithalten kannst, alte Frau, solltest du zu Hause bleiben.«

Schlaff und reglos hing Granny wie eine kaputte Marionette zwischen den beiden Rudelgehilfen.

»Zeigt mir ihr Gesicht«, befahl Laurent.

Einer der Gehilfen hob Grannys Kinn an.

Laurent beäugte sie kurz und wich hastig zurück. Er verzog den Mund und kniff die Augen zusammen. »O, du alte Sumpfhexe, ich erkenne dich wieder.«

Fader hob seinen schweren Kopf und knurrte bedrohlich.

»Und deinen vierohrigen Gefährten.« Er deutete auf die bleiche Narbe auf Grannys Wange. »Das ist ein Andenken an meinen Vater.«

Evangeline stockte der Atem und seine Worte hallten in ihrem Kopf wider. Laurents Vater war der Alpha-Rougarou, der Granny angegriffen und ihre Mutter und Schwester getötet hatte.

Ihre Gedanken verhedderten sich zu einem grauen, wirren Knäuel und liefen auf eine Tatsache hinaus, die weithin sichtbar war wie ein leuchtend roter Faden: Granny hatte diesen Alpha getötet. Granny hatte Laurents Vater getötet. Und jetzt stand sie vor ihm, schutzlos und verwundbar.

»Granny«, flüsterte Evangeline, ohne die beiden aus den Augen zu lassen.

Als Granny weiterhin stumm blieb, verfinsterte sich Laurents Miene. »Bist du etwa nach New Orleans gekommen, um meine neue Familie zu zerstören? Was willst du noch? Ich habe deinen Sumpf verlassen.«

»Du bist mit eingezogenem Schwanz davongelaufen.« Grannys Stimme klang so klar und kräftig wie eh und je.

Evangeline fühlte gleichzeitig Stolz und Panik. Laurent würde auf eine solche Kühnheit nicht freundlich reagieren.

Stirnrunzelnd nahm er Granny ins Visier. »Wir hatten keinen Streit mit eurem Rat.«

»Euer Alpha hat meine Tochter ermordet«, herrschte Granny ihn an und ihre Stimme klang kalt und tödlich wie eine scharfe Silberklinge.

Laurent wich einen winzigen Schritt zurück und in seinen Augen war ein Fünkchen Furcht zu erahnen. »Weil du und euer Rat geplant habt, unsere Familie zu vernichten. Ihr habt uns keine andere Wahl gelassen, wir mussten eine Botschaft senden, eine Warnung.« Er streckte ihr den Finger entgegen, als wollte er sie damit erdolchen. »Aber du wolltest nicht hören. Du hast Rache an meinem Vater genommen.«

Von seinem sicheren Platz in Grannys Armen ließ Fader den Schwanz nach vorn schnellen und fauchte Laurent an.

Vor lauter Abscheu hätte Evangeline sich schütteln können.

Laurent starrte Granny einen Moment lang an, ballte die Fäuste, löste sie und versuchte, seine Fassung wiederzuerlangen. Als sein Atem wieder langsamer ging, ergriff er erneut das Wort. »Nachdem wir unsere Fähigkeiten verloren hatten, brach unsere Familie auseinander und zerstreute sich. Ich siedelte mich in Frankreich an, wo es mich Jahre kostete, einen Alpha-Werwolf zu finden, der mich in seinem Rudel willkommen hieß. Und danach musste ich ihm jahrelang dienen, bevor ich seine Erlaubnis erhielt, mich auf den Weg zu machen, um meine eigene Familie zu gründen.«

Er zeigte auf die Männer auf dem Rasen, die so still und aufmerksam dastanden wie gehorsame Wachhunde, die auf das Kommando zum Angriff warteten. »Jetzt kommst du wieder hierher, um meine Familie ein weiteres Mal zu vernichten?« Sein Tonfall wurde eisig. »Dieses Mal werde ich es nicht zulassen. Wir sind zu zahlreich und zu stark für dich und deinen hinterwäldlerischen Hexenzirkel. Wir werden hier in New Orleans bleiben und jagen, wie es uns gefällt.«

»Du weißt, dass ich dir das nicht gestatten kann«, sagte Granny.

Laurent zuckte die Achseln. »Wie du willst.« Er drehte sich zur Seite, als wollte er sich zurückziehen, doch dann wirbelte er herum und ließ sein schweres Zepter auf Grannys Kopf niedersausen.

»Nein!« Evangeline wollte auf die Treppe zustürmen, aber ihre Fänger rissen sie zurück.

Fader sauste davon und die Gehilfen, die Granny festhielten, lockerten ihren Griff und traten zur Seite, worauf sie leblos zusammensackte.

»Granny!«, schrie Evangeline.

Am Fuße der anderen Treppe senkte Julian den Kopf und sämtliche Kraft wich aus seinen Gliedern. Nur mit Mühe gelang es den Wachen, seinen erschlafften Körper aufrechtzuhalten.

Fader war schon nach unten gehuscht und schlich zu den geparkten Festwagen.

Mit der Stiefelspitze stieß Laurent gegen Grannys zusammengesackten Körper. »Schau, mein Liebling.« Er hakte sich bei Mrs Midsomer unter. »Dies ist die bösartige Frau, die dich mit ihren Zaubertränken gequält hat und dich an dein Bett fesseln wollte. Siehst du, was ich für dich getan habe?« Er ergriff Mrs Midsomers Hand und küsste sie.

Bei seiner Geste zog Mrs Midsomer die Lippe leicht nach oben und knurrte leise.

Evangelines Welt geriet ins Wanken, wieder und wieder hörte sie Papa Urbains Worte in ihrem Kopf: *Zwei Menschen werden in dieser Nacht sterben.*

Laurent langte nach unten und packte ein Büschel von Grannys grauen Haaren. Er zog ihren Kopf hoch und sah zu, wie ein Rinnsal Blut aus ihrer Kopfhaut sickerte. Vier Tropfen davon fielen auf die darunterliegende Stufe. »Mit dir konnte man nicht vernünftig reden, alte Frau. Du hättest nie aufgehört, uns zu jagen.« Seine Worte klangen fast ein wenig bedauernd. Dann ließ er Grannys Kopf fallen und erhob sich. Aber als er zu seinen Rudelmitgliedern hinunterblickte, riss er erschrocken die Augen auf. »Nein! Es ist noch nicht so weit!«

Evangeline folgte seinem Blick und spürte, wie ihr das Blut aus dem Gesicht wich. Die meisten Männer standen mit versteinerten Mienen da, die Hände vor dem Bauch gefaltet, aber einige starrten mit hungrigem Blick auf die roten Blutstropfen auf dem weißen Marmor. Ihre Gesichter wirkten verkniffen und angespannt und ihre Stirnen glänzten von Schweiß. Zwei standen schon hechelnd und mit gekrümmtem Rücken auf allen vieren, wie zum Sprung bereit. Mr Woolsey wischte sich das vollgesabberte Kinn am Ärmel seiner Anzugjacke ab.

Einer der beiden Rudelgehilfen, von denen Evangeline festgehalten wurde, starrte entsetzt zu den kurz vor der Verwandlung stehenden Männern auf dem Rasen und rannte in entgegengesetzter Richtung davon.

Evangeline riss den Talisman ihrer Mama unter dem Shirt hervor und hielt ihn den Männern entgegen. Das sonderbare Gefühl kehrte zurück und brachte Ruhe und Klarheit mit sich. Ihr Geist war voll konzentriert und sie nahm alles um sich herum überaus deutlich wahr. Die Sinneseindrücke erschreckten sie nicht. Sie fühlten sich irgendwie richtig an, als hätte sie den Weg zurück zu dem Ort gefunden, an den sie gehörte.

Beim Anblick des Silbers schnappte Laurent nach Luft und schrie auf. »Nehmt ihr das Ding weg!«

Mit einem Mal stand Camille vor Evangeline. Die falsche Haushälterin verpasste ihr eine kräftige Ohrfeige, die sie nach hinten taumeln ließ. Camille riss ihr die Kette weg und stampfte damit zurück an ihren

Platz unter den Eichen, von wo sie den Talisman in die Dunkelheit schleuderte.

Stöhnend drückte Evangeline die Hand auf den schmerzenden Striemen an ihrem Hals, wo die Talisman-Kette gewesen war. Als sie die Hand wegzog, hatte sie kleine Blutströpfchen an den Fingerspitzen. Umgehend kam ein weiterer Mann in Grau herbeigeeilt und packte ihren Arm mit festem Griff.

Laurent gab den beiden Gehilfen, die neben Granny standen, ein Zeichen und deutete auf ihren reglosen Körper. »Schafft sie mir aus den Augen.« Er warf einen Blick auf die kurz vor der Verwandlung stehenden Männer. »Schnell.«

»Soll ich die Katze suchen und sie töten, Sir?«, fragte einer von ihnen.

Er schüttelte den Kopf. »Nicht nötig. Sie wird sowieso bald krepieren. Alle tierischen Geisterjägerinnen-Gefährten sterben wenige Minuten nach ihrer Herrin. Die beiden sind im Leben unzertrennlich und auch im Tod.«

Die Männer packten Granny an den schlaffen Armen und während sie sie die Treppe hinuntertrugen, eilte ein weiterer Rudelgehilfe herbei und wischte das Blut von den Stufen.

Als Evangeline sah, wie sie Granny in die dunklen Gefilde des Lagerhauses schleiften, kochte Zorn in ihr hoch und vertrieb ihre Traurigkeit. Diese Ungeheuer würden bezahlen für das, was sie getan hatten, und wenn sie sich dabei von Rachegelüsten leiten ließ, war es ihr einerlei. Es verstieß gegen den Geisterjägerinnen-Kodex, aber schließlich war sie keine Geisterjägerin. Sie knirschte mit den Zähnen und schäumte vor Wut. Sie würde Laurents Familie vernichten. Vielleicht nicht heute Nacht, vielleicht nicht in der nächsten Woche, aber sie würde es tun und wenn es das Letzte war, was sie tun würde.

Als der Anblick und der Geruch des Blutes beseitigt waren, gewannen die Männer ihre Selbstkontrolle zurück. Sie strichen ihr Haar glatt, zogen ihre Jacken und Krawatten zurecht und wischten sich den Schweiß von der Stirn.

»Und nun ist es ohne weitere Umschweife oder Störungen an der Zeit«, verkündete Laurent, »dass meine Königin und ich im heiligen Stand der Ehe verbunden werden.« Er ergriff Mrs Midsomers rechte Hand. Sie stand wie versteinert da und starrte blicklos in die Ferne.

»Mom!«, schrie Julian mit gequälter Stimme und die beiden Rudelgehilfen hatten Mühe, ihn festzuhalten.

Mit einem zerfledderten alten Buch in der Hand stieg einer der Männer die Treppe hinauf. Langsam und feierlich schritt er auf das Paar auf dem Balkon zu. Dann schlug er das Buch auf, blätterte ein paar Seiten um und rezitierte eine Passage vor Laurent und Mrs Midsomer.

»Ich erhebe Einspruch!«, rief Julian und schaute seine Mutter verzweifelt an. »Mom! Mom, wach auf! Befrei dich aus dem Trancezustand, in den dich dieser verbrecherische, arrogante Betrüger durch Hypnose versetzt hat! Du musst fliehen! Hol Hilfe, ruf die Polizei, die Armee, die Marine, die …« Einer der Wächter hielt ihm den Mund zu, aber Julians Protest verstummte nicht, sondern wurde nur gedämpft.

Oben auf dem Balkon ging die Vermählung weiter, der Zeremonienmeister las mit dröhnender Stimme aus dem alten Buch vor. Evangeline blendete seine und Julians Worte aus. Sie machte sich ein Bild von ihrer Umgebung, registrierte alles, was sie sehen, hören, fühlen und riechen konnte. Irgendwo in ihrem Hinterkopf flatterten verschwommene Gedanken umher, vermischten sich und fügten sich zusammen. Eine ungewohnte Geduld erfüllte sie, und sie wusste, dass sich ein gut durchdachter Plan offenbaren würde, wenn der richtige Moment gekommen war. Also wartete sie.

Eine halbe Stunde später stieg der Zeremonienmeister feierlich die Treppe hinunter, das alte Buch unter dem Arm und ein selbstzufriedenes Lächeln auf den Lippen. Von den Rudelmitgliedern und -gehilfen war höflicher Applaus zu hören.

Julians Wächter nahm die Hand von seinem Mund, und er verlor keine Zeit, seine Meinung kundzutun.

»Diese Zeremonie ist nicht legal und hat keine Bedeutung«, schrie er erbost.

Laurent beachtete ihn nicht. Er nahm die geistesabwesende Mrs Midsomer am Arm, schwang sein Zepter in königlicher Manier und wandte sich an sein unter dem Balkon stehendes Rudel. »Zur Feier dieses glücklichen Anlasses, werden wir heute Nacht in den Straßen von New Orleans auf die Jagd gehen!«

Die Männer auf dem Rasen klatschten lauter, einige pfiffen und johlten begeistert.

»Was wollt ihr denn jagen?« Julian war wieder ganz bleich geworden und wich verängstigt zurück.

Panik umkrallte Evangelines Herz und verscheuchte ihre neu gewonnene Ruhe und Zuversicht. Touristen, Künstler und Musiker auf dem Jackson Square, sie alle waren wie schutzlose Lämmer und ahnten nichts von den Monstern, die sich bald auf sie stürzen würden.

Was konnte ein einziges gewöhnliches Mädchen schon tun, um sie aufzuhalten? Laurent zu töten, würde das Problem sicherlich lösen. Aber um in seine Nähe zu kommen, musste sie es mit vierzehn Rougarous aufnehmen, die ihren Alpha mit Zähnen und Klauen verteidigen würden. Mit ganz viel Glück könnte sie einen von ihnen überwältigen, doch dann würden die anderen sie in Stücke reißen. Selbst eine echte Geisterjägerin wäre nicht in der Lage, einen solchen Angriff zu überstehen.

»Die Stunde des Wolfes ist fast gekommen!«, verkündete Laurent mit leuchtenden Augen und breitete die Arme aus. »Zeit für unsere Königin, ihre erste Beute zu erlegen.«

»Bist du verrückt geworden?«, brüllte Julian. »Meine Mutter würde niemals jemanden töten! Und sie ist nicht eure Königin!«

Laurent nickte Evangelines Wachen zu. »Bringt das Opfer für unsere Königin.«

Evangeline sperrte sich mit aller Kraft, aber ohne ihre Stiefel fand sie keinen Halt auf dem gepflasterten Weg. Die Männer schleiften sie so mühelos die Treppe hinauf, als würden sie ein kleines Boot über das Bayou ziehen. Vor Laurent und Mrs Midsomer blieben sie stehen.

Laurent warf einen missbilligenden Blick auf das Loch in Evangelines Socke und seufzte enttäuscht. »Eine Geisterjägerin ist ein würdiges Opfer, ungeachtet ihres Erscheinungsbildes.«

»Ich bin keine Geisterjägerin. Ich bin nur ein ganz normales Mädchen.« Evangeline hätte nie gedacht, dass sie bei diesen Worten einmal solche Genugtuung empfinden würde. »Meine Schwester war die wirkliche Geisterjägerin«, sagte sie und funkelte ihn böse an, während ihr Puls vor Zorn und Trauer anfing zu rasen. »Aber dein Vater hat sie getötet, bevor sie die Chance hatte zu leben.«

Er zuckte die Achseln. »Nichtsdestotrotz bist du immer noch die Nachfahrin einer Geisterjägerin, nicht wahr? Du unterschätzt deinen Wert.«

Mrs Midsomer schnappte nach Luft und kniff die Augen zu, als die letzte Stufe der Transformation begann. Laurent tätschelte beruhigend ihre Hand.

»Mom!«, schrie Julian mit gequälter Stimme.

»Kämpfen Sie dagegen an, Mrs Midsomer!«, flehte Evangeline, obwohl sie wusste, dass es nichts nutzte.

Laurent schüttelte überheblich den Kopf. »Warum muss deinesgleichen immer versuchen, solch eine faszinierende Verwandlung aufzuhalten?«

»Um fiese Rougarous daran zu hindern, unschuldige Menschen zu töten«, erwiderte sie höhnisch.

»Aber es sterben doch ständig unschuldige Menschen.« Laurent hielt bedauernd die Hände hoch. »Jährlich werden mehr als 725.000 Leute durch Mücken getötet. Welchen Unterschied machen schon unsere paar Jagden, wenn man die großen Zusammenhänge betrachtet?«

Wie konnte es sein, dass er keinerlei menschliches Mitgefühl zeigte? »Ihr braucht das Fleisch und Blut eurer Opfer nicht, um zu überleben. Ihr zerfleischt sie und bringt sie um und dann lasst ihr sie liegen. Warum tut ihr das?«

»Aus demselben Grund, aus dem Hauskatzen Singvögel töten. Für den Spaß an der Jagd.« Mit glänzenden Augen beugte er sich zu ihr herunter. »Stell dir die befreiende Macht der Verwandlung vor, unsere Körper werden stark und gewaltig, unsere Sinneswahrnehmungen geschärft – ein Zustand, den wir in unserer menschlichen Gestalt niemals erreichen könnten. Keine Achterbahn, kein Spiel, keine Sportart ist mit dieser Erfahrung zu vergleichen.«

»Ihr seid wahnsinnig!«, brüllte Julian. »Lasst uns gehen!«

»Geduld«, entgegnete Laurent. »In ein paar Minuten werde ich dich freilassen.«

»Wirklich?«, fragte Julian hoffnungsvoll.

»Natürlich. Und ich sorge sogar dafür, dass du einen ordentlichen Vorsprung erhältst, bevor meine Familie dem Befehl des Mondes folgt.« Er durchbohrte Julian mit seinem Blick. »Und dann beginnt die Jagd. Und zwar mit dir!«

Ein schriller Piepton ertönte, als Julians Uhr signalisierte, dass es Zeit zum Schlafen war.

Der Rosenstrauß fiel aus Mrs Midsomers Armen und Laurent kickte ihn beiseite. Sie schrie auf und umfasste ihre Taille.

Evangelines Wächter traten zur Seite und schleiften sie mit. Sie schaute zu den Männern auf dem Rasen hinunter. Noch befanden sie sich in ihrer menschlichen Form, aber das würde sich bald ändern. Auch wenn die Jalousien den Anblick des Mondes verhüllten, würde die Transformation sie verwandeln, da die Mitternachtsstunde gekommen war.

Mrs Midsomer fiel auf Hände und Knie. Ihr Rücken krümmte sich unter ihrem weißen Glitzergewand, ihre Augen waren geschlossen und der Schweiß stand ihr auf der Stirn.

»Ganz ruhig, mein Liebling.« Laurent kniete neben ihr nieder und legte sein Zepter ab. Er zog Mrs Midsomer die Handschuhe aus, nahm ihr Schärpe und Diadem ab und warf alles beiseite. Er legte die Hände auf ihre Schultern und wiederholte: »Ganz ruhig, mein Liebling.«

Die Wolfsfrau warf den Kopf herum und biss ihm in die Hand.

Fluchend taumelte er zurück und trat dabei gegen das Zepter, das daraufhin klappernd die Treppe herunterrollte und vor den Füßen der Circe-Statue liegen blieb.

Mrs Midsomer umkreiste ihn und knirschte mit den Zähnen.

»Mom!«, brüllte Julian und stemmte sich gegen seine Wächter.

Mrs Midsomers Hände versteiften sich und aus den Fingerspitzen schossen schwarze Krallen hervor.

Fassungslos sah Julian zu, wie seine Mutter sich verwandelte. »Nein, nein, nein«, murmelte er. »Wie kann es sein, dass ich nichts von all dem hier gewusst habe?«

»Ich habe versucht, es dir zu erklären!«, rief Evangeline rechthaberisch trotz des grauenvollen Angriffs, der ihr bevorstand.

Mrs Midsomer riss den Kopf herum und nahm Evangeline ins Visier. Ihre Pupillen verengten sich und ihre blauen Augen nahmen einen blassen Grünton an. Sie zog die Lippen hoch und gab ein kehliges Knurren von sich.

Evangeline versuchte, sich aus den Griffen der Wolfsgehilfen zu befreien. »Lasst mich los!«, schrie sie und war überrascht, als sie ihr gehorchten. Mit offenem Mund schaute sie ihnen nach, als sie die Flucht ergriffen und davonstürmten.

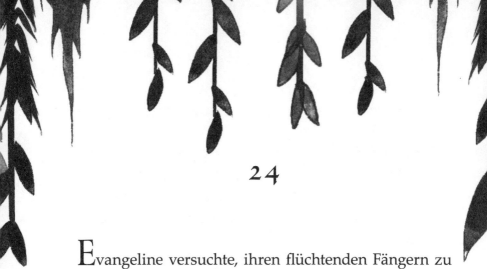

24

Evangeline versuchte, ihren flüchtenden Fängern zu folgen, aber da sie auf Socken laufen musste, rutschte sie aus und schlug der Länge nach hin.

Hinter ihr klickten Krallen über den Marmorboden, als Mrs Midsomer sich ihr näherte und ein tiefes, bedrohliches Knurren ertönen ließ.

Evangeline fuhr herum und wich zurück. Ihr Herz raste.

Mrs Midsomers Nasenflügel zitterten. Sie hob den Kopf und sog den Geruch der winzigen Blutströpfchen ein, die beim Abreißen der Talismankette aus Evangelines Haut getreten waren.

»Tu ihr nicht weh, Mom!«, schrie Julian. »Evangeline ist meine Freundin!«

»Ganz ruhig, Mrs Midsomer«, flüsterte Evangeline. »Das ist keine gute Idee!«

»Sie ist in diesem Moment nicht mehr Mrs Midsomer«, erklärte Laurent aus sicherer Entfernung. »Sie hat kein menschliches Bewusstsein. Kein Gefühl dafür, was richtig oder falsch ist, das sie zurückhält. In unserer Rougarou-Gestalt sind wir nicht verantwortlich für das, was wir tun, genauso wenig wie ein wildes Tier, das man für sein Verhalten nicht zur Rechenschaft ziehen kann.«

Unter ihrem königlichen Gewand krümmte sich Mrs Midsomers Wirbelsäule ein weiteres Mal, und die Nähte spannten sich über den anwachsenden Muskeln und Knochen. Ihr Mund senkte sich und wurde größer, der Kiefer knackte und knirschte, Reißzähne traten hervor. Knurrend richtete die Wolfsfrau ihre längliche Schnauze auf Evangeline und zeigte ihre dolchartigen Zähne.

Evangeline kniff die Augen zu und wappnete sich gegen den Angriff der messerscharfen Zähne, als sich irgendwo unten im Lagerhaus ein heulendes Gebell erhob, das typische Anschlagen eines Jagdhundes, um seinem Herrn mitzuteilen, dass er der Beute auf den Fersen ist.

Langsam senkten sich Mrs Midsomers Lippen über ihre Zähne. Sie legte den Kopf auf die Seite und lauschte.

Weiter hinten im Lagerhaus, neben einem Festwagen mit einem riesigen Cerberus, dem dreiköpfigen Wachhund der Unterwelt, tapste der Grim hervor. Seine gelben Augen leuchteten wie Kerzen in der Dunkelheit. Er blieb stehen und fixierte Evangeline mit düsterem Blick.

Evangeline stockte der Atem. Und in diesem Moment fügte sich alles zusammen und ließ sie erkennen, was sie vorher nicht sehen konnte.

Sie war diejenige, für die der Tod gekommen war, diejenige, die ins Jenseits geführt werden musste. Nicht Granny und Fader, sondern sie. Sie war jedes Mal da gewesen, wenn an den letzten zwei Tagen der Grim oder ein anderes Todesomen erschienen war.

Der struppige schwarze Hund legte seinen riesigen Kopf zurück und stimmte erneut sein langes, melancholisches Geheul an, das sie erschauern ließ.

Mrs Midsomer wich von Evangeline zurück und starrte auf den Grim hinab.

»Du funkst mir nicht noch einmal dazwischen!« Laurent starrte den Hund grimmig an und erinnerte sich offensichtlich daran, wie das Ungeheuer ein paar Stunden zuvor seinen Rudelkameraden Randall Lowell angefallen hatte.

Eine weitere Chance zu entkommen, würde es nicht geben. Evangeline riss sich die Socken von den Füßen, eilte die Treppe hinunter und schaute sich beim Gehen ängstlich um.

»Söhne der Circe!«, rief Laurent den Männern in den Anzügen zu, die auf dem Rasen auf und ab gingen und gehorsam an Ort und Stelle verharrten und auf weitere Befehle warteten. Er richtete eine kleine Fernbedienung nach oben und tippte auf eine Taste. »Gehorcht dem Befehl des Mondes!«

Unter Surren und Summen wanderten die Jalousien vor den großen Fenstern langsam nach oben. »Worauf wartet ihr? Greift den Grim an!«, befahl Laurent. »Tötet ihn!«

Kaltes weißes Licht flutete ins Lagerhaus und ließ Evangeline auf der Treppe erstarren. Der Schein des Vollmondes fiel durch die Fensterscheiben, seine Anziehungskraft war so groß, dass sie ihren menschlichen Blick kaum davon losreißen konnte.

Die Männer auf dem Rasen schauten nach oben und die Strahlen des Mondes fielen auf ihre Gesichter. Einige stellten sich auf alle viere, krümmten den Rücken und spannten die Muskeln. Andere starrten wie mondsüchtig auf die Fenster, manche winselten oder stimmten ein einsames Geheul an.

Am Fuße der anderen Treppe ließen Julians Häscher von ihm ab und suchten das Weite. Andere Wolfsgehilfen eilten ihnen nach.

Als das Mondlicht auf den künstlichen Rasen und die Haus-Attrappe fiel, dehnten sich Schnauzen und Kiefer. Sehnen und Knochen knackten. Schwarze Krallen schossen aus steifen Fingern hervor.

»Wie kann das alles real sein?«, murmelte Julian kopfschüttelnd. Er raufte sich die verschwitzten Haare, bis sie nach allen Seiten abstanden.

»Julian, lauf weg!«, schrie Evangeline voller Angst, unfähig den Blick von den sich verwandelnden Männern abzuwenden. Sie fühlte sich wie ein vom Mondlicht geblendetes, schockstarres Reh.

Körpermasse und Muskeln der Rudelmitglieder schwollen an, als würden sie mit Luft aufgepumpt, Schultern und Bizeps sprengten einengende Hemden und Anzugjacken. Hosen schienen zu schrumpfen und Nähte platzten. Lange, dicht gedrängte, nadelspitze Zähne schossen aus dunklen Mäulern hervor. Braune Fellbüschel sprossen aus der Haut.

Der Grim rannte durch das Lagerhaus, vorbei an den Männern, die zu Wölfen wurden, über den gepflasterten Weg bis zur Treppe, vor der er zum Stehen kam. Er stellte eine Pfote auf die unterste Stufe und schaute zu Evangeline auf.

Sie war gefangen zwischen dem schwarzen Hund und der Bestie auf dem Balkon, die früher Mrs Midsomer gewesen war. Sie saß in der Falle, aber Julian nicht. »Lauf, Julian!«, rief sie noch einmal.

Julian wurde aus seiner Fassungslosigkeit gerissen und stürmte zu der langen Reihe von Festwagen.

Die Letzten der verängstigten menschlichen Rudelgehilfen stoben wie Mäuse auseinander. Sie huschten durch das Lagerhaus und ließen ihre Herren hinter sich, die jetzt über zwei Meter groß waren und Fell, Krallen und Reißzähne bekommen hatten. Einige hatten ihre zerrissene Kleidung von sich geschleudert; andere störten sich nicht an den herabhängenden Fetzen.

Mit geduckten Schultern und rot glühenden Augen trabten sie unter Geknurre auf zwei krummen Beinen über den Rasen, wobei ihre hüftlangen Vorderläufe beim Laufen hin und her schlenkerten.

Camille gehörte nicht zu den treulosen Flüchtlingen. Von ihrem Platz unter den Eichen starrte sie ihren Meister und ihre Herrin an, während ein geheimnisvolles Lächeln ihre Lippen umspielte.

Der erste Rougarou setzte zum Sprung an und landete mit der Anmut einer großen Katze auf dem gepflasterten Weg, besaß jedoch die Kraft eines ausgewachsenen Gorillamännchens. Er richtete den Blick seiner roten Augen auf den Grim, zog die schwarzen Lippen hoch und zeigte seine von Speichel glänzenden Zähne.

Der Grim wirbelte auf der Treppe herum und das Fell auf seinem Rücken sträubte sich.

Die übrigen Rougarous sammelten sich geifernd und sabbernd um den Grim und schnappten mit ihren zahnreichen Schnauzen nach dem Untier.

Der große Hund wankte zurück und biss verzweifelt um sich, aber es half ihm nicht.

Das Rudel stürzte sich auf ihn und fügte ihm schlimme Verletzungen zu. Vor Schmerzen jaulte er auf, versuchte aber nicht, dem Kampf zu entrinnen.

»Evangeline!« Julian kroch unter einem schwarz-weiß gestreiften Festwagen hervor, der von einem riesigen weiß geschminkten Clownsgesicht mit Baskenmütze gekrönt wurde. Ihre Stiefel in der einen Hand, Messer und Schultertasche in der anderen, rannte er auf sie zu. Er machte einen Bogen um die kämpfenden Rougarous und blickte angstvoll in Evangelines Richtung, ließ sich jedoch nicht beirren. Am Fuß der Treppe warf er ihr Messer, Stiefel und Beutel zu, machte auf dem Absatz kehrt und raste zurück zu den Festwagen.

Vor Erleichterung und Dankbarkeit kamen Evangeline die Tränen, nicht nur weil sie ihre Sachen zurückbekommen hatte, sondern weil Julian mit seiner wagemutigen Aktion gezeigt hatte, dass er zumindest ein kleines bisschen an die Macht ihrer Besitztümer und an ihre Fähigkeit glaubte, sie zu nutzen. Sie zog die Stiefel an und schwang die Tasche über die Schulter.

In diesem Moment hätte sie fortlaufen sollen. Sie und Julian waren frei, und außer dem kostbaren Talisman ihrer Mama hatte sie all ihre Besitztümer zurückbekommen. Aber sie wollte nicht fliehen. Und sie brachte es nicht über sich, den Grim der Übermacht des Rougarou-Rudels zu überlassen. Wieder überkam sie jenes einzigartige Gefühl der Ruhe und Klarheit. Sie wusste, was sie zu tun hatte.

Ihr Bauchgefühl sagte es ihr.

Sie zog die Flasche mit dem Weihwasser aus der Tasche und benetzte die Klinge ihres Messers mit der gesegneten Flüssigkeit. Dann nahm sie die Schultern zurück, spuckte für zusätzlichen Schutz auf die Treppenstufen und richtete den Blick auf die kämpfenden Bestien.

Mittlerweile hatte das aggressive Knurren des Grims nachgelassen und er heulte vor Schmerzen. Evangeline lief die restlichen Stufen hinab und eilte zu den wütenden Rougarous, um möglichst viele von ihnen mit dem Weihwasser zu bespritzen.

Das Weihwasser fiel auf die unheiligen Rücken und Schultern der Monster und brannte sich wie kochend heiße Säure durch das Fell in ihre Haut. Ein heulender, kreischender Tumult brach aus. Die Hälfte der Bestien ließ von ihrem Opfer ab, rieb sich jaulend die Wunden und stob davon. Sie rannten über die Straße und bis zum äußersten Ende des Rasens, wo sie sich zusammenkauerten und sich wimmernd die Wunden leckten.

Evangeline warf die leere Flasche weg und lächelte, obwohl sie wusste, dass sie keinen Grund dazu hatte. Ohne Furcht stürzte sie sich in das Getümmel. Sie rammte ihre Stiefelspitzen in struppige, braune Flanken und das Silber brannte sich zischend in das Fleisch der Rougarous. Der Geruch nach verbrannten Haaren stieg ihr in die Nase. Zielsicher stach sie mit ihrer mit Weihwasser benetzten Klinge zu und verpasste den Untieren dunkle Wunden an Hals und Körper. Ihre Arme wurden dabei von scharfen Krallen attackiert, aber sie blendete den Schmerz aus. Sie durfte nicht schlappmachen. Die Schmerzen mussten warten.

Unter gequältem Gejaule zogen sich weitere Rougarous aus dem Kampfgeschehen zurück. Mit rauchendem Fell huschten sie zu ihren Kameraden und leckten ihre Wunden.

Aus dem Augenwinkel beobachtete Evangeline, wie Julian die Treppe hinaufging. Er hielt seine Murmeln schießende Armbrust in der Hand und die Roggenhalme zwischen den Zähnen, während der Mistelzweig unter seinem Uhrenarmband steckte.

Verdammt! Warum konnte sich der Junge nicht in Sicherheit bringen und ruhig verhalten? Evangeline eilte zur Treppe, doch Camille kam ihr in die Quere und stieß sie zu Boden. Grimmig wie eine Katze im Regen hastete die Haushälterin nach oben.

Kaum hatte Evangeline sich wieder aufgerappelt, riss Camille Julians Armbrust an sich.

»He!«, protestierte er, als sie die Waffe über das Treppengeländer schleuderte.

»Wie kannst du es wagen! Du erbärmlicher Jammerlappen!« Camille schnappte sich Mistelzweig und Roggen und warf beides in eine der Feuerschalen. Dann packte sie ihn bei den dünnen Armen und versuchte, ihn die Treppe hinunterzustoßen.

Es erfüllte Evangeline mit Stolz, als sie sah, wie Julian sich wehrte, auch wenn seine Verteidigungsversuche ein wenig plump ausfielen. Er schlug und schubste Camille, aber ihm fehlte eine Waffe. Evangeline fuhr herum, um Laurents Zepter aufzuheben, das zum Sockel der Circe-Statue gerollt war, wo sie erschrocken feststellte, dass ihr schon jemand zuvorgekommen war.

»Granny!«, rief Evangeline erleichtert. Am liebsten hätte sie gejubelt und sie in die Arme geschlossen, aber dafür war keine Zeit. »Granny, mach dass du fortkommst! Bring dich in Sicherheit!«

»Unsinn!« Granny benutzte das Zepter als Krückstock und humpelte die Treppe hinauf, schneller als man es einer Frau ihres Alters mit gebrochenem Bein und einer Kopfverletzung zugetraut hätte. Unablässig vor sich hin murmelnd fixierte sie Camille mit feindseligem Blick, während Fader ihr dicht auf den Fersen blieb.

Nicht weit von ihr entfernt heulte der Grim auf, der noch immer von den verbleibenden Rougarous attackiert wurde. Evangeline überließ es Granny, mit Camille fertigzuwerden, schloss die Finger um den Griff ihres Jagdmessers und stürzte sich erneut in den Kampf.

Als mehr und mehr Rougarous den Rückzug antraten und mit Schnittwunden, Bissen und Kratzern übersät davonliefen, schaute Evangeline zur Treppe, wo Granny das schwarze Zepter schwang und auf Camille niedersausen ließ.

Camille taumelte nach hinten, stolperte über Fader, der sich direkt hinter ihre Füße gesetzt hatte. Sie schrie auf, wedelte mit den Armen und stürzte rumpelnd und polternd Stufe für Stufe in die Tiefe. Stöhnend und schluchzend blieb sie am Fuß der Treppe liegen. »Es ist gebrochen!«, jammerte sie und umklammerte ihr unnatürlich abgewinkeltes Bein.

Julian erklomm eine weitere Stufe, während seine Mutter über den Balkon auf Laurent zukroch und ihn knurrend und schnappend in die Enge drängte. Laurent streckte die Hände nach ihr aus und redete beruhigend auf sie ein, um sie vom Angriff abzuhalten.

»Julian! Halt dich von ihr fern!«, schrie Evangeline. Trotz allem, was er hoffen oder glauben mochte, war der Verstand seiner Mutter verschwunden. Die Instinkte einer blindwütigen Wölfin hatten seinen Platz eingenommen, und sie würde ihn in Stücke reißen.

Da bei dem Kampf nur noch ein Rougarou übrig geblieben war, ließ Evangeline den Grim allein. Die beiden Bestien wälzten sich knurrend und beißend auf dem Boden, dass die Fellbüschel nur so flogen. Hastig eilte sie die Treppe hinauf.

Julian hatte sich dem Balkon weiter genähert, doch als er die nächste Stufe hinaufsteigen wollte, hielt Granny ihn zurück.

»Mom, ich bin es, Julian!«, rief er.

Mrs Midsomer hielt inne. Sie wandte sich von Laurent ab, schaute in Julians Richtung und legte den Kopf auf die Seite wie ein Haushund, der den Klang seines Namens wiedererkennt.

Obwohl sie es besser wusste, spürte Evangeline einen winzigen Hoffnungsschimmer. War es möglich, dass irgendein Teil der Frau ihren Sohn wiedererkannte? War Mrs Midsomer irgendwie in der Lage, seine Stimme trotz des Nebels, der ihren Verstand trübte, wahrzunehmen, so wie sie ihn immer lesen hörte, während sie schlief?

»Nein, nein, mein Liebling.« Laurent umschloss Mrs Midsomers blasse Wangen mit den Händen und drehte ihr Gesicht in seine Richtung. »Hör nicht auf diesen Jungen.«

Mrs Midsomer zeigte Laurent die Zähne und entzog sich seinem Griff, um wieder zu Julian zu blicken.

Julian schüttelte Grannys Hände ab und stieg eine weitere Stufe hinauf. Mrs Midsomer beobachtete ihn mit leuchtend grünen Augen. »Mom?«, sagte er leise.

»Genug!«, rief Laurent zornig. Er riss sich die schwarzen Stiefel von den Füßen und zeigte mit dem Finger auf Julian. »Du lenkst sie ab und musst beseitigt werden. Dann wird meine Königin frei sein und die Verwandlung vollenden. Und was dich angeht, alte Frau«, sagte er und ging auf Granny zu. »Diesmal sorge ich dafür, dass dein Herz aufhört zu schlagen, und zwar mit meinen eigenen Klauen.«

25

Laurent warf den Kopf in den Nacken und schaute hinauf zu den hohen Fenstern und dem weißen Mond, der auf die Erde herunterstrahlte, als hätte jemand ein kreisrundes Loch in das nachtschwarze Himmelszelt geschnitten. Seine Augen wurden rund und reflektierten das helle Licht, während sich die Pupillen zusammenzogen, als wollten sie die Kraft des Mondes einschließen. Sein Mund streckte sich, und es knackte und knirschte, als seine Zähne länger und spitz wie Dolche wurden. Krallen schossen aus seinen Zehen und Fingerspitzen hervor. Silbergraues Fell spross aus seiner Haut.

Evangeline verharrte auf der Mitte der Treppe. Sie hielt den Griff des Jagdmessers fest in der Hand. Sie wollte schreien, doch sie brachte nur ein leises Gekrächze heraus. »Granny. Julian.«

Camille schleppte sich über das Pflaster und behielt ihren in der Verwandlung begriffenen Meister im Auge, dessen Brust zusehends breiter wurde. Er riss sich die Weste vom Körper und schleuderte sie fort. Seine Beinknochen streckten sich. Die dunkelblauen Stiefelhosen schienen zu schrumpfen und seine haarigen Knie kamen zum Vorschein.

Evangeline, Granny und Julian waren wie gelähmt. Der Laurent-Rougarou war einen guten Kopf größer als seine Rudelmitglieder. Es gab keinen Zweifel, dass er der Alpha war. Er konnte nicht nur seine Transformation kontrollieren und sich willentlich verwandeln, sondern besaß auch einen eindrucksvolleren Körper. Sein silbergraues Fell war glatt und glänzend und nicht struppig wie das der anderen Rougarous, und seine Augen strahlten leuchtend blau statt rot.

Laurent brüllte und Speichel spritzte von seinen rasiermesserscharfen Zähnen. Mit geduckten Schultern stampfte er auf zwei behaarten Beinen über den Balkon zur Treppe.

Bei der obersten Stufe stellte sich Granny vor Julian und schwang dem nahenden Ungeheuer das Zepter entgegen. »Lauf, Julian«, befahl sie. »Ich halte diese Bestie in Schach.«

Julian schüttelte den Kopf. »Ich lasse meine Mutter nicht im Stich!«

Evangeline lief ein eiskalter Schauer über den Rücken. Diese ausweglose Situation konnte kein gutes Ende nehmen. Das Zepter war keine wirkungsvolle Waffe, nicht gegen einen Alpha-Rougarou. Und mit ihrem gebrochenen Bein konnte Granny es nicht mit ihm aufnehmen. Mit zwei lässigen Schlägen seiner mörderischen Killerklauen würde er sie und Julian auslöschen.

Knurrend und schnappend stürzte sich Mrs Midsomer auf Laurents Rücken, schlug die Krallen in seine Schultern und riss die Schnauze auf, um ihn mit ihren scharfen Zähnen zu attackieren.

»Nein, Mom!«, schrie Julian.

Unter dröhnendem Knurren schwang Laurent seine Pranke gegen Mrs Midsomers Schläfe und brachte sie zu Fall.

Sie überschlug sich ein paarmal und rappelte sich wieder hoch, bis sie auf allen vieren stand. An ihren vergrößerten Oberarmen traten die Muskeln deutlich hervor. Wieder stob sie nach vorn und ihre scharfen Zähne bekamen Laurents Bein zu fassen.

Evangelines letzte Zweifel schwanden dahin. Es stand außer Frage, dass ein Teil von Mrs Midsomers Bewusstsein noch vorhanden war, der Teil, der von einer so starken Liebe erfüllt war, dass sie sich selbst opfern würde, um ihren Sohn zu schützen.

Laurent stieß die Frau weg und schleuderte sie gegen die Wand des Hauses. Beim Aufprall schrie sie auf und krachte in eine der Feuerschalen, worauf glühende Kohlen über den Balkon stoben.

Mrs Midsomer lag reglos da, halb Frau, halb Wölfin,

wie ein bewusstloses Bündel in einem perlenbestickten Kleid aus weißem Satin.

Flammen züngelten an den hölzernen Säulen und sprangen auf die weißen Stoffbahnen über. Laurent hob die Schnauze und heulte jammervoll.

»Mom!«, rief Julian, doch Granny legte den Arm um seine Schulter und hielt ihn zurück.

Die Zeit war abgelaufen. Evangeline spürte, wie der Zeiger der Uhr sich unablässig auf die Zahl zwölf zubewegte. Jeden Moment würde Laurent Julian und Granny angreifen. In seiner tierischen Raserei würde er keinerlei Skrupel haben. Sie presste die Hand auf die Stelle, wo sie sonst immer den Talisman ihrer Mama gespürt hatte, und ihre neu gewonnene Konzentration und Zuversicht verstärkten sich.

Sie ließ den Blick über ihre Umgebung schweifen, von den brennenden Baldachinen des Balkons bis hinunter zu den Spitzen von Circes bronzenen Sandalen. Sie wusste, was sie tun musste. Ihre nächsten Handlungsschritte lagen so deutlich vor ihr, dass sie fast einen Film davon vor Augen hatte.

Größe, Winkel und Geschwindigkeit waren Begriffe, über die sie nie viel nachgedacht hatte, und auch jetzt schenkte sie ihnen keine große Beachtung. Sie waren einfach da. Alles fügte sich zusammen. Alles war klar und deutlich.

In festem Vertrauen auf ihr Bauchgefühl, holte sie

das Glas mit dem Eisenhut-Extrakt aus ihrer Tasche. Es würde kein Zurück geben. Dies war der einzige Weg. Der Blutbann des Alphas über sein Rudel musste gebrochen werden. Laurent musste vernichtet werden.

Sie tauchte ihre Messerspitze in die dunkle, todbringende Substanz und schob das Schraubglas zurück in die Tasche.

Von den brennenden Stoffbahnen hatten sich die Flammen ausgebreitet, jagten die Wände der Haus-Attrappe empor und sprangen aufs Dach über. Dichter Rauch wallte um die Deckenpfeiler des Lagerhauses.

Laurent wirbelte auf seinen fellbedeckten Krallenfüßen herum und stampfte auf Julian und Granny zu, die noch immer auf der Treppe standen. Er stieß ein ohrenbetäubendes Gebrüll aus und seine stahlblauen Augen blitzten vor Zorn.

Kurz zuvor hatte Julian sich geweigert, den Rückzug anzutreten, aber jetzt machte er einen Schritt nach unten und dann einen weiteren. Während er und die zepterschwingende Granny langsam die Treppe hinunterstiegen, stürmte Evangeline an ihnen vorbei und rannte nach oben.

»Bleib zurück, Evangeline!«, befahl Granny, doch Evangeline hörte nicht auf sie.

Entschlossen sprang sie auf den Balkon und baute sich vor Laurent auf. Froh, wieder ihre Stiefel an den Füßen zu haben, holte sie mit dem Messer aus. Sie musste nicht lange raten, denn sie wusste, wo das Herz des Alphas war, konnte auf geheimnisvolle Weise sehen, wie es pulsierte und hören, wie es schlug.

Laurent schwang seine gewaltige Pranke, seine Krallen rauschten durch die Luft und streiften Evangelines Haarspitzen, als sie sich wegduckte. Sie sprang wieder auf, holte erneut aus, um ihm das Messer in die Brust zu rammen.

Doch die Reflexe des Alpha-Rougarous waren übermenschlich schnell, und die Klinge bohrte sich stattdessen in seinen Unterarm. Die kurze Ablenkung ermöglichte es Evangeline, nach rechts zu laufen.

Brüllend riss Laurent das Messer heraus. Er packte es mit den Pfoten und riss Griff und Klinge auseinander, dann schleuderte er beide Teile auf den gepflasterten Weg unter dem Balkon.

»Komm schon ...«, forderte Evangeline ihn heraus und wich zurück. Unauffällig ließ sie die Hand in die Schultertasche gleiten, und näherte sich rückwärts der Balkonbrüstung, bis sie dagegenstieß.

Knurrend stapfte das Ungeheuer, das einst Laurent Ardeas gewesen war, auf sie zu.

Sie zog das Eisenhut-Glas hervor und schraubte unbemerkt den Deckel auf. Ohne hinzuschauen verließ sie sich auf ihre geschickten Hände und goss die violettfarbene Flüssigkeit über die Brüstung, in der Hoffnung, dass ihr Plan aufgehen würde.

Dicke Krallen klickten hinter ihr über den Boden und sie spürte den heißen Atem des Alphas im Nacken.

»He!«, rief Julian, der erneut die Treppe hochgestiegen war.

Evangeline fuhr herum und sah, wie er eine Handvoll Murmeln auf den Rougarou warf.

Es war das letzte bisschen Glück, das sie brauchte. Die Murmeln prallten vom Körper der Bestie ab und regneten auf das Pflaster unter dem Balkon herunter.

Sie schaute Julian in die verängstigten Augen. »Danke!«, flüsterte sie. Er fürchtete sich, aber Julian Midsomer war kein Feigling, egal was Laurent oder sonst jemand glauben mochte.

Jetzt attackierte Laurent ihn mit ohrenbetäubendem Gebrüll. Wenn Julian geplant hatte, das Untier wütend zu machen und seine Aufmerksamkeit auf sich zu lenken, dann war es ihm gelungen.

Der Rougarou sprang auf Julian zu und landete mit einer seiner großen Pfoten auf den Murmeln, die unter ihm wegrollten. Er ruderte mit den Armen in der Luft, um wieder ins Gleichgewicht zu kommen. Julian nutzte den Moment und rannte die Treppe hinunter, wahrscheinlich in der Hoffnung, Evangeline würde ihm folgen, aber das tat sie nicht.

Sie stürmte von der Brüstung weg und postierte sich zwischen Laurent und dem davonlaufenden Julian.

»He, du großer, hässlicher Kerl!«, rief sie herausfordernd und warf das leere Eisenhut-Glas nach ihm. Es traf seine Nase und er wurde von Julian abgelenkt.

Den Alpha nicht aus den Augen lassend, umkreiste sie ihn erneut und näherte sich dem in Flammen stehenden Haus statt der Brüstung. Sie presste die Schultern gegen die Wand. Über ihr rauchten und knisterten die brennenden Stoffbahnen und die Hitze wärmte ihren Kopf.

Laurent drehte sich um, funkelte sie mit stahlblauen Augen böse an und trat einen Schritt auf sie zu. Knurrend zog er die Lefzen hoch und entblößte seine scharfen Zähne.

Evangeline überlegte nicht lange, was sie als Nächstes tun sollte. Ohne nachzudenken, schoss sie auf ihn zu und warf sich gegen seine Brust. Sie umklammerte ihn mit Armen und Beinen und krallte sich mit aller Kraft in seinem Fell fest.

Laurent stolperte nach hinten, trat mit seinen großen Füßen auf weitere Murmeln, taumelte gegen die Balkonbrüstung und bekam Übergewicht.

Mädchen und Monster purzelten durch die Luft.

Laurents Rougarou-Körper krachte auf die Circe-Statue. Ihr spitz zulaufender Zauberstab bohrte sich in seinen silbergrauen Rücken und dann in sein Herz, bevor er das Brustbein durchspießte und sich in Evangelines Schulter grub.

Der Stich brannte und schmerzte und Evangeline schrie auf, als die Statue unter ihrem Gewicht zusammenbrach. Hart schlugen sie auf dem Boden auf. Durch den Aufprall wurde sie von dem Zauberstab befreit.

Der Rougarou und die Statue rollten ein Stück weiter und blieben schließlich liegen. Laurents gewaltiger Alpha-Körper hatte bereits angefangen, sich in seine schmächtige, bleiche Menschengestalt zurückzuverwandeln. Aus seinem Mundwinkel rann Blut.

Evangelines Geist war konfus und benebelt, aber ein Gedanke trat klar und deutlich aus dem Dunst hervor: Der Voodoo-Priester hatte recht gehabt. Es hatte in dieser Nacht Blutvergießen gegeben – und den Tod. Laurent war der Erste.

Sie presste die Hand auf ihre blutende Schulter. Die Stichwunde war nicht lebensbedrohlich.

Als sie wieder auf den Beinen stand, geriet alles um sie herum ins Wanken.

Nein, die Wunde war nicht tödlich. Aber die Eisenhut-Tinktur, die sie über die Balkonbrüstung auf Circes Zauberstab gegossen hatte, war tödlich.

Evangelines Beine knickten ein und sie stürzte zu Boden.

Während das letzte bisschen Leben aus ihrem Körper wich, sah sie, wie Laurents Rudelmitglieder wieder ihre menschliche Gestalt annahmen. Mit ihren zerfetzten Kleidern rannten sie davon und verschwanden in den Tiefen des Lagerhauses. Das Gesicht qualvoll verzogen, schleifte Camille ihr gebrochenes Bein hinter sich her und folgte ihnen in die Dunkelheit. Ganz in der Nähe lag der Grim auf der Seite. Blut strömte aus seinen zahlreichen Wunden, das Leuchten seiner gelben Augen verblasste.

Granny kam herbeigehumpelt und kniete sich neben Evangeline.

»Vielleicht hatte ich am Ende doch ein paar Geisterjägerinnen-Kräfte«, flüsterte sie kaum hörbar.

»Da bin ich mir ganz sicher.« Granny umschloss Evangelines zerschundenes Handgelenk mit ihren warmen Fingern und suchte ihren Puls.

»Stell dir vor, was meine Schwester und ich zusammen geschafft hätten, wenn sie hier gewesen wäre, um mir zu helfen.« Evangeline brachte ein gequältes Lächeln zustande. »Wir wären unschlagbar gewesen.«

Fader kam über das Pflaster gehuscht. Aus seinem Maul hing eine Halskette, die er in Evangelines Hand fallen ließ.

Sie schloss die Finger um den Talisman ihrer Mama. »Danke, Fader.« Sie schloss die Augen. »Mama wäre sicher stolz auf mich gewesen, glaubst du nicht auch, Granny?«

»Ja, das wäre sie!«, murmelte Granny. »Du hast bewiesen, dass du eine Geisterjägerin bist, auf die jede Mama und Großmama stolz sein würde!«

Evangeline lächelte. »Ich bin eine Geisterjägerin.«

Ihr Herz verlor seine Kraft, die Zahl der Schläge verringerte sich und die Abstände wurden größer.

Die Welt und die Wirklichkeit schwanden dahin, und die letzten Worte, die sie Granny sprechen hörte, lauteten: »Hol sie zurück!«

Dann schlug Evangelines Herz zum letzten Mal.

26

Es war dunkel und still. Evangeline konnte ihren Körper nicht fühlen, aber sie war immer noch sie selbst. Ein winziger Lichtpunkt durchdrang die Finsternis und sie bewegte sich darauf zu. Das Licht in der Dunkelheit war einladend.

Hinter sich spürte sie eine Präsenz und drehte sich herum. Dort in der Düsternis stand der Grim und starrte sie mit seinen gelben Augen an.

»Bist du hier, um mich auf die andere Seite zu führen? Das ist nicht mehr nötig.«

Als der Grim nicht verschwand, seufzte sie. »Na gut, dann führe mich.«

Hinter dem Untier tauchte ein weiterer Lichtpunkt auf, dann ein weiterer zu ihrer Linken, einer zur Rechten, zwei über ihr und drei unter ihr. Immer mehr von ihnen traten um sie herum in Erscheinung wie orangefarbene Sterne am dunklen Himmel. Vielleicht brauchte sie den Grim doch, damit er sie zum richtigen Stern führte.

Der große Hund drehte sich um und marschierte davon. Sie folgte ihm auf einen der Lichtpunkte zu, und als sie näher kamen, schwoll er zu einem orangefarbenen Schimmer an.

Die Rougarou-Wunden an ihren Armen und Handgelenken pochten heftig. Ihre durchbohrte Schulter brannte wie Feuer. Und das Jenseits roch nach Rauch. War dies die Ewigkeit? Wo waren all der Friede und die allumfassende Schönheit? Kein Wunder, dass so viele Geister keine Ruhe fanden.

Eine Zunge leckte über ihr Gesicht.

Blinzelnd öffnete sie die Augen.

Das orangefarbene Licht strahlte zu hell, zu intensiv. Sie zog die Nase kraus, denn es roch nach Qualm. Der Grim leckte ihr über die Wangen, bis sie die Augen richtig aufmachte.

Orangefarbene Glut und schwarze Asche umschwebten sie. Beißender Rauch stach ihr in die Nase.

Granny schaute auf sie herab.

War Granny auch gestorben?

Und da war Julian. Und seine Mama.

Ihr Opfer war nutzlos gewesen? Zorn wallte in ihr auf und sie stieß einen Fluch aus.

Granny runzelte die Stirn. »Keine schlimmen Wörter, Evangeline.«

Mrs Midsomer lächelte. Ihr Haar war zerzaust, ihr wunderschönes Ballkleid verschmutzt. Zumindest hatte sie keine Reißzähne mehr und ihre Augen leuchteten nicht mehr neongrün. »Ich bin gleich wieder da«, murmelte sie und eilte davon.

»Tut mir leid, dass ich euch nicht alle retten konnte«, krächzte Evangeline und fühlte sich vollkommen kraftlos.

Julian machte ein verwirrtes Gesicht, bevor er laut loslachte.

Nicht mal im Tod nahm er sie ernst. Ärger überkam sie. Es würde ein langes, trübseliges Leben nach dem Tode werden.

»Wir sind nicht tot. Und du auch nicht.« Sein Lächeln verschwand. »Nicht mehr jedenfalls …«

Sie sah ihn entgeistert an. Was er sagte, ergab einfach keinen Sinn.

»Du hast nicht mehr geatmet. Und dein Herz hörte auf zu schlagen.« Er hielt inne und strich seine verstrubbelten Haare zurück. »Du bist tatsächlich gestorben, aber dann hat der Grim dich zurückgeholt.« Er deutete auf den schwarzen Hund, der in der Nähe wartete.

»Zurückgeholt?«

Julian nickte und machte weiterhin ein ernstes Gesicht. »Der Grim ist zu dir gekrochen und neben dir zusammengebrochen. Dann hat deine Granny ihm befohlen, deine Seele zurückzuholen. Er brauchte eine Weile, um wieder hochzukommen wegen all seiner Verletzungen, aber als er es geschafft hatte, stand er einfach da und starrte ins Leere. Und mit einem Mal hast du wieder angefangen zu atmen.«

Evangeline kapierte immer noch nicht, was er erzählte. Grims brachten einen nur in eine Richtung, und zwar ins Jenseits. Sie holen einen nicht aus dem Jenseits zurück.

Sie sah Granny fragend an. »Granny? Wovon redet er da?«

»Verstehst du denn nicht?« Granny sah völlig erschöpft und zerschlagen aus. Sie streichelte Evangelines Wange und lächelte müde. »Er hat die ganze Zeit nach dir gesucht.«

»Wer, Granny? Wer hat nach mir gesucht?«

»Dein tierischer Gefährte.«

»Mein Gefährte?« Ihr Herz machte einen Sprung und löste eine neue Welle von Schwindel aus.

Plötzlich roch es nach schmutzigem Hund. Jaulend ließ der Grim sich fallen und legte den Kopf auf ihre Füße.

Evangeline starrte das Untier ungläubig an. »Willst du mir sagen, dass dieser ... Grim ... mein Gefährte sein soll? Wie ist das möglich?«

»Nun ja, es kommt nicht oft vor«, erwiderte Granny. »Aber bei außergewöhnlichen Geburtsumständen kann das schon mal passieren. Und ich bezweifle, dass es jemals eine so außergewöhnliche Geburt wie die deine gegeben hat.«

Evangeline betrachtete den schwarzen Hund. »Der Grim. Der Grim soll also mein Gefährte sein.« Ihre Gedanken waren so zäh wie Kleister. Vielleicht brauchte ihr Gehirn noch eine Weile, um sich vom Tod zu erholen.

»Es sind die erwachenden Geisterjägerinnen-Kräfte, die ihren tierischen Gefährten herbeirufen«, erklärte Granny. »Dein Ruf war schwach, weil du anscheinend nur die halbe Kraft geerbt hast. Er muss schon eine ganze Weile nach dir gesucht haben.«

»Ich … ich habe ihn gesehen, aber ich dachte, er wäre wegen dir gekommen, weil … weil du langsam alt wirst«, gestand Evangeline zögernd ein.

»Unsinn!«, widersprach Granny energisch. »Ich bleibe fürs Erste hier. Ich bin so stark wie ein Maultier.«

»Granny …« Evangelines Augen füllten sich mit Tränen. »Ich dachte, Laurent hätte dich getötet.«

Granny nahm das Zepter und deutete auf einen Riss. »Das Holz ist zerbrochen und nicht mein Kopf. Ich hab dir ja gesagt, dass ich einen harten Schädel habe.«

Ein Tornado von Gefühlen stürmte auf Evangeline ein: Scham, weil sie immer wieder vor dem Grim davongelaufen war, Schock, Ehrfurcht, Stolz, Begeisterung und seltsamerweise ein bisschen Verlegenheit. Erneut betrachtete sie den großen Hund. »Du bist also mein Gefährte?«

Der Grim rückte näher und legte den Kopf auf ihre unverletzte Schulter.

Evangeline spürte einen Kloß im Hals und musste schlucken. Wieder stiegen ihr Tränen in die Augen. »Jetzt muss ich nur noch beweisen, dass ich Herzensmut habe«, flüsterte sie.

»Der wahre Beweis dafür, dass man Herzensmut hat«, sagte Granny, »liegt darin, anderen in Not zu helfen, selbst wenn man dabei ein großes persönliches Risiko eingehen muss. Ich bin sicher, der Rat wird anerkennen, dass du das heute Nacht grandios unter Beweis gestellt hast.«

Grannys Worte erfüllten Evangeline mit einer nie gekannten Freude. Mühsam setzte sie sich auf und verzog das Gesicht, als ihr die Schmerzen in alle Glieder fuhren. Als sie den Grim genauer anschaute, sank ihr Mut. Seine Schnauze war mit Wunden übersät und sein Fell blutgetränkt. »Oh, Granny! Er ist verletzt!«

»Wir kriegen ihn schon wieder hin.« Granny griff nach ihrer Hand und zog sie hoch.

Wieder schoss ihr ein stechender Schmerz in die Schulter. »Wo gehen wir hin?«

»Wir müssen hier raus.« Julian zeigte auf die Flammen, die an der Decke des Lagerhauses züngelten. Einige der Festwagen hatten bereits Feuer gefangen. »Hier brennt gleich alles nieder.«

Mrs Midsomer kehrte zurück. Sie hielt einen Schlüsselring in der Hand. »Wir haben Glück. Sie lagen in Laurents Cabrio.«

Evangeline warf einen Blick auf seine leblose Gestalt. »Was ist mit Laurent?« Doch sie hörte nicht mehr, ob jemand ihre Frage beantwortete. Um sie herum drehte sich alles, und dann wurde ihr schwarz vor Augen.

Ein Luftstrom streifte Evangelines Gesicht. Ein Motor brummte. Der Geruch nach schmutzigem Hund stieg ihr in die Nase.

Sie riss die Augen auf.

Der sternenübersäte Nachthimmel rauschte an ihr vorbei. Und natürlich war auch der Vollmond zu sehen, der ihnen folgte. Sie fuhren vorbei an Lagerhäusern und den Docks des breiten, dunklen Mississippi. Mrs Midsomer, die immer noch ihr Ballkleid trug, fuhr den Wagen. Julian saß neben seiner Mama auf dem Beifahrersitz. Evangeline hockte auf der schmalen Rückbank des Cabrios, eingequetscht zwischen Granny und Fader zu ihrer Linken und dem Grim zu ihrer Rechten. Er war so groß, dass er nie und nimmer unter das geschlossene Verdeck gepasst hätte.

Wieder fielen ihr die Augen zu.

27

Es war zwölf Uhr mittags. Die Sonne schien in das Gästezimmer der Midsomers. Es klopfte an der Tür und Julian trat ein. Seit dem zweieinhalb Tage zurückliegenden Rougarou-Kampf, hatte er sich angewöhnt, seine eigene Schultertasche bei sich zu tragen. Evangeline hatte jedoch keine Ahnung, was er darin aufbewahrte. Wahrscheinlich Schraubenzieher und Sekundenkleber.

»Hier ist dein Mittagessen.« Er hielt ein Tablett mit Chicken Nuggets, Möhrenstiften und Cola in den Händen.

Anblick und Duft des Essens brachten Evangelines Magen zum Knurren. Sie setzte sich auf und zuckte zusammen, als die Verbände an ihren Wunden scheuerten. Sie fühlte sich noch immer wie durch den Wolf gedreht. Von Julian bedient zu werden, war ihr zwar nicht besonders angenehm, aber sie war zu hungrig, um mit ihm zu streiten.

Er stellte das Tablett auf ihren Schoß. »Ich hoffe, du

hast nichts dagegen, dass ich deinen Hund gebadet habe. Die amerikanische Tierschutzvereinigung empfiehlt, einen Haushund mindestens alle drei Monate einmal gründlich zu waschen. Dabei muss man darauf achten, dass kein Wasser in den Gehörgang gerät, da es sich dort sammeln und möglicherweise Infektionen verursachen kann. Ich habe ihm Watte in die Ohren gesteckt, um dieses Risiko zu umgehen.«

Von einer Duftwolke aus Minze und Kokosnuss umgeben, trottete der Grim ins Zimmer und roch viel besser, als Evangeline es in Erinnerung hatte.

»Die Calendula-Salbe, mit der deine Granny ihn behandelt, wirkt wahre Wunder. Seine Wunden sind fast vollständig verheilt.« Julian wuschelte das schwarze Fell des Hundes, um den Heilerfolg zu demonstrieren.

»Danke.« Evangeline steckte sich ein Chicken Nugget in den Mund. Der große Hund saß vor ihrem Bett, fixierte sie mit seinen gelben Augen und leckte sich das Maul. Sie warf ihm einen Happen zu. Er fing den Leckerbissen in der Luft und schluckte ihn ohne zu kauen herunter.

»Wie willst du ihn nennen?«, fragte Julian.

»Berus«, erwiderte sie mit vollem Mund.

»Berus?«

»Kurzform von Cerberus. Du weißt schon, der dreiköpfige Höllenhund, der den Eingang der Unterwelt bewacht.«

Julian sah den Hund an und nickte. »Ein passender Name für den Burschen!«

Granny kam auf Krücken über den Flur gehumpelt und streckte den Kopf durch die Tür. Ihr Geisterjägerinnen-Talisman schwang an seiner silbernen Kette hin und her. »Percy wird bald hier sein. Du hast dich lange genug wie die Königin von Saba bedienen lassen! Es wird Zeit, dass du aufstehst und deine sieben Sachen zusammenpackst.«

»Fahren wir etwa heute schon nach Hause?«, fragte Evangeline enttäuscht. »Aber was ist mit den anderen Rougarous und ihren Gehilfen?«

»Unsere Aufgabe ist erledigt«, antwortete Granny. »Ab jetzt ist es Sache der Polizei und der Justiz.«

Die Aussicht, zum Bayou zurückzukehren, ließ Evangelines Herz vor Freude schneller schlagen. Sie stopfte sich zwei weitere Chicken-Nuggets in den Mund, stieg aus dem Bett und schnappte sich ihren Koffer.

Zwei Stunden und zwanzig Minuten später rumpelte Percys rostiger roter Pick-up die Straße hinauf und kam mit quietschenden Bremsen vor dem Haus der Midsomers zum Stehen. Percy stieg aus und ging zur Veranda, wo Granny, Evangeline und ihre Tiergefährten zusammen mit den Midsomers warteten. Nach einer Runde Händeschütteln, Umarmungen und Begrüßungsküssen trat Percy zurück und nahm Berus in Augenschein. »Donnerwetter! Du hast dir also einen Hund zugelegt, Evangeline?«

»Stimmt genau!« Evangeline versuchte, nicht wie ein Honigkuchenpferd zu grinsen. »Sein Name ist Berus.«

Percy zog ein großes Stück Krokodil-Dörrfleisch aus der Hemdtasche und hielt es dem Grim hin. »He, Berus. Das ist für dich, alter Junge.« Er tätschelte den Kopf des großen Hundes, während Berus sich über den Snack hermachte.

»Und Fader, du bist ja auch noch da!« Percy bot Fader ebenfalls ein Leckerchen an und kraulte ihn zwischen seinen vier Ohren.

Mrs Midsomer umarmte Granny und Evangeline. Sie berührte das rote Gris-Gris-Beutelchen, das sie an einer Kordel um den Hals trug. »Ich danke euch beiden. Ihr wisst, dass ihr jederzeit willkommen seid, uns zu besuchen.«

Mr Midsomer trat vor. »Mrs Holyfield. Evangeline. Ich wünschte, wir dürften euch mehr bezahlen.«

Granny deutete auf die drei Rotweinflaschen, die aus ihrer Tasche herausschauten. »Der Merlot ist genug Bezahlung. Passen Sie gut auf Ihre Familie auf. Lassen Sie sie niemals im Stich und haben Sie sie lieb.«

Mr Midsomer legte die Arme um seine Frau und seinen Sohn. »Ja, Madam. Das verspreche ich Ihnen.«

»Es war nett, dich kennenzulernen, Julian.« Granny

schüttelte Julian die Hand, und als Percy die Koffer und Taschen zum Laster brachte, stützte sie sich auf ihre Krücken und humpelte die Verandatreppe hinunter. Fader folgte ihr auf den Fersen.

»Nun ja.« Evangeline trat von einem Fuß auf den anderen und wusste nicht recht, was sie sagen sollte. »Wir sehen uns. Komm mit, Berus.«

Auf halber Treppe hörte sie Julian rufen: »Evangeline!«

Sie drehte sich um. »Ja?«

Er sprang die Stufen hinunter und trat neben sie und Berus.

Evangeline schnüffelte und zog die Brauen hoch. »Riechst du nach Rosmarin, Julian?«

Er nickte. »Ich habe gehört, dass der Geruch Glück bringen soll.« Dann wurde er still und machte ein ernstes Gesicht. »Es tut mir leid, dass ich dir nicht geglaubt habe. Du hast mit allem recht gehabt.«

Evangeline errötete vor Stolz und wunderte sich, wie viel es ihr bedeutete, dass dieser Junge eine gute Meinung von ihr hatte. »Na ja, bei Camille habe ich mich geirrt.«

»Das stimmt. Ich wollte es dir erklären, aber du ...«

»Treib es nicht zu weit!«

Er räusperte sich, zog ein Jagdmesser aus seiner Schultertasche und hielt es ihr hin. »Als Ersatz für das Messer, das Laurent zerstört hat.«

Die glänzende neue Klinge mit dem Perlmuttgriff schimmerte und funkelte im Sonnenlicht. Es war das wunderbarste Messer, das Evangeline je gesehen hatte.

»Danke!« Sie nahm es entgegen und betrachtete es bewundernd, bevor sie es in die Hülle an ihrem Oberschenkelgurt schob. Es dort zu spüren, gab ihr das Gefühl, wieder ganz sie selbst zu sein.

Sie stieg in das Fahrzeug und setzte sich neben Granny und Fader. Berus war zu groß für die Sitzbank und machte es sich auf der Ladefläche bequem. Evangeline knallte die quietschende Beifahrertür zu und spähte aus dem Heckfenster.

Familie Midsomer winkte zum Abschied.

Besorgt und traurig winkte sie zurück. Sie waren gute Menschen und sie würde sie vermissen.

Während sie das Haus hinter sich ließen, flog ein weißer Vogel am Pick-up vorbei. Er flatterte die Straße hinauf und setzte sich auf die Schulter eines graubärtigen Mannes, der am Straßenrand im Schatten einer Eiche stand.

Als das Auto an ihm vorbeifuhr, nickte Evangeline ihm zu und schenkte ihm ein kollegiales Lächeln. Und Papa Urbain erwiderte ihren Abschiedsgruß.

Sie spürte eine Welle der Erleichterung. Jetzt brauchte sie sich keine Sorgen mehr um die Midsomers zu machen, denn es war jemand hier, der ein Auge auf sie hatte.

Percy fuhr sie nach Hause und schwatzte ununterbrochen. Evangeline blendete seine Stimme aus. Sie drückte die Finger auf die verbundene Wunde an ihrer Schulter. Mit Grannys Calendula-Salbe würde sie gut verheilen, aber sie würde niemals ganz verschwinden. Sie wusste, dass das pinkfarbene, runzlige Mal des Todes bleiben würde, ohne Zweifel die erste von vielen Narben, die sie im Laufe ihres Lebens als Geisterjägerin davontragen würde. Sie warf einen Blick auf die Ladefläche des Lasters, wo Berus den Kopf in die Höhe hielt und sich den Wind durch sein schwarzes Fell wehen ließ. Sie wusste aber auch, dass ihr Gefährte an ihrer Seite bleiben würde, egal wohin ihr Weg als Geisterjägerin sie führen mochte.

Eine Woche später war der Rat noch nicht zusammengekommen, um zu entscheiden, ob Evangeline ihren eigenen Talisman erhalten würde. Doch sie machte sich keine Sorgen. Sie brauchte keinen Talisman als Beweis, dass sie eine Geisterjägerin war. Obwohl sie erst herausfinden musste, worin ihr einzigartiges Talent bestand, wusste sie: Sie hatte Herzensmut, sie hatte ihren Gefährten, und sie hatte bestimmte Kräfte. Vielleicht nur die halbe Menge dieser Kräfte, aber wenn sie sie brauchte, würden sie da sein.

Sie schraubte den Deckel auf das letzte Glas mit frischem Eisenhut-Elixier, das sie an diesem Abend zubereitet hatte. Sie stellte die Behälter an ihren Platz im Wohnzimmerregal. Dann zog sie die Arbeitshandschuhe aus und tätschelte Berus' warmes, flauschiges Nackenfell. Er schien zu lächeln und sie wäre fast geplatzt vor Zufriedenheit und Stolz.

Auf der anderen Seite des Zimmers kratzte Fader an der Haustür und maunzte, weil er nach draußen wollte.

»Na schön.« Evangeline hob warnend den Finger. »Aber lass die Kuriervögel in Ruhe.«

Fader sah sie vielsagend an, legte ein Ohrenpaar zurück und zuckte mit dem Schwanz.

»Fader ...«, sagte sie warnend.

Fader schnaubte.

»Also gut.« Sie öffnete die Tür. Er huschte ins Freie und mit seinem dunkelgrauen Fell war er im trüben Licht der Abenddämmerung bald nicht mehr zu sehen.

Granny döste im selben Zimmer in ihrem Schaukelstuhl, wie immer laut schnarchend und mit einem offenen Auge. Evangeline küsste sie auf die Stirn.

»Komm, Berus. Lass uns schlafen gehen.« Doch die Aufforderung war überflüssig, denn der große Hund wich ihr selten von der Seite.

Sie zog die Stiefel aus und legte sich in Jeans und T-Shirt ins Bett, zu erschöpft, um sich ein Nachthemd anzuziehen. Während sie sich die Patchwork-Decke bis ans Kinn zog, ließ Berus sich am Fußende nieder. Die

Sprungfedern ächzten unter seinem Gewicht. Seufzend legte er seinen großen Kopf auf die Pfoten.

Evangeline schloss die Augen. Sie war kurz vor dem Einschlafen, als etwas gegen die Fensterscheibe klickte.

Mühsam öffnete sie die Augen und erblickte auf dem Sims einen Spatz, der eine Botschaft im Schnabel trug.

Sie schleppte sich aus dem Bett, öffnete das Fenster und nahm die Nachricht entgegen.

Als der Vogel in die Nacht hinausflog, schauten ihm zwei leuchtend grüne Augen nach. Evangeline schloss das Fenster und entfaltete die Notiz. Sie war an ihren Namen adressiert. Evangeline überflog Mrs Arseneaus hastig hingekritzelte Nachricht mit der höflichen Begrüßung und der förmlichen Bitte um die Dienste einer Sumpfhexe. Weiter unten stand endlich geschrieben, um was es ging.

»Wir sollen einen Schattenbeißer aufspüren und entfernen«, sagte sie zu Berus. Dann las sie die vorletzte Zeile von Mrs Arseneaus Anfrage vor: »Ihr werdet das Viech schnell finden, da es stark nach Rauch, Petroleum und Kräuterbier stinkt.«« Doch es war die letzte Zeile, die Evangeline zum Lächeln und ihren Magen zum Knurren brachte. »Auf der Anrichte in der Küche steht ein Pekannuss-Pie als Bezahlung für eure Dienste.««

Evangeline faltete die Nachricht zusammen und steckte sie in ihre Schultertasche. Dann schlüpfte sie in ihre vom Priester gesegneten Krokodillederstiefel mit den silbernen Spitzen und schnallte sich das Jagdmesser mit dem Perlmuttgriff ums Bein.

»Komm schon, Berus. Wir werden gebraucht.«

GLOSSAR

Über Ungeheuer, Geister
und diverse übernatürliche Wesen

Akadischer Zahnwurm   Ein dicker, runder, etwa einen Meter langer Wurm mit einem winzigen, zahnreichen Maul, das giftige Säure spuckt. Vermutlich ein entfernter Verwandter des mongolischen Todeswurms, der in den entlegensten Teilen der Wüste Gobi in China und in der Mongolei anzutreffen ist.

Albino-Kanalnixe   Eine Wassernixe mit weißer Haut, weißem Haar, roten Augen und langen, pinkfarbenen Schnurrhaaren an den Mundwinkeln. Sie reißt gern Fleischstückchen aus menschlichen Händen und Füßen, die sie viel schmackhafter findet als die Insekten und Krebse, von denen sie sich in ihrem sumpfigen Zuhause ernährt.

Baum der Furcht   Ein Baum, der giftige Früchte trägt, die schwarzen, schleimigen, gasig riechenden Pflaumen ähneln. Jedes Lebewesen, das von den Früchten isst, verwandelt sich in einen verängstigten Schattenbeißer.

Bayou-Banshee   Eine geisterhafte Fee mit dünnem Haar, aufgesprungenen Lippen und gequälten Augen. Ihr schrilles Heulen und Kreischen kann Fenster zerspringen lassen. Sie trägt ein gespenstisches Häftlingsgewand und steigt aus ihrer Gruft beim Frauengefängnis.

Beuteschlange   Eine schlangenartige Kreatur, etwa einen Meter lang, mit grünlicher Krokodilhaut und zwei Fangzähnen. Sie tarnt sich im Sumpf und lässt Eindringlinge in Ruhe, es sei denn, sie graben Löcher in der Nähe ihres Baus. Man erzählt, dass sie das vergrabene Beutegut von Piraten beschützen.

Blutfee   Eine winzige, wilde, graue Fee mit glänzenden schwarzen Augen, zwei Schlitzen statt einer Nase, Krallen und scharfen Zähnen. Sie ernährt sich von Blut und ein hungriger Blutfeenschwarm kann einen menschlichen Körper in Sekundenschnelle leer saugen.

Cauchemar   Ein lähmender Geist, der auf schlafenden Menschen reitet wie auf Pferden, ohne dass sie um Hilfe rufen oder sich wehren können. Manchmal kommt es vor, dass er sein Opfer sogar erwürgt. Er gelangte vor einigen Jahrhunderten im Gefolge französischer Siedler nach Louisiana.

Chasse-Galerie oder wilde Jagd   Eine Gruppe von geisterhaften Reitern und ihren Hunden. Sie reiten durch die Nacht wie der Sturmwind und machen großen Lärm: Bellen, Heulen, Jagdhornsignale, Glockengeläute und das Geschrei unsichtbarer Männer.

Chupacabra   Ein dunkles, fellbedecktes Geschöpf mit roten Glupschaugen, spitzen Zähnen und Stacheln auf dem Rücken. Es ist gut einen Meter groß und geht auf seinen Hinterbeinen. Es tötet Nutztiere, saugt ihnen das Blut aus und hinterlässt zwei winzige Bisswunden am Hals des Opfers.

Creeper   Ein kleines harmloses Spektralwesen, das lautlos hinter Passanten herschwebt. Man kann es leicht mit einer Lampe verscheuchen.

Dixie-Dämon   Ein bösartiges Wesen, das seine Gestalt wandeln kann. Anzutreffen ist es in den Sümpfen und Wäldern Louisianas. Zunächst taucht es unerwartet in Gestalt eines harmlosen Menschen oder Tieres auf. Dann bekommt es plötzlich spitze, scharfe Zähne, mit denen es seine Opfer attackiert.

Fifolet   Ein schwebender Feuerball. Manche glauben, er würde jene, die ihm folgen, zu vergrabenen Schätzen führen. Doch meist führt er Leute ins Verderben.

Friedhofs-Ghul   Ein buckliges Geschöpf mit Krallenfingern und starken, sehnigen Armen und Beinen. Seine strähnigen grauen Haare sehen aus wie Louisiana Moos, was dem Geschöpf hilft, sich zwischen Bäumen zu verstecken. Es dringt in Gräber und Mausoleen kürzlich Verstorbener ein und verspeist ihre Körper.

Geisterjägerinnen-Gefährte   Ein Tier mit ungewöhnlichem Aussehen oder zumindest mit einigen auffälligen Merkmalen. Es präsentiert sich seiner Geisterjägerin kurz vor ihrem dreizehnten Geburtstag. Die besonderen Fähigkeiten des Gefährten ergänzen die einzigartigen Talente seiner Herrin. Treu wie Gold, unterstützt und verteidigt er seine Geisterjägerin ihr Leben lang. Sein eigenes Leben endet wenige Minuten nach dem Tod seiner Herrin. Typische Geisterjägerinnen-Gefährten sind: Katzen, Hunde, Hasen, Falken, Eulen, Waschbären, Ratten und Schlangen.

Gieriges Gras   Eine verhexte Grasfläche, die jene, die sie betreten, unersättlich hungrig macht, manchmal so schlimm, dass sie an ihren eigenen Fingern nagen. Das Gras verströmt einen Geruch, der die Opfer an ihre Lieblingsspeisen erinnert.

Grim Ein riesiger gelbäugiger, struppiger, schwarzer Hund, der einem Neufundländer ähnelt. Einen Grim zu sehen, deutet auf den baldigen Tod eines nahestehenden Menschen hin. Er ist grimmig, stark und klug und begleitet die Seelen der Toten auf dem Weg ins Jenseits.

Grunch Ein Wesen mit geschwungenen Hörnern. Kopf, Brust und Arme sehen aus wie die eines Menschen. Sein Unterkörper ist vierbeinig und wollig wie der eines Schafbocks. Der Grunch ist in abgelegenen Sackgassen im Osten von New Orleans anzutreffen.

Hakenfuß Ein grünes, auf Bäumen lebendes Monster mit blutunterlaufenen Augen, Menschenkopf, kräftigem Kiefer und pfeilspitzen Zähnen. Es hält sich mit den Händen an Ästen fest und schnappt seine Beute mit seinen langen, heuschreckenartigen Beinen und scharfkralligen Füßen. Es spielt gern mit seiner Beute, bevor es sie verschlingt.

Hara-Hand Eine uralte, verschrumpelte, sehr aktive abgehackte menschliche Hand, möglicherweise durch Schwarze Magie heraufbeschworen. Ihr Ursprung ist unbekannt. Man weiß nur, dass sie zum ersten Mal auf einem Festival in Harahan, Louisiana gesehen wurde. Dadurch entstand der Name Hara-Hand.

Hydrangea-Eidechse Eine Eidechse von der Größe eines mittelgroßen Hundes. Sie besitzt die Fähigkeit, verlorene Gliedmaßen, den Schwanz und manchmal sogar ihren Kopf immer wieder nachwachsen zu lassen. Sie ernährt sich hauptsächlich von den Blüten der wilden Sumpfhortensie.

Johnny Revenant   Der wiederbelebte, verwesende Leichnam eines Bürgerkriegssoldaten. Er läuft durch die Sümpfe, stößt schrille Rebellenschreie aus und schlägt jedem, der ihm in die Quere kommt, mit einem Ast auf den Kopf.

Mississippi-Schlamm-Mann   Ein großes, starkes Wesen aus Mississippi-Flussschlamm geformt, das bei schweren Farmarbeiten zum Einsatz kommen soll.

Nalusa Falaya   Ein Geschöpf, das in den dichten Wäldern bei den Sümpfen lebt. Es ist groß und spindeldürr, mit schrumpeligem Gesicht, kleinen pinkfarbenen Augen und schuppiger Haut. Obwohl es mit menschlicher Stimme spricht und aufrecht geht, kriecht es wie eine Schlange über den Boden, wenn es Opfern auflauert, um sie zu verhexen, damit sie Böses tun.

Rougarou   Ein Wolfsmann mit roten Augen, Reißzähnen, Krallen und braunem Fell. Er geht aufrecht auf zwei krummen Beinen und ist außergewöhnlich stark und schnell. Obwohl er sich nicht von Blut ernährt, hat er den unwiderstehlichen Drang, Menschen zu jagen und zu töten. Der Biss eines Alpha-Rougarous kann ein Opfer infizieren, mit dem Ergebnis, dass es sich in der darauffolgenden Vollmondnacht in einen Rougarou verwandelt.

Schattenbeißer   Ein vormals normal großes Tier, das nach dem Verzehr giftiger Früchte vom Baum der Furcht größer und bösartiger wurde. Durch extreme Angstzustände getrieben, greift es jeden an, der ihm begegnet. Durch Licht wird es vertrieben, deshalb versteckt es sich unter Betten, in Schränken und überall dort, wo es schattig und dunkel ist.

Terrebonne Troll   Ein stämmiger, übellauniger, zerstörerischer, gut zwei Meter großer Unhold. Seine Haut ist bleich und teigig, mit vorspringenden Kieferknochen und Augenbrauen und tief hängendem, dicken Bauch. Da er sich niemals wäscht, riecht er schlecht. Er stiehlt Essen, Gegenstände und Kinder – einige macht er zu Sklaven, einige versucht er zu fressen.

Veranda-Kobold   Ein kleiner, Unruhe stiftender Kobold mit scharfen Zähnen, langer Nase und spitzen Ohren. Er beschädigt gern Treppenstufen, Schaukelstühle und Verandasäulen, damit sich Menschen verletzen und sich vor Besuchern schämen.

Yimmby   Ein grauhäutiges, knöchelhohes Wesen. Es hat einen dicken Kugelbauch, zwei dünne Beine, große Füße, runde Augen und drahtige, weiße Haare auf dem Kopf. Es ist äußerst verfressen und verschlingt große Mengen von Nahrungsmitteln, die es den Menschen stiehlt.

DANKSAGUNG

Mein tief empfundener Dank geht an meinen Mann Charlie für seine unerschütterliche Liebe und Unterstützung und an meine Kinder Jamie, Chase und Savannah – tut mir leid, dass ich euch beim Schreiben ein wenig vernachlässigt habe, und besonderen Dank an Chase für seine fantastischen Ideen.

Mein aufrichtiger Dank geht an die Verlags-Rockstars, die an mich glaubten: Elena Giovinazzo – die weltbeste Agentin; die wunderbare Holly McGhee; die brillante Alessandra Balzer; und der wunderbar fantasievolle Joseph Kuefler.

Vielen herzlichen Dank auch an meine unglaublich tollen Beta-Leserinnen: Amy Paulshock, Marcea Ustler und Ann Meier; und an meine anderen unglaublich tollen Schreibgruppenmitglieder: Taryn Souders, Leslie Santa Maria, Ruth Owen, Charlotte Hunter, Brian Crawford, Lynne Ryder und Kimberly Lekman. Darüber hinaus auch an Ed Massessa und Zebo Ludvicek, weil sie einfach großartig waren; Linda Rodriguez Bernfeld, unsere fleißige örtliche FL-SCBWI-Beraterin; und an all meine anderen Writing-Family-Mitglieder für ihre jahrelange Freundschaft und Ermutigung: Lisa Iriarte, Joe Iriarte, Jennye Kamin, Alina Blanco, Mark Chick, Brian Truitt, Usman Malik, Charles Waters, Marlana Antifit, Rina Heisel, Peggy Jackson, Vivi Barnes, Dennis Cooper, Stephanie Spier und Barb Nefer.

Eldredge, Jan:
Evangeline und die Geister des Bayou
ISBN 978 3 522 18529 5

Aus dem Amerikanischen von Inge Wehrmann

Umschlaggestaltung: Isabelle Hirtz
Innentypografie: Kadja Gericke
Reproduktion: DIGIZWO GbR, Stuttgart
Druck und Bindung: GGP Media GmbH, Pößneck

© 2021 Thienemann in der Thienemann-Esslinger Verlag GmbH, Stuttgart
Printed in Germany.
Alle Rechte für die deutschsprachige Ausgabe vorbehalten.
© 2018 by Jan Eldredge
First published in 2018 by Balzer & Bray, an Imprint of HarperCollins
Publishers Inc., New York, USA, Originaltitel: *Evangeline of the Bayou*
Published by arrangement with Pippin Properties, Inc. through Rights People,
London